Unnamed Memory《アンネームドメモリー》

祈りへと至る沈黙

V

古宮九時

illust. chibi

主な登場人物

＜ファルサス＞

オスカー
大国ファルサスの現国王。
魔法を無効化する伝説の王剣・
アカーシアを所有する。

ラザル
オスカーの幼馴染で
従者の青年。常に主君に振り
回される苦労人。

アルス
将軍。
もっとも若い将軍で実力者。
オスカーの稽古相手。

カーヴ
魔法士。
ティナーシャを忌避しない、
好奇心旺盛な青年。

シルヴィア
魔法士。
金髪の美しい女性で、
心優しいが少し天然気味。

ドアン
魔法士。
次期魔法士長と名高い、
才能ある青年。

＜トゥルダール＞

ティナーシャ
精霊術士。四百年の眠りから
覚めた後、オスカーの呪いを
解くべく共に行動している。

ミラ
ティナーシャが使役する
精霊。深紅の髪と瞳を持つ
美しい少女。

カルステ
魔法大国トゥルダールの
現国王。王としてはまだ若く、
穏やかな面持ちをしている。

レジス
トゥルダールの王子。
淡い金髪の青年で、カルステ
の一人息子。

レナート
レジスの側近である
宮廷魔法士。タァイーリ出身。

パミラ
ティナーシャに仕える
優秀な宮廷魔法士で、
レナートの友人。

＜その他＞

ヴァルト
魔法士。
時を遡らせる魔法球について
何か知っているようで……。

ミラリス
ヴァルトと共に
“計画”を実行するため暗躍する
銀髪の少女。

ラヴィニア
通称『沈黙の魔女』。
オスカーに呪いをかけた
張本人。

トラヴィス
最上位魔族。
飄々とした性格で、度々
ティナーシャの前に姿を現す。

オーレリア
ガンドナ王族。両親亡き後、
トラヴィスが後見人を
務めている。

ファイドラ
最上位魔族。
トラヴィスに強い執着心を
抱いている。

～Unnamed Memory 大陸地図～

1654年（ファルサス暦526年）現在

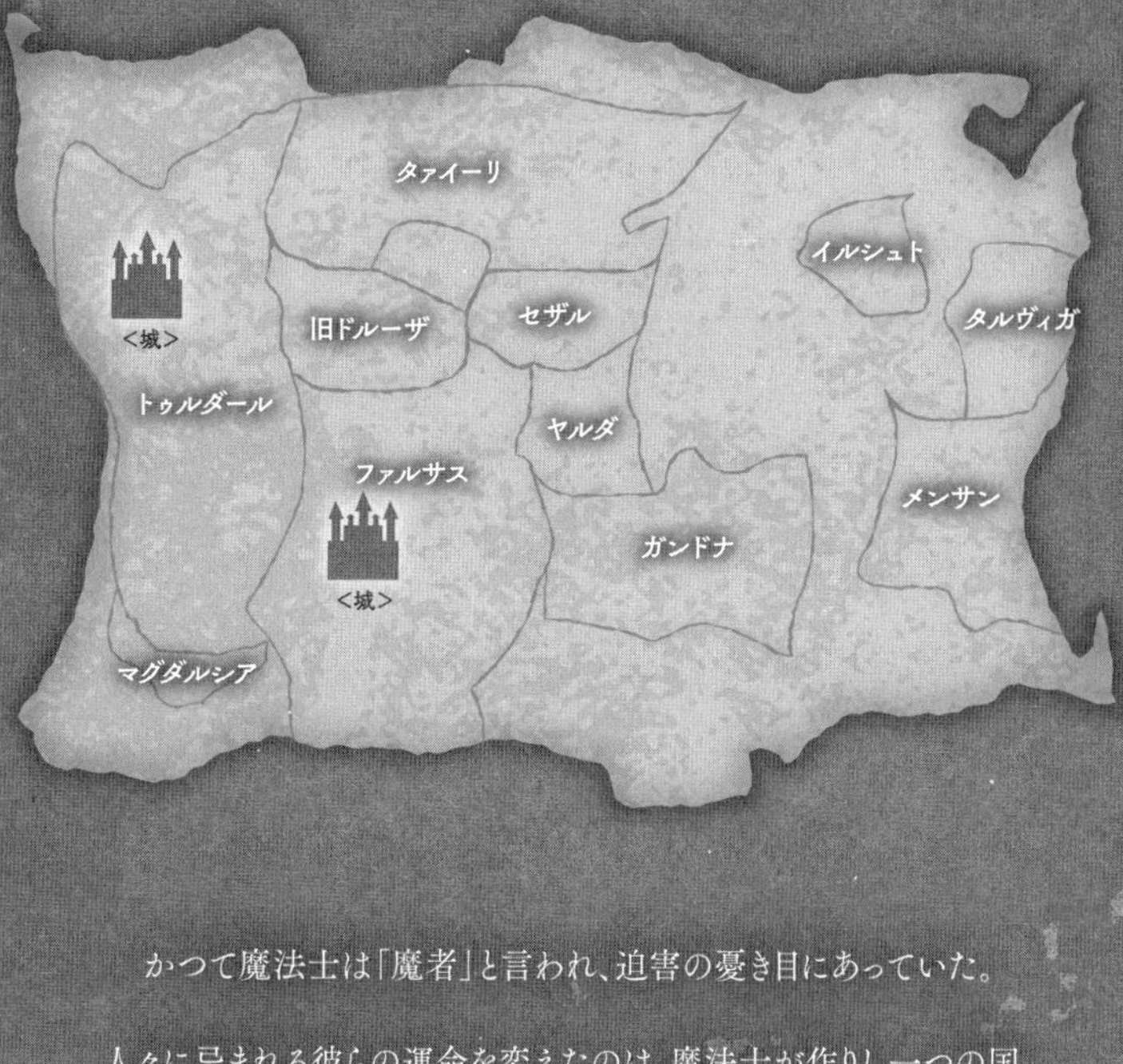

かつて魔法士は「魔者」と言われ、迫害の憂き目にあっていた。

人々に忌まれる彼らの運命を変えたのは、魔法士が作りし一つの国。

魔法大国トゥルダール。

其は魔法士の庇護者であり禁呪の抑止者だ。

十二の精霊を擁し、代々強力な魔法士を王としてきた此の国は、

建国から九百年経った今なお――大陸に神秘の国として在り続けている。

1. 貝殻の抱く追憶

「私が何者であったのか、お前自身が何者であったのかは、私の死んだ後に初めて分かることになるだろう」

「……お父さん？」

二人きり、テーブルを囲んでの夕食の場。

父の唐突な言葉に少年は目を丸くした。スープを掬《すく》う匙《さじ》を止める。

「急に何？　死んだ後ってどうかしたの？」

「すぐに分かる話だ。この世界は、改竄《かいざん》の影響を減じさせようとどこかで帳尻を合わせてくる。一人が救われれば一人が不幸に、一国が栄えれば一国が衰退し、最終的には本来とそう変わらぬ未来に収束しようとする」

淡々と語られる言葉はまったく意味が分からない。少年はもう一度父親に問おうとしたが、父はそれを手で遮った。

「黙って聞きなさい。……だが、そうやって収束を試みて、辿《たど》りつく未来とは果たして不変であるのだろうか？　過去の人間にとって遥《はる》か先の未来に位置する現在もなお、改竄は続いている。人は、永久に挑戦し続けているのだ――あの球がある限り」

「あの球?」

「忌まわしい力を持つものだ。世界に針を打ち続けるものだ。新たな針が一本打たれる度、世界は解体され、汲《く》みだされた記憶による再構成を余儀なくされる。それは世界にとって多大なる苦痛だ。その苦痛を私たちだけは分かっている」

父親の言葉に少年は口を挟まない。ただ異様な空気を感じて無言を保つ。

「無数に、際限なく重ねられる記憶に、世界はいつか耐《た》え難《がた》くなるだろう。だが、それよりも先に耐えられなくなるのは、きっと私たちだ。私たちはしょせん人でしかない。あまりにも脆弱《ぜいじゃく》な精神の持ち主だ。使い捨てられるだけの道具……否、捨てられることさえ許されない、永遠の奴隷だ」

父の言葉は、その時まるで憤っているようにも聞こえた。

荒げたわけでもない声音が、ひどく怒りに満ちていた。

だがそんな激情はすぐに少年の目前で引いていく。父はじっと彼を見た。

「世界は、きっかけを待っている。全ての干渉を廃し、元の姿に戻るためのきっかけを」

囁《ささや》く言葉。少年を見る両眼は虚《うつ》ろだ。父親はそこで自分の膝上に視線を落とす。

「だがそれが私の時代に来ることは、ない」

深く絶望の滲《にじ》んだ断言。その意味を少年が真《しん》に理解したのは――

翌日、父親が庭の木で首を吊《つ》った時だった。

※

ファルサスの城は広い。

真《ま》っ直《す》ぐに伸びる廊下の先が見通せないことなどざらだ。それは建国から何度も増改築を繰り返してきたトゥルダールの城とは対照的で、まるで「最初から大きな建物でなければならなかった」かのような作りになっていた。

「……やっぱり地下に湖があるせいですかね」

廊下を行きながらぽつりと呟《つぶや》くのは、長い黒髪に同じ色の瞳を持つ奇跡のように美しい女だ。すれちがう文官や女官たちが無礼を承知で彼女を振り返る。月のない夜を内包して見える双眸《そうぼう》は神秘そのもので、ただそこには少女めいた無垢《むく》さが色濃く見えていた。

白い魔法着姿の彼女は腕組みをしながら廊下を先へと歩いて行く。

そんな彼女に、後ろから明るい女の声がかかった。

「ティナーシャ様！」

ぱたぱたと駆けてくる足音に彼女は振り返る。そこにいるのは知己の魔法士が二人だ。ティナーシャは彼らの名を呼んだ。

「シルヴィア、ドアン」

走ってきた金髪の女性が微笑《ほほえ》んで一礼する。その向こうで落ち着いた空気を持つ青年が頭を下げた。二人はファルサスに仕える宮廷魔法士で、隣国から来ているティナーシャと比較的親しい。

シルヴィアはティナーシャの足元を覗《のぞ》きこむ。

「あの、靴はどうなさったんですか？」

「靴？」

言われてティナーシャは自分の足を見た。白い素足は、床の少し上の空中を踏んでいる。彼女は目を瞠《みは》りながら自分の黒髪をかきあげた。

「気づきませんでした。考え事をしてたもので」

「研究ですか？」

魔法士がそれほど集中して考えることなど魔法研究と相場が決まっている。

ファルサスの隣国である魔法大国トゥルダール、その次期女王であるティナーシャは頷《うなず》いた。

「ちょっと詰まっているところがあって……あと少しなんですけど」

「ああ、例のですか」

ドアンが言葉を伏せたのは、その件がファルサスの最重要機密であるからだ。

若きファルサス国王が幼少時にかけられた魔女の呪い。それは「彼の子を孕《はら》んだ女は、子を産み落とす前に死亡する」というものだ。宮廷魔法士長にも、トゥルダールの王にも「どうにもできない」と言われた呪い。それを今、ティナーシャが一人解析し、解呪しようと挑んでいる。

——この大陸に三人しかいない魔女。その呪いに彼女が対抗できる理由は二つだ。

一つは、ティナーシャ自身が「魔女殺しの女王」の異名を持つ、かつてのトゥルダール女王であること。そしてもう一つは彼女が少女だった頃、実際に同じ呪いが無効化されている様を目の当たりにしたからだ。

その呪いを有していた人間こそが、四百年後の未来から現れ、彼女の窮地を救った青年だ。

自分のことを「将来お前の夫になる男だ」と言っていた彼は、だが結局ティナーシャを助けて消えてしまった。己の全てと引き換えに、彼は歴史を、ティナーシャの運命を、書き換えたのだ。

絶対魔法抵抗を持つ王剣を携えた彼の名はオスカー。

現ファルサス国王であり――歴史が上書きされた今は、少女だった彼女のことは記憶にない。

だが、それはそれでいいのだとティナーシャは思う。

自分たちはいつかの時、夫婦だった自分たちとは違う。新しく出会った別の人間なのだ。

そしてだからこそ、彼の呪いは自分が解かなければならない。

「解かなきゃいけないんですけど……あと一歩のひらめきが欲しくて……」

「ああ、ありますね。そういうこと」

同じ魔法士のドアンが苦笑する。宮廷魔法士とは、魔法士たちが到達する地位としてはほぼ最上位であり大陸全土をあわせても五百人もいない。中でも優秀な者たちは日々自分たちの魔法研究に勤《いそ》しんでいて、だからこそティナーシャの躓《つまず》きにも共感できるのだろう。

裸足《はだし》で空中を歩く彼女は、細い両腕を挙げて伸びをする。

「悩む…………法則内のはずなんだけど……」

呪詛《じゅそ》や祝福は術者の独自言語で組まれるものだが、それでも魔力を使って効果を生むものである以上、魔法法則内で動いているはずだ。飛びぬけた発想と技術で作られたものとはいえ、決して届かないはずがない。

だから本当に問題なのは魔女の呪いよりも――法則に反して動くものの方だ。

使用者に時を遡行させる魔法球。かつてオスカーが使ったものは現在トゥルダールの宝物庫にあり、そして色違いのもう一つがファルサスの宝物庫にも存在している。

使用時点での歴史を消去し、遡行した時点から新たな歴史を上書きする魔法球。魔法法則に反したその絶大な効果は、一体何に由来するものなのだろう。

気になりだすと次々疑問点が湧いてくる。ティナーシャは謎の魔法球について思考を巡らせた。

「新しい法則……ということはない。法則同士は矛盾しない」

『時は戻らない』とは、魔法法則の中でも大前提の一つだ。時は流れ続ける。留《とど》めることはできても遡りはしない。それは魔法法則階に存在する厳然とした世界の在り方で、過ぎ去った時は記憶の中にのみ存在するものだ。

「なら、別法則による法則の上書き……？　或《あ》いはあの球に独自法則自体を内包してるか……でもそもそも別法則なんてどこから……遡行なんて世界を再構成しているに等しいわけだし……」

「ティナーシャ様、先ほどから独り言が物騒なんですが」

一歩後ろを行くドアンが抑えた声音で注意する。本当は聞かないふりをしたかっただろう彼からの苦言にティナーシャは口をつぐんだ。代わりに何も聞いていなかったらしいシルヴィアが、のんき気な声を上げる。

「そういえば、今日の園遊会が城都ではちょっとした噂《うわさ》になってるってご存じですか？」

「園遊会？　噂って？」

「シルヴィア、ちょっと待て……」

どちらもティナーシャには聞き覚えのない話だ。隣国ヤルダの揉《も》め事《ごと》に巻きこまれてから二日、呪詛の解析にかかりきりで部屋にこもっていたせいだろう。顔を引きつらせるドアンと対照的に、シルヴィアは笑顔で返す。

「えー、今どこもその話でもちきりですよう。実は今日の園遊会、陛下のお妃《きさき》選びなんじゃないかって巷《ちまた》で評判なんです！」

「…………」

嫌な沈黙が流れる。ドアンは深く息をつくと業務用の笑顔で頭を下げた。

「では、私は用事を思い出しましたのでこれで」

「待ちなさい」

ティナーシャのその一言を詠唱として、ドアンの体が動かせなくなる。立ち去る機を逸してしまった彼は内心己を呪った。そんな彼に、ティナーシャは美しい笑顔を見せる。

「今の話、せっかくなのでもっと詳しく教えてください」

「園遊会は、三代前の国王陛下のレギウス様がお始めになったんですよ。城都の商人や職人たちを招いてその仕事を見たり、売りこみをさせたりするっていう」

「ああ、視察する相手にまとめてこっちに来てもらおうって発想ですか」

「ですです。商人たちにとっても一発逆転の機会ですからね。気合入ってますよ。宮廷御用達《ごようたし》になって一気に販路が広がったなんて話がごろごろしてます」

談話室に移動しての話の続きで、園遊会についての説明を引き受けたのはシルヴィアだ。彼女はお茶を飲みながら邪気のない目で笑う。

「で、それが親の手伝いでついてくる女の子たちにとっては『貴人に見初められるかも』って機会になったんですよー。ほら、実際先代の王妃様とかは何の身分もお持ちでない方でしたし」

「あくまで民側の勝手な期待です……」

諦めきった様子でそう付け足したのはドアンだ。基本的に余計な揉め事に関わりたがらない彼は、ティナーシャがこの件で機嫌を損ねると予想しているのだろう。それは今までの行状からすると当然の読みかもしれないが、ティナーシャとしても即位直前だ。分別はさすがにある。

彼女はお茶の香りを楽しみながら聞き返した。

「オスカーのお母様も、その園遊会で見初められたんですか?」

「いえ、確か先王陛下がある日連れて帰っていらっしゃったんです。抜け出し先でお知り合いになったとか」

「抜け出し……争えない血……」

「確かご結婚を家で反対されたということで、ご出身は伏せられたままだったんです。ご葬儀の時も故王妃様の縁者の方はいらっしゃいませんでした」

「んー……」

その辺りについてはオスカー自身も把握していない事情がある気がする。何しろあの時間遡行の呪具は、彼の母親がファルサスに持ちこんだものらしいのだ。

それに加えてオスカーには、封印されているが並みの魔法士を凌駕《りょうが》する量の魔力がある。先王には一切魔力がないことを考えると、彼の母親が魔法士であった可能性は高い。

ただそれらは気になる話とは言え、故人のことで他国のことだ。ティナーシャが関わっていい話とは思えない。関わっていい人間がいるとしたら、それはオスカーが将来娶《めと》る妃だろう。

ティナーシャは膝の上に頬杖《ほおづえ》をつく。

「オスカーは誰と結婚するのかな……」

「ティナーシャ様、そろそろ胃痛で早退してよろしいでしょうか」

「何もしませんよ！」

信用がないのは自業自得だが、そこまであからさまに用心されても釈然としない。ティナーシャが頬を膨らませていると、シルヴィアがぽんと手を打つ。

「そうだ！　ティナーシャ様も園遊会に出席なさいません？」

「え？　でも私他国の人間ですから、オスカーに見つかったら怒られそうですよ」

以前にも彼には「人材を勝手に引き抜こうとするな」と注意されたのだ。ファルサスの商人や職人が集まるところに顔を出したら睨《にら》まれそうだ。

遠慮するティナーシャに、だがシルヴィアは軽く手を振る。

「ばれなければいいんじゃないでしょうか。ほら、ティナーシャ様なら呪歌で外見誤認とかかけられますし！」

「呪歌ってそんな強力なものじゃないですよ……オスカーなら歌った段階で用心します」

「じゃあ他の手段で！　昔の魔法書には変化の魔法とかの記述があるじゃないですか！」

「変化ですか。子供の頃に習ったことはありますね」

呪歌のように認識誤認をかけるわけではなく、肉体そのものを変化させる魔法。

古《いにしえ》の高等魔法であるそれについて、確かにティナーシャは四百年前に講義を受けている。だが理論を知っているだけで実践したことはない。彼女はかつての記憶を探った。

「人間以外への変化はちょっと自信ないですね……。年齢を変えたりとか、単純に外見を変えるくらいなら多分いけます」

「じゃあやってみましょう！　私、服を用意しますから！　町娘のふりをして陛下とご結婚を狙いましょう！」

「狙わないですよ!?」

「私はそろそろ早退させて頂きますね……まだ宮廷魔法士を辞めたくないので……」

げっそりしているドアンと対照的に、シルヴィアはうきうきと弾んでいる。そんな二人を前にティナーシャは腕組みをした。

「……ちょっとだけですよ。怒られそうになったら撤退しますからね」

「ばれなければ大丈夫ですよ！　お任せください！」

根拠のない自信だけは溢《あふ》れているシルヴィアに手を引かれて、ティナーシャは談話室を出ていく。

そんな二人を見送ったドアンは胃を押さえると、長い溜息《ためいき》を吐き出した。

※

昼をいくらか過ぎた時間、城の中庭のあちこちには敷物《しきもの》やテーブルが置かれ、自慢の品を持ち寄った城下の者たちで賑《にぎ》わっていた。

黒い敷布の上には水晶が並べられ、その隣のテーブルには精巧な時計仕掛けの箱が展示されている。様々な品がそこかしこに置かれている間を、商人たちがせわしなく行きかっていた。

彼らの最大の目的は「王の目にかなうこと」だが、そうでなくともこの場には多くの商機が転がっている。城の高官の目に留まれば宮廷御用達になることもあるし、名の売れた商人と縁ができれば他国への道も開ける。どんな出会いを摑《つか》めるかは己と運次第だ。

だからこそこの場に関わる皆は気合を入れて入念な準備をしてきており……それは、別の期待に胸を膨らませる娘たちも同様だ。父親や兄の手伝いを名目にやってきた彼女たちは、御伽噺《おとぎばなし》のような夢を楽しみにここに来ている。それが叶《かな》わない夢だと知っていても、夢を見ている間は楽しんでいられる。

そんな彼女たちは、王が中庭に姿を見せると目に見えて浮足立った。高い声こそ上げないが、期待と憧れに満ちた視線がちらちらと王とその周囲に向けられる。王の従者であり幼馴染《おさななじみ》でもあるラザルが微苦笑した。

「去年もすごかったですけど、今年は更に女性が増えている気がしますね」

「年々増えられても困るんだが。妃探しに時間を割いてるわけじゃない」

オスカーは手近なテーブルを覗きこむ。そこに並べられているのは精巧な細工物だ。白い大きな貝殻を削って透かし模様を作り、中に明かりを入れている。丁寧な職人の仕事にオスカーは感心した。小物入れになっている一つを手に取る。

「よくできてるな。面白い。これをもらおう」

「あ、ありがとうございます！」

王に買い上げられたとなれば職人の名にも箔《はく》がつく。喜色を隠せない男を相手にラザルが買い上げの手続きをしている間、オスカーは貝細工を懐にしまった。隣の商品に視線を移す。

そうして彼が中庭を見て行くにつれ、集中する期待は増していく。そこには若い娘たちからのものも多分に含まれており、オスカーは内心の苦笑をのみこんでいた。

彼が半分ほどの品を見て回ったところで、人の中から一人の少女が駆け出てくる。彼女は緊張に頬を染めながら膝を折ってお辞儀をした。

「陛下、ご案内いたしましょうか」

勇気を振り絞って申し出たのだろう少女に、他の少女たちは呆《あき》れとやっかみの目を向ける。オスカーは意表を突かれて目を丸くしたが、すぐに微笑した。

「ありがたい申し出だが大丈夫だ」

「ですが……」

「なら私がご説明いたしますわ」

「わたしが――」

わっと集まりだす娘たちは、溜《た》まり溜まった緊張と期待が決壊してしまったかのようだ。途端に騒がしくなる周囲に王の護衛たちも困惑を隠せない。ラザルが困り果てた顔で主君を見上げた。

「陛下……」

一旦、この場を離れることを勧めているのだろう幼馴染に、オスカーは一瞬どう返すか迷った。もともと園遊会自体、今では形式的なものだ。参加する商人や職人は、事前に見本の品を城に提出している。それらの品は彼自身はもちろん、それぞれの専門である宮仕えの人間が一通り目通ししているのだし、ここでオスカーが騒ぎを起こしてまで見る意味は薄い。

出席している大人たちはそれを分かっているのだろう。騒ぎに苦笑している者や娘たちを危なっかしそうに眺めている者など様々だ。

オスカーはそんな周囲を見回して――ふと一人の少女に気づいた。

少し離れた木の陰に立っている彼女は、赤毛の髪を一つに束ねて白い前掛けをしている。そばかすだらけの顔といい少し欠けた木靴といい、ごく普通の町娘だ。

ただ……その目だけが違う。

強い、どこまでも強い感情を含んだ目。

見返すだけで囚《とら》われそうなその瞳は、他の娘と比べてあまりにも異質だ。いつまでも見入ってしまいそうな自分に気づくと、彼は人知れず息をついた。王は集中する視線に返して笑う。

「では、せっかくの機会だ。こちらが城を案内しよう。と言っても全員は難しいからな」

彼はそこで迷うようにぐるりと周囲を見回し、そして木の陰にいる少女を手招いた。

「そうだな、お前だ。来ればいい」

「え……」

少女は顔を強張《こわば》らせる。彼女は逃げ出したそうに視線をさまよわせたが、すぐに周囲の目に気づくと小さな唇を結んだ。うつむき気味の顔を赤らめる。

「ありがとう……ございます。参ります」

羨望と嫉妬の視線を全身に受けながら、少女は人垣をすりぬけた。背を向けたオスカーの半歩後ろに彼女は並ぶ。二人の姿が庭木の向こうに消えると、高まり過ぎていた熱狂は波のように引いていった。残された人々は気が抜けたように自分たちの仕事に戻り、中庭は緩やかな賑わいを取り戻していく。

一方、喧噪《けんそう》を離れた王と少女は無言のまま城の庭を奥の方へと歩いていた。

うつむいたままの娘は、誰の姿も見えなくなるとかろうじて声を絞り出す。

「あの……陛下、どうして私を……」

「理由が必要か？」

「……要りません」

少女は彼の答えを聞いてうつむき気味の顔をがくりと更に倒す。

彼女がわずかに持っていた期待はそこで霧散してしまったらしい。薄紅色に染まっていた頰がむしろやや青ざめた。オスカーはそれを見て「もう少し黙っていればよかったか」とも思う。

だが、自分の目が間違っていなかったことは確かだ。オスカーは庭の開けた場所に出ると、草の上に腰を下ろした。少女はあわててその隣に座る。

オスカーはそばかすだらけの顔を一瞥《いちべつ》すると、おもむろに柔らかな頰をつねった。

「なんだこれ。どうなってるんだ？」

「いたたた……つねらないでくださいよ！　魔法で変化させただけです！」

彼女は大きく首を振って彼の手から逃れると、赤くなってしまった頰を押さえる。

「……どうして私だと分かったんです？」

じっと見上げてくる彼女の目は、顔立ちこそ違えどいつもと変わらぬものだ。

想《おも》いを込めた無垢の目。見間違えようもないそのまなざしを、オスカーは感情を出さぬ目で見返す。いくつもの返答が浮かんでは消え、結局彼は無難な答えを口にした。

「魔力隠蔽をかけていてもお前の魔力量じゃ限度があるだろ。うっすら光って見えるぞ」

「ああ……貴方《あなた》は勘が鋭いですもんね」

少女はそう言うと両手で顔を覆った。たちまち赤い髪が元の闇色に戻る。日に焼けた肌が透き通る白色に変わると彼女は両手を下ろした。――類稀《たぐいまれ》な美貌がオスカーを見上げる。

四百年前から彼を助けるためにやってきた女、ティナーシャは、申し訳なさそうに微苦笑した。

「失礼しました。ちょっと息抜きをしてみたくなって」

「普通に言え。そう言うのは」

「お妃探しを兼ねていると聞きまして」

「お前……素性を隠して結婚しようとするのはさすがにやめろ。後で国家問題になる」

「しませんよ！　邪魔をしちゃまずいと思っただけです！」

ティナーシャは必死に叫ぶが、何しろ今までの行いが悪すぎる。

解呪のためにファルサスに滞在している彼女は、隣国の次期女王でありながら独断専行を繰り返し、自分を囮《おとり》にして戦闘に参加するなど無茶ばかりをしてきたのだ。次は何をしでかすか用心されても仕方がない。だがさすがに即位直前のこの時期は大人しくしているだろう。結局彼女は自分の心よりも己の責務を優先する人間だ。だからまもなくファルサスから去っていく。

ティナーシャはばつの悪い顔で彼を見た。

「お仕事の邪魔をしてしまいました。申し訳ありません」

「別にいい。ちょうど離席する頃合いだった」

元々破天荒な曾祖父が始めた行事だ。実利とは関係ないし、彼女がいるならちょうどいい。

オスカーは懐に手を入れるとそこから先程買い上げた貝細工を取り出した。無造作にそれをティナーシャの膝に置く。

「やる」

「え。私にですか？」

「海を見たことないんだろ」

まもなく女王に即位すれば、ティナーシャに自由はなくなるはずだ。同じ王でも風通しのいいファルサス宮廷と違って、トゥルダールは素性の知れぬ女王へ常に注意を払うだろう。

だからせめてこの貝細工を見る時、彼女の心に自由が生まれればいいと思う。遠く広がる海を想像しながら、ファルサスでほんの束《つか》の間《ま》過ごした日々のことを想起すればいいのだ。

ティナーシャは両手の中の貝殻を覗きこむ。精巧な飾り彫りは、岩場に座って琴を奏でる少女と、それに聞き入る魚たちの姿を描いていた。中に嵌《は》めこまれている発光石が淡く揺らいで陰影を作っている。ティナーシャはそっと貝殻を握りしめた。

「ありがとうございます……嬉《うれ》しいです」

嘘《うそ》のない横顔にオスカーは目を細める。

穏やかに流れる時間、彼は草の上に仰向けになると顔の上に腕を置いた。

「ちょうどいいから俺は休憩していく。あとその靴は脱げ。転移を使えば裸足でも帰れるだろ」

「え、あ、帰れますけど……ここで仮眠ですか？」

「戻る時ついでに起こしていけ」

オスカーは目を閉じようとして、だがぽんぽんと肩を叩《たた》かれる。腕をどかして見ると、ティナーシャは自分の膝を同じようにぽんと叩いた。

「寝るならどうぞ。まだしばらくは考え事してますし」

「……お前」

相変わらず無防備な女にオスカーは白眼を注いだが、他に誰がいるわけでもない場所だ。それくらいは許されるだろう。彼はそう思いなおすとティナーシャの膝に頭を預ける。視線を上げると、彼女は妙に稚《いとけな》い嬉しそうな顔でオスカーを見ていた。

「何だ……寝首でもかくつもりか？」

「かきませんー。そういう時は正面から伺います」

「言ってろ。俺は寝る」

オスカーは目を閉じる。女の白い手がそっと前髪を梳《す》いていった。

微《かす》かな花の香り。それが彼女の香りだとオスカーは知っている。心地よさを覚えて息をつく。そうして深い眠りに落ちていく中、ほんのまたたきの間——ごく平凡な町娘の彼女と出会って妃にする——そんな楽しくも愚かしい夢を、彼は見ていた。


彼女の膝を枕にした男は本当にそのまま眠ってしまったようだ。すぐに規則的な寝息が聞こえてくる。ティナーシャはじっとその姿を見つめた。

「あんまり怒られなかった……」

彼の目に留まった時には一瞬愚かしい期待をしてしまったものだが、やっぱり正体を見抜かれていただけだった。シルヴィアがはりきって服を揃《そろ》えてくれたのだが、魔力で露見したとなるとただ申し訳ないだけだ。

ティナーシャは彼を起こさぬよう、そっと木靴を足から抜き取る。初めて履いた靴のせいか、爪先と踵《かかと》が赤くなってしまっていた。彼が靴を脱ぐよう言ったのは、足を痛めていることに気づいたからだろうか。彼女は複雑な気分で踵を撫《な》でる。

ティナーシャはそうして、もらった貝殻を空にかざした。

「……綺麗《きれい》」

発光石と日の光に照らされる飾り彫りは、御伽話の一幕だ。

恋人を船の事故で失った少女は、彼を求めて昼は海岸を歩き、夕暮れ時には歌で魚たちに問う。だが恋人はいつまでも見つからず、やがて少女が諦めかけた頃、記憶を失った恋人が彼女の前に現れる。彼女は波間に消えただろう記憶を惜しみつつ、新たにまた恋人と時を重ねられることを喜ぶ、そんな話だ。

「もう一度初めから――」

それは自分たちも同じだ。だが御伽話と違って、自分たちは恋人ではない。ここからただ別れていくだけだ。

四百年前に以前の彼に助けられたことをきっかけにして、この時代でもう一度初めから出会って、そして今また違う道を歩き出す。残せるのはただ解呪という結果だけで……いわばそれは感情の結晶だろう。多くの呪詛や祝福もそうしてかけられたのだ。

「あ……」

不意にひらめいてティナーシャは顔を上げる。

――ずっと分からずにいた解呪のための最後の欠片《かけら》。それはきっとこの感情だ。

「残したい」という思い。最初から彼にかけられた呪詛はそれを願っていた。だからこそ独自言語で編む呪詛の中に、更に定義名という暗号箇所を設けたのだ。たとえ呪詛が解かれたとしてもその場所は残るように。実際、四百年前にティナーシャが見た呪いも、その部分は相殺されぬまま残っていた。

だからきっと、この呪詛の最後の欠片は、この定義名を残すためのものだ。

「だとしたら――」

ティナーシャは膝の上のオスカーを見下ろす。今すぐ思いつきを試してみたいが、彼は寝入ったばかりだ。日頃が多忙な分、できればもう少し寝かしておきたい。

ティナーシャは少し考えた後、何もない空中で両手を広げる。そこにふわりと白い掛布が現れた。彼女はそれをオスカーの上に掛けると、自分も目を閉じ構成について考え始める。

※

どれくらい寝ていたか。日の高さを見る限り一時間は経《た》っていないだろう。オスカーは自分を膝枕している女を見上げて目を丸くした。彼女は細い首を垂れて自分も転寝《うたたね》をしている。もっと早く起こされると思ったが放置されたのはこのせいだろう。オスカーは白い掛布に気づいて苦笑する。

「いくら城内だからって二人とも寝てどうするんだ」

何かあったら問題だろうと思うが、何かあったなら自分たちのうちどちらかは起きただろう。

オスカーはしばらく彼女の寝顔を見上げていたが、いつまでもそうしてはいられない。彼は体を起こすと、眠ったままの彼女を掛布でくるんで抱き上げた。だがティナーシャは抱き上げられてもまったく起きる様子がない。オスカーは彼女の軽い体を揺すりあげる。

「好きに眠っていればいい。この国にいる限り、お前は自由だ」

望めば町娘のように過ごすこともできる。けれどきっと彼女自身がそれを望まないだろう。

自分たちはそういう人間になるように育った。だからこそほんのささやかに得られる自由な時間を、想いを貴いと思うのだろう。

オスカーはティナーシャを抱き上げたまま、自分の日常へと戻っていく。

彼女に残された自由があと何日か、数えることはしたくなかった。

2. 月晶

それは、芸術的な美しさを保ってゆるやかに回転していた。

緻密に絡まる線と線。複雑極まるそれに、ティナーシャは白い指を伸ばす。

――かつて見たものと同じ、絡み合い相殺しながら在る二つの構成。

向かいあう力は、相反しながら強く惹《ひ》かれる同質を連想させる。


どちらもが愛情であり、どちらもが憎悪。

守りながら蝕《むしば》むもの、損ないながら支えるもの。

そこにはまるで大きすぎる感情が透けて見えるようで、彼女は溜息をついた。これから自分がこの片方を現出させることを思って身震いする。

「……大丈夫」

約束は違えない。

四百年を超えて、今度は自分が思いを以《もっ》て干渉する。せめてこれだけでも彼に返さなければ。

ティナーシャは白い両手の中にいくつもの水晶球を転移させる。

そして、魔法具を作るために長い長い詠唱を始めた。

※

その日執務室で仕事をしていたオスカーは、現れた女の目の下に隈《くま》ができているのを見て顔を顰《しか》めた。昨日稽古で会った時も疲れが滲む顔をしていたのだ。心配が批難混じりの声になる。

「お前、ちゃんと寝てるのか？」

「確か二日前には」

「寝ろ！　今すぐ！」

オスカーの叱責にティナーシャは苦笑を見せた。ラザルが心配そうな顔を向ける。

彼女は扉横の壁に寄りかかりながら、軽く手を上げた。

「解析ですが、終了しました。今日の夜解呪を行います。それまでちょっと眠るので……今日の稽古は無しにしてください。すみません」

単なる連絡の言葉、だが男二人はその内容に唖然《あぜん》とした。すぐには何も言えない。

ティナーシャは彼らの反応に目を伏せて微笑んだ。それが疲れなのか照れなのか、もっと別の何かなのかは分からない。ただ妙に艶のある表情がオスカーの目を引いた。

しばらくの後、彼は深い息を吐く。

「間に合うとは思わなかった」

「間に合わせますよ、さすがに。貴方が困るじゃないですか」

「半年と言いながら三年くらいかかるかと思ってた」

「割とありそうな数字上げるのやめてくださいよ！」

壁から体を起こして叫んだティナーシャが、そこでふらついたのを見てオスカーは反省した。いつもの軽口を抑えて話を元に戻す。

「で、解呪には何か要るのか？」

「何も。貴方が寝ている時にやるので、早寝してください」

「なんで寝てる時なんだ」

「施術中に意識があると危ないんですよ」

ティナーシャはこめかみを手で押さえた。気を抜けば眠りそうな様子は体が疲れきっているせいだろう。オスカーはその様子に気づくと頷いた。

「分かった。いいから寝とけ」

「夜、伺います」

彼女は壁に寄りかかったまま転移して部屋から消えた。ラザルが感嘆の息をつく。

「何だかあっという間だった気がしますね。もうティナーシャ様が国にお帰りになるとか、実感が湧きません」

「元々そういう約束で来たんじゃないか」

オスカーは感情のない声で返した。彼女の即位まであと一週間もない。これほどぎりぎりまでいたことの方が特異なのだ。それは彼の解呪に取りかかっていたためで、けれどその理由も今夜消える。不思議な感慨がオスカーの全身を満たした。

——焦燥、期待、寂漠、不安、どれもきっと違う。

名付けられない感情を度し難く思って、だがオスカーはそれでも、彼女が苦労の果てに辿り着いた、その努力に思いを馳《は》せた。

※

ティナーシャは、彼が自室に帰って一時間後にやってきた。日中眠っていたためか、顔色は少しよくなっている。寝台に腰かけたオスカーは、隣に座ったティナーシャの顔を注視した。

「即位間近なのに隈はすぐには消えないな……レジスに俺が怒られそうだ」

「間に合わなくても魔法で消しますよ」

彼女は微笑みながらさらりと流す。白い指で男の額と胸元をつついた。

「上脱いで、寝てください。一度施術に入ってしまえば、終わるまで目覚めることはないと思います。でも眠りには自然に入って欲しいんですよね。魔法で眠らせると余分な構成が絡むので」

「自然に寝ろって難しい注文だぞ」

オスカーは言いながらも素直に上を脱いだ。寝台に仰向けになる。座ったままのティナーシャが小さく欠伸《あくび》をしながらその姿を一瞥した。

「もっと寝ちゃってから出直した方がいいですか？」

「そう言われたらやっぱり同じだろ。いつお前が来るか無意識に用心する」

「確かに。完全に侵入者ですしね……予告なしに施術に来ればよかったです」

「余計に不審な動きをしようとするのはやめろ。努力してみる」

「お願いします」

二人はそれぞれが目を閉じる。緩やかな沈黙が流れる。

傍《そば》に感じる彼女の気配は、オスカーに警戒心を呼び起こさない。物心ついた時から他者の気配に敏感な彼にとって、隣にいても気にせず眠れるのは彼女だけだ。それはきっと、彼女が彼に寄りすぎず己で立っているからだろう。

誰にも寄りかからず、傲然と顔を上げて進む王という人種。

彼女はそうである己を知っていて、けれどこの国では屈託なく振舞っている。だからこそ、まるで隣にいることが当然のように、ほっと安心するのかもしれない。

オスカーが目を開けると、ティナーシャは膝の上に二十個ほど小さな水晶球を広げていた。一つ一つを摘《つま》んでは確かめるように覗きこんでいる。

子供の手遊《てあそ》びのような仕草に、オスカーはつい口を開いた。

「何だそれは」

「あ！　寝てない！」

「そんなすぐに寝れるか！」

ティナーシャは体をよじると、手の平の上に一つ水晶球を載せて示した。

「魔法具です。一つ一つに構成を詰めてあります。これを配置しながら全体構成を組むんですよ」

「そんなに要るのか」

「魔女のかけたものですからね。並大抵じゃないです」

唇の両端を上げて微笑んだ彼女は、自嘲しているようにも安堵《あんど》しているようにも見えた。長い睫毛《まつげ》が頰に翳《かげ》を落としている。月が白い顔の半分を照らし、整った貌を非人間的なものに変えていた。オスカーはその横顔を見つめる。

「……もう半年か」

ラザルではないが、ずいぶんあっという間のことだった。零《こぼ》した言葉に彼女は微笑する。

「ちゃんとお約束通りです」

「たったこれだけの間にずいぶんお前は好き放題してくれたな」

「貴方が自由にさせてくれましたから」

それは事実で、きっと彼自身にとってもそうだろう。

彼女がいる毎日は、一日たりとも同じ日がなかった。屈託のない喜怒哀楽も、児戯のように振われる絶大な力も、全てが呆れるほど新しくて……自由を感じた。

「予想外のことをし過ぎだ。城の地下で四百年寝てるとかな」

「私が作った地下室ですもん。場所の有効活用ですよ」

時の流れから隔絶された地下室。あの緑溢れる庭園の光景をオスカーは思い出す。

白い寝台で眠っていた彼女。そして彼女が目覚めて自分の名を呼んだ時のことを。

「初めてお前を見た時——俺のためにいる女かと思った」

呪いの打破を願った先で見出《みいだ》した彼女こそが、自分の花嫁かと思った。

それまでどうしてかけられたか分からなかった呪いの訳も、彼女を見た時に腑《ふ》に落ちた気がしたのだ。全てがここに至る布石だったのかもしれないとさえ思えた。

静まりきった部屋に女の穏やかな声が響く。

「ええ。私は貴方のために来ました」

それは彼が言ったものとは似て非なる言葉だ。ただ大きすぎる想いだけは変わらない。

外の音は聞こえない。

この部屋は今、世界から切り離されている。時の流れが違う。まるで水が部屋を浸しているかのようだ。静寂の中、全てのものが浮きたっている。

目を凝らせば暗い部屋の隅までよく見えるような錯覚がして、オスカーは再び目を閉じた。

「ティナーシャ」

「なんですか？」

「いや……」

何を続けるべきか迷う。いや本当は何を言いたいか分かっている。ただ躊躇《ちゅうちょ》しただけだ。

彼は結局、似て非なる言葉を口にした。

「本当に解けるのか？」

「ここまで来たんだから信用してください」

彼女の答えは、自信に満ちたものだった。不安など微塵《みじん》も見せない。弱さを曝《さら》さない。彼の前で泣いていた彼女はもうどこにもいない。そのことにオスカーは安堵し、そして同じくらい寂しさも感じる。これを感傷と呼ぶべきなのか彼には分からなかった。

だから――もし感傷なのだとしたら、口にするのもいいかもしれない。

彼は言葉をわずかに変える。聞きたかったことを聞く。

「本当に解くのか？」

少しの沈黙。それは先にはなかったものだ。

だが彼女は涼やかに答える。

「解きますよ」

決められたことを読み上げているような声だ。そして既に決めている声だ。

決然とした美しさに、オスカーはふっと笑う。

――あれほど苦労していたのだ。当然だろう。

そして、もう女王になるのだ。当然のことだ。

馬鹿なことを聞いてしまった。オスカーは後悔を覚えて苦笑する。今になって初めて彼は、自分がずっと迷っていたことに気づいた。彼女以上に、いつも揺らいでいたのだ。

だが、もう迷わない。ここが一つの区切りになる。

「頼む」

オスカーは意識を深く沈みこませる。眠りの手に己を任せる。

緩やかに落ちていく夢の中、誰かが自分の手をそっと握った気がした。

※

ティナーシャは、ファルサス城奥にある転移陣前で歩みを止めると振り返った。

そこには仕事を抜け出してきたらしい見送りの面々が立っている。彼女は皆に向けて、少し照れくさそうに笑った。次いですぐ傍へ歩いてきた男に頭を下げる。

「お世話になりました」

「こちらこそ。ちっとものんびりさせられなくて悪かったな」

「面白かったです。また揉め事があったら参加させてください」

部屋の私物は既に引き払い、ティナーシャは身一つだ。彼女は他の人間たちにも軽く膝を折って礼をする。シルヴィアが泣き出しそうな顔で頭を下げた。友人のそんな顔に、ティナーシャは寂しさを含んで微笑する。

オスカーは小柄な彼女を見下ろした。

「次に会うのはお前の即位式か。すぐだな」

「あ、面倒だったら来なくていいですよ」

「お前は俺をどれだけ薄情だと思ってるんだ……」

オスカーが軽く白い頬をつねるとティナーシャは暴れる。

「貴方ってああいう外交の集まり嫌いじゃないですか！」

ぺしぺしと胸を叩かれながらの反論に、男は指を放すとしらっとした顔で言った。

「まぁ行く。失敗しないように精々頑張れ」

「二度目ですよ！」

小さな肩をいからせて怒ったティナーシャは、しかしすぐに表情を和らげた。一度瞬《まばた》きをすると慈しみに満ちた光を目に宿す。誰を見るわけでもなく周囲に視線をさまよわせ、彼女は最後に男を見上げた。その貌《かお》に一瞬大人びた、愛《いとお》しむような微笑を浮かべる。

澄みきった、無私の愛情を思わせる目。果てのないその感情に、オスカーは息をのんだ。

だがその微笑みはすぐに、いつもの稚いものに変わる。

「では失礼します。ありがとうございました」

ティナーシャはそう言うと彼に背を向けた。

長い黒髪が絹のように揺れる。小さな体には負われた気高さと孤独が透けていた。

彼女はそのまま転移陣の上に立つ。

美しい魔法士は、そうして転移陣の発動と共にファルサスから姿を消した。

オスカーは苦笑しながら目を閉じる。

鮮烈なその存在が視界に焼きついて、当分忘れられそうになかった。

3．約束の折り返し

その日は飛びこみの陳情が相次ぎ、何とか区切りをつけた時には昼も大分過ぎていた。

オスカーは顔を上げて時計を見ると、眉を寄せる。

「まずい。ティナーシャの稽古が――」

そこまで口にして、彼は当のティナーシャがもうファルサスにいないことを思い出した。思いきり顔を顰めてしまった主君に、ラザルが苦笑する。

「きっと今頃お忙しくしていらっしゃいますよ。即位式も明後日《あさって》ですし」

「本当にぎりぎりまでこっちにいたからな……」

いくら転移が使えるとは言え、普通なら次期王が即位数日前まで他国に出入りしていることなどありえない。彼女がそれをしていったのは、義理堅さと情の深さゆえだろう。

たった半年、この城で暮らしていた彼女。その残り香はそこかしこに顔を出す。

オスカーは、子供のような夏着で笑っていた彼女の姿を思い出し嘆息した。

「とんだ変わり種だった。ファルサスでのあいつの行動は全部記録させとけよ。後世に残してやる」

「トゥルダールから苦情が入りますよ……」

ラザルの言葉は暗に彼女の無茶苦茶さを示しているだけだ。だがトゥルダール側はおそらく、女王のそんな行状を隠蔽してくるだろう。実際、四百年前の在位時についても「魔女殺し」をはじめとしたいくつかの功績以外、彼女についての記録は残っていないのだ。

「あれで本当にただの王女だったら面白いで済んだんだがな」

「面白いで済みましたかね……何回か血塗《ちまみ》れになっていらっしゃいましたけど」

慄《おのの》くラザルを無視して、オスカーは机に頬杖をつく。

——本当に、彼女がただの王女であればよかったのだ。

トゥルダール王子であるレジスの妹として生まれ、王位継承権が第二位以降であれば、もっと彼女も違う生き方ができた。それこそ他国に嫁ぐことだって可能だ。オスカーは女王としての彼女を知らないが、彼女の本質が自由奔放であることは知っている。

だから、もっと多くの選択肢があればよかったと思う。せっかく暗黒時代から脱したのだ。重圧を負って孤独に生きる一生以外にも、選べる道があればよかったのではないかと思ってしまうのだ。

そこまでぼんやり考えたオスカーは、我に返ると苦い顔になった。

「馬鹿げてる」

いなくなった人間のことをいつまで考えているのか。自分には他に考えなくてはならないことがいくらでもあるはずだ。オスカーは、ラザルが気づかわしげに自分を見ていることに気づくと、軽く手を振った。

「大丈夫だ。仕事に戻ってくれ」

「あの、それなんですが陛下。国内貴族の方々からちらほら謁見願いが入っておりまして、ご令嬢も共にということですから……あの……」

「王妃希望の面会か。面倒だから同じ日にまとめとけ」

「よろしいんですか？」

ラザルの問いには、口には出さない意味が込められているようだ。

オスカーはそれを察しながら顔には出さず返す。

「呪いも解かれたし、そろそろ王妃候補を選ばないとな。できるだけ無害な女を選ぼうと思ってたからちょうどいい」

呪いがなくなった今、結婚できるだけ上等で相手についての希望はない。誰であっても一緒だ。

オスカーは無理矢理に気分を切り替えると執務に戻る。

昼食を食べ忘れたことを思い出したのは、それから三時間後のことだった。

※

トゥルダールに女王が即位するのは六代ぶりのことで、精霊継承公開にいたっては十一代ぶりだ。

即位式当日、トゥルダールの大聖堂に案内された招待客たちは、異例づくめの即位について様々な懸念を囁きあっていた。

「トゥルダールも禁呪が条約で制限されたばかりだというのに、精霊継承を行おうとはな」

「だが元々即位につきものの儀式だ。省くわけにもいかないのだろう」

「ここ百年、精霊などいなかったじゃないか。今更になって精霊を顕示するなんて何か思惑があるんじゃないか？」

円形の大聖堂は、外周にすり鉢状の席を持ち、中央部分には祭壇が置かれている。

外周に座した招待客たちは、豪奢《ごうしゃ》な衣装に身を包みながら噂話に花を咲かせていた。

「第一、精霊なんて本当に継承できるのか？」

トゥルダール王が即位時に使役する精霊の正体は、上位魔族だ。

別位階の存在であり、ほとんど人間階に現れない彼らだが、ごく稀に現出した際には神として地方で信仰対象にもなっていた。それほどまでに彼らは圧倒的な力を持つ、人を超越した存在なのだ。

ただでさえトゥルダールは、卓越した魔法技術と多くの魔法士たちを擁する国家として諸国から畏れられている。この上再び精霊継承ともなれば、大きすぎる力に懸念も抱かれるだろう。

「心配するほどじゃないだろう。仮に精霊継承に成功したとしても、一体が関の山だ」

聞こえてくる楽観的な意見に、オスカーは苦笑する。

これから即位する女は十二体の精霊のうち、少女の姿をした一人を既に使役しているのだ。どう転んでも一体だけで済むはずがない。即位式でそれを見た客たちがどんな顔になるか、彼は想像して口元を緩める。

だがそう思いながらオスカーは、同時に笑えないものも感じていた。

トゥルダールがその力を強めれば、必然的に他国の警戒を買う。いくらトゥルダールが今まで他国に侵攻したことがないといっても、数ヶ月前にはドルーザが禁呪を手にしてファルサスに攻めこんだ前例があるのだ。大きすぎる力は容易《たやす》く人を、国を、狂わせる。それを知っている人間たちは、トゥルダールに対しても緊張を拭えはしないだろう。

ティナーシャの即位と精霊継承を望んだのは、昨日退位した前王カルステだが、そのつけを払うのは彼女だ。そそっかしいところのある女がどのようにこの国を動かしていくのか、オスカーは心配と好奇心を共に覚えていた。

不意に聖堂内が静まり返る。

オスカーはそれに気づいて顔を上げた。

列席者たちが見下ろす中央部分には円形の空間が広がっているが、その更に中心部には十数段の階段の上に飾り気のない祭壇が置かれている。無神教の国家だけあって偶像の類は一切ない。石の祭壇だけが置かれた聖堂だ。

その祭壇の前に、いつの間にか儀礼用の正装を着たレジスが立っている。トゥルダール王子である彼は、列席者たちを見回すと頭を下げた。

「本日はお忙しいところをお越しくださり、誠にありがとうございます。女王に代わりまして篤《あつ》く御礼申し上げます」

あっさりとした挨拶は、どこか合理的なティナーシャを思い起こさせる。

レジスは柔らかい微笑みで続けた。

「此度《こたび》の即位は精霊継承を以て儀式に換えさせて頂きます。異例のことも多いかと存じますが、これが女王の意志とお受け取りください」

しん、と場が水を打ったようになる。

――トゥルダールの王位は厳密には継承ではない。

前王は前日に退位し、新王がその翌日即位する。王が継承するのは精霊のみであり、そこには「力によって王位につく」という古くからのトゥルダールの姿勢が色濃く残っていた。

だから今も前王であるカルステは、他の魔法士たちと共に祭壇下に控えている。壇上にいるのは息子のレジスのみだ。

レジスはもう一度礼をすると、祭壇の方へ手を差し伸べた。――そこに転移門が現れる。

最初に門からのぞいたのは、小さな白い女の手だ。

神秘を具現したその手が、レジスの掌《てのひら》に重ねられる。

次いで青い服の裾が見えた。稀少《きしょう》な宝石を砕いて染めたような青さは、トゥルダール王族固有のものだ。空よりも濃く、海よりも澄んだ青。それはこの魔法大国が培った歴史を思わせる。

居並ぶ者たちの沈黙を吸いこんで、女王はゆっくりとその全身を現した。

長い黒絹の髪は下ろされたままで、その上には真珠を連ねた銀糸のヴェールを被《かぶ》っている。纏《まと》う魔法着は深青と純白で彩られ、華奢《きゃしゃ》な体の線を浮き立たせながら裾で大きく円形に広がっていた。彼女はその裾を、弧を描くように引きながらまっすぐに立つ。

わずかに伏せられた瞳の色は、闇そのものの深さを湛《たた》えて前を見つめている。溜息を禁じえない美貌は厳粛さを帯びて、魂までもが惹きこまれるような荘厳を彼女に与えていた。

「……あれが、トゥルダール女王か」

人々が絶句する気配が場に広がる。オスカーはそれに気づいて苦笑した。

彼女の造作の類稀さも、女王としての威風も、よく知っているつもりだったが目の当たりにすると想像以上だ。彼自身、彼女が現れた瞬間すっかり見入ってしまっていた。これが、己の力によって王位につくトゥルダール女王で――彼女のもう一つの姿だ。

ティナーシャは祭壇の前に立つと深く息を吸う。その間にレジスは階段を二段下り、膝を折った。彼女は長い袖に空気を孕ませながら両手を広げる。腕輪につけられた鈴が澄んだ音を立てた。

「――記されし契約は声無き声により紡がれる」

よく響く声での詠唱。

その始まりと共に聖堂の空気が変わる。彼女を中心に魔力が渦巻き始める。

「希望の生まれし処《ところ》、其は絶望の淵《ふち》なり、時の流れは不可逆にして持ち得る意味は認識を形成す。覆われし概念は個を個たらしめ、繋《つな》がれし系譜の先端に這《は》う」

濃密な魔力が緻密な構成と成り始める。

それは波紋のように生まれては広がり、だが消えてはいかない。巨大な建造物を築くが如《ごと》く重なっていく。

「我が呼び起こすは古き約なり。人と人ならざるものを繋ぎし鎖なり」

次々重ねられる構成は、祭壇を中心として複雑さを増していく。

彼女自身の膨大な魔力と呼応して、周囲に満ちる力も中央へと凝《こご》っていった。謳《うた》うような詠唱によってその密度は増し、魔力が一層濃くなる。

「聞け、眠りしものよ。交わらぬ隣人たちよ。始まりの日は遠く、だが汝《なんじ》らは不変なり」

力が収束していく。あまりの魔力の濃さに魔法士たちが青ざめた。

その時、突如祭壇を中心として白く光る線が現れる。積み重なる構成が、見えざる手を以て複雑な円環を石畳に描き始めた。

円の外周、一時にあたる場所に白い光が灯《とも》る。続いて二時、三時と灯り、七時の場所を抜かして一周し、最後に零時の光が灯った。ティナーシャはそこで、浅く息を吐き出す。


「――現出せよ」


その声は、囁くようなものでありながら、全ての人の耳に届いた。

ひどく遠くから、或いは耳元で囁かれるような声。そこに込められた威に人々は凍りついた。

ティナーシャの闇色の目が、光る円環を睥睨《へいげい》する。

「古き盟約によりトゥルダールに眠りし精霊よ。我が名はティナーシャ・アス・メイヤー・ウル・

アエテルナ・トゥルダール」

誰のものか分からぬ溜息が漏れた。

動かぬものをも強引に変えていく力。無二の魔力があらざるものを塗り替える。

そしてついに女王は告げた。


「汝らの王として定義を宣言す――此処《ここ》に成れ」


光が満ちる。

聖堂内をあますことなく埋め尽くした白光。だがそれは、すぐに風のように過ぎ去った。

視界を焼く光に目を瞑《つぶ》っていた者たちは、恐る恐る祭壇を見て……愕然《がくぜん》とする。

「あれは……」

祭壇を中心に円状に立っている者たち。先程までいなかったはずの彼らはトゥルダールの精霊だ。

その数は――十二。

それぞれ人間に似た姿を取る彼らは、超然とした空気を纏って立っていた。

「馬鹿な。十二体全てだと……」

愕然とした呟きが招待客の口から零れる。

トゥルダールの長い歴史においても、精霊を一人で全部使役した王は二人しかいない。

一人は彼らを召喚し国に繋いだ建国王オーティス。もう一人は「魔女殺しの女王」だ。

四百年前に魔女に打ち勝ったその女王と、今のティナーシャが同一人物であることは、ごく限られた一部の人間しか知らない。だからこそこの場に居合わせた人間たちは、すぐに驚愕《きょうがく》を畏れへと変えた。あまりにも強大な力が一国に生まれたのだ。ここが間違いなく歴史の転換点になると、誰もが予感した。

一方、召喚された精霊たちは、一人を除いて全員が女王を意外そうに見やる。ティナーシャはその気配に気づいたのか、初めて表情を崩し微笑った。彼らにだけ聞こえる声で囁く。

「お久しぶりです。少し待っててくださいね」

そのお願いを命令と受け取って、精霊全員は沈黙を保つ。

ティナーシャは微笑を消すと、女王の顔で列席者たちを見回した。よく通る声を上げる。

「第四十三代女王として即位致しましたティナーシャ・アス・メイヤー・ウル・アエテルナ・トゥルダールでございます。本日皆様にこの場に立ち会って頂けましたこと、深く感謝しております」

ざわめきも聞こえない。

丁寧な謝辞は、この場の全員の命さえ左右できる女から発されているのだ。中には恐怖に蒼白《そうはく》な顔をしている者も少なくなかった。

ティナーシャは口元だけで微笑む。強い光を湛えるまなざしは王者のものだ。彼女は自身の精霊を見渡すと口を開く。

「汝らトゥルダールの精霊に命ず」

その言葉に全ての精霊が膝をつく。彼女は彼らに向かい傲然と述べた。

「我は汝らの主として、古く永き契約の終わりを宣言す。――今ここより汝らを繋ぎしトゥルダールという縛は解かれる。もはや汝らは自由だ。好きにするとよい」


軽く、歌うかのように。

女王の宣言に空気が凍りつく。その場の全員が呆然《ぼうぜん》とした。

驚いていないのはティナーシャ当人とレジス、そして下に控えていた魔法士のレナートくらいだ。精霊たちでさえ、ミラ以外は一瞬きょとんとした顔になった。祭壇下にいた前王カルステが、ようやく我に返ると顔を真っ赤にする。

「な、なんということを……！」

階段を駆け上がってくる彼に、ティナーシャは薄い微笑みを浮かべて向き直った。

カルステは他国の人間の存在を忘れたかのように叫ぶ。

「あなたは、自分が何をしたか分かっているのですか！」

「ええ、もちろん。暗黒時代は既に昔話。王自身が強大な力を持つべき時代はとうに過ぎ去りました。度を越えた力は恐怖しか生まないと多くの前例を見れば分かるでしょう。第一、精霊がおらずともトゥルダールが強国であるのは、貴方自身がよくお分かりでは？」

ティナーシャはレジスに視線を送る。それを受けた青年は、父の射るような目を受け流しながら、彼女の隣に立った。カルステは握った両手をわななかせる。

「レジス！　お前知っていたのか⁉　何故《なぜ》こんな……」

「当然の選択です、父上。今、彼女が精霊を継承しても、いつか精霊を継げない王の時代が必ずやってきます。なればこそやがて失われる力に頼るのではなく、トゥルダールの擁する民と技術こそが真にこの国の力であると示すべきです」

「……馬鹿な」

カルステは押し黙る。レジスはそんな父親を脇によけさせると、ティナーシャに頷いた。

彼女は列席者たちに向かって微笑む。

「私はこれより、王が力の象徴であった最後の時代を統べる者として、一年の間、王位につきます。そしてその後はレジス王子が王として、新たに設立する議会と共にこの国を治めていくでしょう。この一年が、トゥルダールが古き伝統を継ぐ最後の年であり、また新しい出発への準備期間であるとお考えください」

優美に告げる女王へ、列席者たちから溜息が漏れる。それらは徐々に広がりざわめきとなった。もっとも伝統を重んじていると思われていた魔法国家が、古き慣習からの脱却を宣言したのだ。

一瞬前までその力に慄いていた人々は、すぐにはのみこめない事態に即位したての女王を注視した。

ティナーシャは精霊たちに肩を竦《すく》めて見せる。

「というわけです。再会してすぐでなんですが、今までありがとうございました」

少女のような主人の苦笑に、若い男の姿をした精霊が立ち上がった。

「お嬢ちゃん、本当に好きにしていいの？」

「もちろんいいですよ」

「じゃあせっかくだし、お嬢ちゃんが死ぬまでは精霊でいるよ。トゥルダールはトゥルダールで契約終了でも、お嬢ちゃんが俺の女王なのは別口だから」

「そうなんですか？　私はどっちでもいいですけど」

「ティナーシャ様、私も残るからね！」

「えー、俺も残ろうかな。女王様といると退屈しないし」

「ニルは帰りなさいよ！　邪魔よ！」

わぁわぁと声を上げ始める精霊に、ティナーシャは苦い顔でこめかみを押さえた。隣でレジスが目を丸くする。

「ずいぶん慕われていたんですね……」

「慕われてるというか面白がられてるというか……」

好き勝手に話す精霊たちに場が収まりそうもないと判断すると、ティナーシャは助けを求めて零時に位置する精霊を見やった。彼らの中では一番老齢に見える白髪の精霊は、重々しく頭を下げる。

「契約の終了を命じてくださったこと感謝致します。しかしカルの申しあげた通り、トゥルダールの契約と貴女《あなた》が我らの主人であることとは別です。元より短き人の生、最後までのお付き合いをお許しください。我らは好んで貴女に付き従うのですから」

「むー……まぁ好きにしてくださいと言いましたしね。じゃあしばらくよろしくお願いします」

「お言葉に甘えまして」

その言葉と共に精霊全員は口をつぐんだ。彼らは思い思いの表情で礼をすると一斉にその場から消え去る。

一転して静まり返った中で、ティナーシャは泰然と微笑んだ。

わずかな怯《ひる》みもなく、集中する視線を受け止める彼女の存在は、紛れもない王そのものだ。

ほとんどの者が予感した通り、しかし予想とはまったく違う形で、彼女の即位は歴史の転換点となったのだ。その異質な美貌と力は、人々の記憶に永く鮮烈な軌跡を残すだろう。

列席者たちは皆、呪縛をかけられたように動けない。時が止まってしまったかのようだ。

そうして静止した周囲の中で、オスカーはただ驚愕を以て若く美しい女王を見つめていた。

※

「本当に型破りなことをなさいましたね……」

オスカーの護衛として列席していたドアンは、大広間へと移る途中しみじみと呟いた。二人の一歩前を行く将軍のアルスが深く頷く。

周りの列席者たちも即位式の衝撃が覚めやらないらしく、皆が口々に感想を述べている。その中にはトゥルダールが突出した力を放棄したことを評価する者や、思いきった制度変更を支持する者もいたが、密《ひそ》やかにティナーシャの異質さや革新を批判する声もあった。

何しろ今現在ほとんどの国は王政を敷いているのだ。それを議会と王権の二柱にしようとする試みは、人々の注目を浴びざるを得ない。四百年前、改革に手をつけすぎて退位させられたという女王は、この時代に来ても新たな道を行こうとしているのだ。

オスカーは臣下の感想に苦笑する。

「まぁ、あいつの判断がどう評価されるかは後世になってみないと分からんだろうな。ただ精霊があいつの代は残る以上、他国への抑止力としては充分だ。その間にトゥルダールは新制度を整えることになるだろう」

もともとティナーシャは、レジスが持つ君主としての能力を高く評価していた。おそらくはその資質を認めるのと前後して、かなり前からこの改革を行うつもりでいたのだろう。一年間で退位するとはいえ一度は王位を継いだのは、精霊の契約を解消するためだったのだ。

「精霊は、普通は継承できても一、二体だ。仮にあいつの子供が次の王になるとしても、あいつ以上の魔法士だとは限らない。ましてや代が経てば魔力が衰えていくのは今の王家を見れば明らかだからな。全部の精霊を継承して解放できる最後の機会は、実質今だけだと思ったんだろう」

ドアンは王の言葉に息をつく。

「トゥルダール自体、もともと力量制で王位を継いでいたくらいですから、ある意味合理的な国家だったんでしょう。血脈で王家を維持するようになったことの方が、本来の在り方から逸《そ》れていたというか」

「国交を開いてからは他国の影響があっただろうからな。その辺りは外圧もあっただろう」

「ただ王制が絶対だったのは精霊がいた時代の名残ですからね。本来トゥルダールは、迫害されていた魔法士の互助を目的として建国された国で、王家はあくまで『国民の代表たる強者』でした。それが変質した結果が今ですから、ティナーシャ様の今回のご判断は、ある意味本来のトゥルダールへの回帰に近いのかもしれません」

ドアンが淡々とした声音で、だがいつになく厳しく言いきったのは、彼自身魔法士として思うところがあるからだろう。前を行くアルスは興味深そうに聞いているだけだ。

彼らが大広間に到着すると、そこにはレジスがいて招待客をもてなしていた。各国の招待客は彼を囲んで質問攻めにしている。

女王の姿は見えない。その代わり、彼女に仕える魔法士の男を入り口近くに見つけて、オスカーは歩み寄った。レナートはファルサス王に気づき頭を下げる。

「ティナーシャは？」

その問いにレナートは平然と、しかし小声で返した。

「カルステ様とやりあっていらっしゃいます。すぐに済むでしょうが……。着替えをなさったらこちらにいらっしゃると思います」

衆目の前であれほど激昂《げきこう》したカルステだ。さぞかし腸《はらわた》が煮えくり返っているだろう。

オスカーはレナートの答えに頷きながらしばらく考えこむ。

外は徐々に日が落ち始めている。東の窓から見える景色は、彼の瞳に似た明るい夜空になりつつあった。その中に薄く光る三日月を見出してオスカーは小さく笑うと、二人の臣下を振り返る。

「ちょっと出てくる。用事を済ませたら戻るから、俺がいない間適当にやっとけ」

「へ、陛下!?」

アルスが驚きの声を上げ、ドアンが溜息をつきたそうな顔になる。普段は揉め事に関わりたがらないドアンは、けれど今、悟りきった顔で主君に問うた。

「よろしいのですか?」

「不足はないだろ。すぐに他の国も動き出す。なら早い方がいい」

「陛下?」

一人だけ分かっていないアルスの肩を叩いて、オスカーは人の流れに逆らって歩き出す。広間を後にした彼は、窓から城の他の建物を眺めた。

白と青を基調にした建物は、トゥルダールらしくあちこちに結界が張られているのが見て取れる。宙に突き出した青い石の回廊からは、薄い水の膜が飛沫《しぶき》を上げて空中庭園の堀へと落ちていた。見張りの兵士の数は多くない。巡回している衛兵の姿も見えるが、やはりこの城の警備の要は魔法なのだろう。オスカーは腰に提げた王剣を一瞥すると笑った。

「これを取り上げられなくてよかったな」

絶対魔法抵抗を持つ王剣アカーシアは魔法士の天敵で、トゥルダールにとっては迷惑極まりない存在だ。だがファルサスの国宝で王の正装の一部とあっては無暗《むやみ》に取り上げることもできない。

その分、オスカーにとっては全ての扉の鍵も同然だ。彼は適当なところで人気のない廊下へと入ると、傍の窓を開けて中庭へ出た。よく手入れされた草の上を行きながら、一際高い中心部の建物を見上げる。

「あそこか」

回廊から落ちてくる水飛沫が、落日を受けて輝く。

庭に咲き誇る花々は、ファルサスでは見ないものばかりだ。丸いランタンに似た形の青い花はうっすらと中が光っており、それが揺れている様は絵本の一ページを思わせた。

まるで御伽噺のような魔法の国の城。そしてこの城を治めるのは、四百年前から来た女だ。

——一年間だけの女王。

それを決めてから、彼女は幾度となくレジスたちと話し合ってきたのだろう。議会制も歴史上前例がないわけではないが、現在大陸で運用している国はない。それを今、持ちこもうというのだから挑戦にもほどがある。

だが、彼女はその挑戦を選んだ。王と民が支え合い、独善に走らぬよう国を動かしていく在り方は、或いは「力がなければ生きられない」と言われた暗黒時代には選べなかった、彼女自身の理想なのかもしれない。

建物の間を縫うように伸びる庭は、注意していなければ気づかないほど緩やかな上り坂になっている。そこを抜けて建物に隣接する尖塔《せんとう》の下に立ったオスカーは、白い石の外壁を見上げた。

「さて、行くか」

「どこに行くのかなー？」

突如頭上から降ってきたのは、面白がっているような少女の声だ。

宙を見上げると、深紅の髪の少女が膝を抱えて浮いている。ティナーシャが使役する精霊の一人であるミラに、オスカーは平然と返した。

「あれに話があって来た。王の部屋ってこの上だろう？」

「そうだけど、広間で待ってれば後で会えるじゃん」

「それじゃ遅いし、他の人間に聞かれると面倒だからな。止めるか？」

ミラがここに現れたということは、主人を守護する立場としてだろう。門前払いをするつもりがあるか、オスカーがアカーシアを意識しながら精霊を見返すと、赤髪の少女は笑う。

「別にー？　好きにすれば？　手伝わないけど」

「敵対する気がないなら十分だ」

言いながらオスカーが外壁に手をかけると、ミラは目を丸くする。

「まさか外から登ってくつもり？」

「中から行ったら見張りの兵士に止められるだろ」

「えー？　転落死とかやめてよね？　撃墜されないように視覚隠蔽はかけといてあげるけど」

「それは割と助かる」

ミラの呆れたような溜息が聞こえる。精霊が指を弾《はじ》く音だけを残して消え去ると、オスカーは改めて外壁に手をかけた。まずは小さな明かり取りの窓を目指して登っていく。

——一年で退位するのだと言ってくれればよかった、とは思わない。

国政に関することだ。他国の人間に漏らすことはできない。仮に立場が逆であったなら、自分も話そうとは思わなかっただろう。

だから、遅すぎることはない。今がもっとも早い。

オスカーは小さな回廊に出ると、そこから更に隣合う建物の壁に手をかける。


最上階まで登る途中、いくつか魔法結界は張られていたが、全てアカーシアで無効化できた。当の部屋の窓でさえ、硝子窓《がらすまど》に鍵はなく結界があっただけだ。オスカーは王剣を抜くと、最低限の家具だけが置かれた暗い部屋を見回す。

「さて、入れ違ったか？」

既に日はすっかり沈んでいる。最短で登ってきたはずだが、ティナーシャはもう着替えをして広間に向かってしまっただろうか。勝手に侵入した以上、奥の部屋へと踏み入るのも躊躇《ためら》われてオスカーは窓際の椅子に腰を下ろす。そこで彼は、自分のドラゴンの存在を思い出した。

「ナーク」

主人の呼び声に応えて、鷹《たか》ほどの大きさの赤いドラゴンが現れる。

オスカーは肩にとまったドラゴンに、ティナーシャが広間にいるか見てくるよう命じようとした。

――その時、奥の扉が開く。

暗い室内に光が差しこむ。そこから現れた女は、彼に気づかぬまま反対側の扉に足を向けた。

しかしその直後、彼女は左手で空を薙《な》ぐ。

一瞬で組み上げられた魔法弾が、オスカー目がけて飛来した。

容赦ない侵入者への洗礼に対し、彼は声を上げるより先にアカーシアの刃を手元に引く。

魔法弾はそのまま王剣にぶつかり四散した。振り返った女は、彼を認めて目を丸くする。

「ま、また貴方ですか！」

「またって何だ」

「何でもないです……」

脱力するティナーシャは、即位式の時と同じ服のままだ。今の今までカルステとやりあっていたのだろう。相手が誰か確認するより先に魔法を撃ってきたのは彼女らしいが、侵入した以上それくらいされるとは思っていた。だからこそ王剣を抜いて待っていたのだ。

ティナーシャはまじまじと彼を見やる。

「どうやって来たんですか？」

「窓から。結界に安心しきってるのか割と簡単に来れたぞ。無用心だな」

「私の結界破れる人なんてそうはいませんよ……」

渋面を浮かべたティナーシャは、先程聖堂にいた女と同一人物でありながら、まったく異なる雰囲気を持っていた。お互いの間の空気が、今までのように距離のないあけすけさを許している。そのことに彼は心地よさを覚えた。

オスカーは肘掛に頬杖をつきながら彼女を眺める。

「ずいぶん思いきったことをしたな」

「まぁ……前から決めてたことですからね」

「カルステがさぞ真っ赤になっただろう」

「血管切れそうになってましたよ」

彼女はころころと笑いながら反対側の扉に向かう。そこは衣裳《いしょう》小部屋になっているらしく、すぐにティナーシャは簡略な正装を抱えて出てきた。

「で、着替えたいんですが……」

「ああ、悪い。話があるだけだ。すぐ済む」

そのためにここまで来たのだ。王同士ではなく、個人として話をするために私室を訪ねた。

ティナーシャは胸に服を抱いたまま首を傾《かし》げる。

「何ですか？」

「お前、退位したらどうするんだ？」

「む、どうしましょうかね……多分レジスと結婚するのが妥当なんじゃないですか？　カルステも少しは溜飲《りゅういん》が下がりそうです」

他人事《ひとごと》のような答えは予想範囲内だ。彼女自身は表舞台を去りながら、政略結婚をして自分の血をトゥルダールに残す――それが無難な選択であることは確かだろう。だがもっと別の選択もあるはずだ。

オスカーは無意識に顰めてしまった顔を戻すと、さらりと問う。

「じゃあ俺のところに来ないか？」

「は？」

「つまり、俺の妻にならないか？」

それを言うために、ここまで来た。


直球の求婚だったにもかかわらず、ティナーシャはすぐには理解できなかったようだ。そのままの姿勢で硬直してしまう。オスカーは予想通りの反応に、何から言えば受け入れやすくなるか迷って、結局彼女が気になるだろうことから口にした。

「悪い話じゃないと思うぞ。制度を変えていくなら他の国を味方につけておいた方が安心だし、お前がレジスに嫁ぐよりは、他の国も警戒を緩めるんじゃないか？　どうしてもお前の存在を危険視する奴《やつ》がいても、トゥルダールとファルサスの二国を相手取ろうとするところはないだろう」

「え？　そ、そうなんですけど、いや違うのかな？　ちょっと待ってください……」

ぽんぽんと呈された内容に、ティナーシャはかぶりを振る。

——実際、似たようなことを考える国はいるはずだ。

彼女が退位したなら自国に引き入れてトゥルダールと繋がりを作ることができる。それだけでなく、彼女自身の力は即位式で証明されたのだ。彼女を得れば即戦力になる。トゥルダールにいれば脅威でも、自国に取りこめれば強力な味方だ。

そして、そんな風に考えるどの国よりも、ファルサスならトゥルダールの味方になれる。彼女が守りたいと願う国を守ることができる。

そう告げる彼に、ティナーシャは混乱顔から真剣な思案顔になった。

女王として、呈された政略の価値を吟味する顔。

それは何より正しくて、だがオスカーの意図とは違う。彼は生真面目な女王に苦笑した。

「いや、こんな言い方は卑怯《ひきょう》だな。ちゃんと言い直す」


初めて出会った日のことを覚えている。

この城の地下で眠っていた彼女。四百年を越えて自分に会いに来た女。

子供のようだと思った。何一つ型にはまらない滅茶苦茶《めちゃくちゃ》な人間だと。

予想外なことばかりをしてくると思った。

彼女と共に生きていく未来が予想できた。

共に歩いて、共に老いていく――そんな人生が送れると感じた。

だからこれは、ただの私的な感情だ。


オスカーは闇色の目を正面から見つめる。

「お前が欲しい。だから結婚を申しこんでいる。それだけだ」

他に理由はない。なくて構わない。

自分でも笑い出したくなるくらい単純な感情に、ティナーシャは大きな目を丸くする。

「……は？」

「その相槌《あいづち》はどうかと思うぞ」

さすがに呆れてしまうが、彼女の予想外を突けたのが面白くもある。オスカーは来た時と同様、窓に歩み寄った。立ち尽くしたままのティナーシャを振り返る。

「まぁ一年あるし、ゆっくり考えとけ」

「ちょ、ちょっと待ってください。何で窓から……って、そうじゃなくて！」

彼女は片手で顔を覆う。そうして言葉を探して、顔を上げた。

「貴方は私に興味ないんじゃなかったんですか？」

まるで何も知らない少女のように、そんな問いを投げてくる女に、彼は窓に手をかけたまま返す。

「私情で国を左右はできない。だから執着しないよう努めた。でもお前が退位するつもりなら話は別だ」


彼女が一年で退位すると宣言した時、オスカーは痺《しび》れるような衝撃を覚えたのだ。

女王でなくなるのなら、その手を取ることに不都合はない。むしろ婚姻自体が益を生むくらいだ。

だがそんな外交的打算より何より……ただ距離を埋めたいと思った。

稚く笑い、怒り、子供のように無防備で、達観した冷徹さと豪胆さを持つ彼女。努力家で頑《かたく》なで自分を顧みない、まるでちぐはぐでおかしな女だ。気にならないはずがない。

だから彼女に常に付きまとう孤独を知った時、それを拭ってやりたくなった。

自分の隣を彼女のために空けたかった。だが、ずっとできずにいたのだ。

稀有《けう》なる女だ。

代わりはいない。

その小さな手を取れるのなら、放さなくていいのなら。


「お前に傍にいて欲しい。他の男にやりたくない。――俺でいいならくれてやるぞ？」

悪戯《いたずら》めいて熱を込めた言葉に、ティナーシャはぐらりとよろめく。突然の変化を受け止めきれないのだろう。オスカーはそれを見て肩を竦めた。

「話はこれで終わりだ。急ぐんだろう？　悪かったな。俺はレジスに挨拶して帰る。またな」

彼は窓から外へ身を躍らせる。遥か下の中庭に落下しながら、ドラゴンの名を呼んだ。

「ナーク！」

主人の命に応えてドラゴンがその大きさを変える。赤いドラゴンはたちまち小屋ほどの大きさになると主人を背に受け止めた。悠然と宙を旋回するドラゴンの上でオスカーは笑い出す。

彼は王剣を鞘《さや》に戻しながら自分のドラゴンに問うた。

「お前の知ってる未来はどうだった？　あいつは俺と結婚してくれたか？」

ナークは甲高い声を上げながら庭に降りていく。夜空に昇る月は青く輝いていた。

姿を消した王が一時間ほどで戻ってきた時、アルスとドアンはようやく胸を撫で下ろした。最近こそ目立ったことをしていないが、性質的にはかなり無謀なことを好む王だ。二人は主君を一人で行かせてしまったことに、戦々恐々としていたのだ。

戻ってきた彼は妙に機嫌がよさそうに見えた。どこで何をしていたのか問いたかったが、大体想像はつく。何より王が「挨拶して帰る」と言い出したので二人は黙して引き下がった。

※

宴席は女王不在のまま進んでいる。その中心にいたレジスは、自分に向かってくるファルサス国王を見つけて軽く目を瞠った。主賓の一人である彼がどこにいるのか今まで気になっていたのだ。レジスは自分から歩み寄ると、オスカーに向かって礼をした。二人はお互い形式的な挨拶の言葉を交わす。

それが済むとレジスは笑顔のまま、しかし鋭ささえ感じさせる声音で尋ねた。

「先程まで姿をお見かけしませんでしたが……」

「ああ……あれに話があったので。会いに出ていましたよ」

その答えにレジスは息をのみ、そしてそれを嚥下《えんか》するとほろ苦い顔になった。

――彼女が一年で自分に王位を引き継ぐと言い出した時から、こうなるのではないかと予想していたのだ。或いは女王のままでいたとしても、いつかこんな時が来たのかもしれない。

どんな話があったのか。彼女がどう答えるのか。レジスは当人たち以上によく分かっている。外から見た方が分かることもあるのだ。

レジスは刹那で寂しげな目を閉じる。

そして再びオスカーを見上げた時、その目の奥にあった感傷はどこにも残ってはいなかった。

「我がトゥルダールの至宝です。高く買って頂けますか？」

「あれが望むなら、もちろん」

レジスの判断は、これから国を動かしていく者としての冷徹さから来るものだ。私情はもはや微塵も感じさせない。ファルサスとの婚姻を、己の治世を支える手段として考え始めている。

その徹底した切り替えにオスカーは感心した。そして渦中にある女のことを思う。

――これで後は彼女の返事を待つだけだ。

出会ってからの半年は迅瀬のように過ぎ去った。ならばこれからの一年もまたそうなのだろう。

焦る気はない。

待つ時間など四百年の年月に比べれば、ほんの一瞬のことなのだから。

4. 硝子球の眠り

澄んだ音を立てて持っていたカップが割れる。

「あああ……割れちゃった」

ティナーシャは崩れ落ちるように嘆息する。

テーブルに飛び散った破片を見て、向かいに座っていた精霊が顔を顰めた。精霊は二十代半ばの美しい女の外見をしており、長い緑色の髪を後ろで一つに縛っている。彼女は呆れた目を主人である女王に注いだ。

「ティナーシャ様、感情と魔力を切り離す訓練をした方がいいわ」

「やったんですよ、昔……。ちゃんとできるんです」

「できてないわ」

「はい……」

言い訳をしても現に割れているのだからどうしようもない。

ティナーシャが後始末をするより先に、カップは破片や零れたお茶ごと全て消え去った。精霊が処分したのだろう。主人である彼女は礼を言いながら封飾具《ふうしょくぐ》をつける。

「割れ物を持つから駄目なんですよね。次は鉄のカップにします」

「そういう問題かしら。元凶を何とかしたら？　処分してしまうとか」

「しませんよ！」

即位から一週間、仕事をしていない時のティナーシャはずっとこんな調子だ。原因は他でもないオスカーからの求婚で、寝耳に水の話は、完全に彼女の情緒を混乱に落としこんでいた。

精霊は人間くさい仕草で顔を斜めにして主人を見やる。

「何で迷うのか分からないわ。そもそもあの男に会いに来たんでしょう？」

「そうなんですけど……でも今までそういう感じじゃなかったんですよ！　いつも邪険にされてたし！　叱られてばっかりだったし！」

「私はいなかったので分からないわ」

あっさりとした反応に、ティナーシャはテーブルに突っ伏す。即位以前に使役していた精霊はミラの一体だけで、他の精霊たちは四百年前のことしか知らない。ティナーシャは前髪をかき上げながら精霊を見上げた。

「リリアならどう返事します？」

「面倒なので断ります」

「…………」

精霊の意見を参考にしようとしたのが間違いだ。ティナーシャは顔を伏せて唸《うな》り声を上げる。

「私とあの人が結婚って……そんな馬鹿な。ないない」

思い出すのは、子供の頃に聞いた彼の言葉だ。

『必ずお前は俺のところに辿り着く。幸せになれる』

そう言ってくれたのは、消えてしまった以前の彼だ。今の彼とは同じ人間でも違う。

だから自分と彼が結婚する未来など、最近は考えてもみなかったのだ。

――ただ今の彼は、自分が四百年前から来た理由に気づいてくれた。

気づかれるはずがないと思ったのだ。なのに気づいて「気にするな」と言ってくれた。

それで充分だ。死んでもいいほどに嬉しかった。この時代に来てよかったと心から思ったのだ。

「でも結婚なんて……」

ティナーシャは溜息になりそうな息をのみこむ。

彼のことをどう思っているのか、それを言葉にしたことはない。認識することを避けてきた。

だが自明のことはある。この時代に来て、彼と共に過ごしてから分かったことが。

それは、たとえお互いの道が分かれたとしても――彼が自分の特別なただ一人ということだ。

特別なことは確かで……ただその先が分からない。

今まで考えてこなかったことなのだ。急に言われてもどう返事をすべきなのか。レジスなどは、オスカーから話を聞いたのか「ファルサスはお願いしますよ」と言い出すし、部下であるレナートや精霊たちは彼女が何故迷っているのか自体分からないようなのだ。

ティナーシャも、これがもし純粋に政治的な意味での求婚であればもっと早く答えを出しただろう。けれどおそらくそういう問題ではない。考え始めるとめまいがしてくる。仕事漬けになっている時間がありがたいくらいだ。

リリアは主人の煩悶《はんもん》を見やって、冷ややかに告げた。

「望まれているのなら結婚すればいいのに」

「と言われても。どうして私なのか分からないですし。仮に万が一の気の迷いで私を気に入ってくれたんだとしても時代が違いますよ。……あの人は暗黒時代の人間を知りません」

この時代に来た最初の頃は、「好きになってもらえるかもしれない」という淡い期待があった。前の歴史では婚姻関係にあったということで浮かれていたのだ。だが、そんな思い上がりから目覚めてみれば、残るのは血に濡《ぬ》れた前歴のある女王に過ぎない。

今、皆が見ている自分はほんの一面なのだ。時代を逃れ、王座から離れた人間がほんのひととき自由に過ごしていたというだけのもの。彼女が過去、どのように周囲を圧していたかを知れば、きっと彼の気も変わるだろう。

暗黒時代にあって彼女の精霊であったリリアは、カップに口をつける。

「そうね。あの時代だと人を裏切ってようやく一人前、みたいなところがあったものね」

「そこまででした!?　いや、そういう感じでしたけど！」

「だからアカーシアの剣士も、本当はティナーシャ様を裏切るつもりじゃないかしら」

「トゥルダールへの人質にするつもりとかね！　それだったら分かりやすくていいんですけど！」

「やっぱり処分する？」

「しませんて！」

叫びながら反動をつけてティナーシャは立ち上がる。新しくお茶を淹《い》れに行く主人の背を見ながら、リリアはふっと笑う。

「でも、ティナーシャ様が楽しそうでよかったわ。魔法の眠りにつくと言いだした時には、ついにおかしくなったかと思ったけど」

「信じていないにもほどがある！」

退位してまもなく「魔法の眠りを使う」と言い出したティナーシャに、精霊たちの全員は「馬鹿げている」と反対したのだ。それは前提であるオスカーの時間遡行を皆が疑っていたせいで、だが蓋を開けてみれば法則外の力は真実だった。

ティナーシャは、少し前に考えていたことを精霊にも問うてみる。

「リリアはどうやって時間遡行が可能になったと思います？　魔法法則に反してますよね」

「分からないわ。結果的に時間遡行に見える、というだけで別物なのかもしれないし」

「世界の解体と記録からの再構成とかですか？　それも考えましたけど、ちょっと規模が大きすぎるのが気になるんですよね。あんな小さな魔法球に収まる力じゃないです」

「じゃあ単純に、それを可能にする別の法則が持ちこまれているとかかしら」

「持ちこまれているって、どこから……？」

他愛もないやりとり。だが精霊の発想にティナーシャは我知らずぞっとした。お茶を淹れる手を止める。精霊の声が続けた。

「全てが分かるなんて思うのは人間の愚かしさだわ。別位階にいる私たちでさえ、触れられる位階はそう多くはないの。だから時々、おかしな異能持ちが生まれたり、原因不明の異変が起きたりするでしょう？」

「それは……そうですけど」

世界には、魔法ではない不思議な力を持った人間が極稀に生まれることがある。

過去視や予知を始めとするそれらが、何に由来する異能なのかは分からない。古き神話では「神の祝福」とも言われる類の力だ。それが魔力と異なる力であることは、既に数多《あまた》の魔法士の研究によって明らかだ。

ティナーシャはお茶をカップに注ぎながら嘆息する。

「言われてみれば、以前の私の在位時も確かにそういうおかしな出来事ありましたしね……。ほら《苗床事件》とか」

「あの妙な遺跡かしら。あれもどういうカラクリで動いていたのか分からなかったわね」

「当時は忙しかったから原因不明で終わらせちゃいましたけど、改めて思い返すと不気味です」

数百を超える犠牲者を出した不可解な事件、誰が何のためにやったかも分からなかったそれを、女王は思い起こす。それに比べれば時間遡行は人の意志が絡んでいるだけまだ分かりやすい。あの魔法球がどういう仕組みで動いているかは分からないが、時を書き換えるのは何よりも使用者の願いなのだ。

ティナーシャは茫洋《ぼうよう》とした気分に捕らわれながら、その場でカップに口をつける。

その時、部屋の扉が叩かれレジスが入ってきた。

「失礼します。陛下、いくつかご報告したい話がありまして」

「内密の話ですね。なんでしょう」

執務室でなく休憩中の私室を訪ねられるとはそういうことだ。察しのいい女王に彼は苦笑した。

「一つは陛下に、いくつか内密でご結婚の打診が来ています」

「まーたですかー」

「血を残せる攻国破壊兵器だものね。自分の国に引き入れられれば一石二鳥だわ」

「身もふたもない事実ありがとうございます」

主従であるはずなのに遠慮のない精霊に、レジスは一瞬慄いた目を向ける。だがティナーシャはそれに構わず、新しいカップにレジスの分のお茶を注いだ。

「で、もう一つは？」

「議会制の導入に反対の動きが出ています。確定ではありませんが、たちの悪い者たちが密かに実力行使も考えているようです」

「私を暗殺するとか？　別にいつ来てもいいですけど」

平然としたままの女王が持つものは圧倒的な力と自信だ。命のやり取りに慣れた強者の目。

微塵の動揺も見せない主人に、お茶を飲んでいる精霊が首を傾ぐ。

「あらティナーシャ様、四百年も経ったのに周りに敵ばかりなの？」

「変わったことをしようとするからですね。仕方ないです」

「なら、また全員処刑してしまえばいいわ」

軽く続いた言葉。

その内容にぎょっとしたのはレジスだ。勧められた椅子に座ろうとしていた彼は、真意を窺《うかが》うようにティナーシャに視線を送った。一方、当の彼女はカップを運びながら笑っただけだ。

「時代が違いますって。まずは交渉と懐柔を。実力行使は後からです。『力だけの小娘』と侮ってくれているなら御しやすいですし。……処分はいつでもできます」

女王は美しく微笑んで、だがその目に一瞬、夜の河のような冷たさが浮かぶのをレジスは見逃さなかった。ティナーシャは立ったまま凍りついている彼に微笑みなおす。

「どうしました？　座らないんですか？」

「あ……失礼しました」

レジスが席につくと、彼女はその前にカップを置く。女王のように見えない振舞いは彼女の親しみやすい性格を思わせて、だがその実は暗殺対策であることも分かっている。この二、三ヶ月間、トゥルダールの制度を変えるために重ねてきた話し合いは、暗黒時代の人間である彼女の冷徹さを端々に見え隠れさせていた。

このまま話していると息苦しさに溺れてしまいそうで、レジスは話題を切り替える。

「そういえば、ファルサスからの求婚はどうなさいますか？　そちらを確定なさるなら他は断りますが」

「あああぁぁ……忘れてたぁ……」

「忘れる程度の相手なら、断ってしまえばいいんじゃないかしら」

「ま、待ってください……」

「とりあえず会いに行かれればいいのに。ここでうだうだしているよりよほど答えがでますよ？」

「うだうだ……」

きっぱり言われてティナーシャは凹《へこ》む。

だがすぐに彼女は頭を抱えていた腕を解いて、二人を見上げた。

「あー、仕事に戻りますか……」

「ご随意に」

「かしこまりました」

女王がぱん、と手を叩くと三人の姿は部屋から消《き》え失《う》せる。時間は昼を少し回った頃合いだ。

※

部屋の中は昼だというのに薄暗かった。厚布が窓をぴったりと覆っているのだ。

わずかに差しこむ日光を避け、少女は部屋の隅で椅子に腰かけている。目は閉じているが眠ってはいない。こうしているのが好きなだけだ。

閉ざされた空間の隅々まで支配する少女は、廊下を誰かが近づいてくる気配に顔を上げた。彼女は手を伸ばして構成を組む。無詠唱の魔法が音もなく扉を内側に開いた。

その向こうに立っていた青年は、部屋の中を見て苦笑する。

「またこんな閉めきって……たまには光を浴びないと体に悪いよ」

「好きじゃないの」

「まったく君は……」

ヴァルトは部屋の中に入ってくると彼女の前に立った。艶《つや》やかな銀の髪を撫でられ、ミラリスは微笑する。

「魔女は即位したらしいけど大丈夫なの？」

「大丈夫。即位はしてもらわないと困る」

「ファルサスは？」

「それも今のところは平気かな。アカーシアだけがちょっと不確定要素だけど」

ヴァルトは言いながら近くにあった椅子を引くと、彼女の斜め前に座った。足を組んでその膝の上に頬杖をつく。明るい茶色の瞳が軽く翳を帯びた。

「彼女がファルサス王に気に入られていたとしても関係ないよ。分散させて彼女だけを相手取ればいい。彼女の方が弱いからね」

「そうなの？」

「精神的には。そしてそれが重要なんだ」

肝心なのは、意志だ。

それが時に圧倒的強者を出し抜き、歴史を変えていくことさえあると、彼らは知っている。

少女は溜息をついて、右手に嵌めた五つの指輪を眺めた。

「けど、直接戦う羽目にならないことを祈るわ。あなたの魔力を借り出してるとは言え、魔女には敵《かな》わないもの」

「そうならないように動くよ。大規模な書き換えだったとは言え変わらない人間も多い。動かせる駒はいくらでもある」

先を読む。運命を操作する。それが彼らの武器だ。

ヴァルトは少女を安心させるように微笑んで……けれど不意にその微笑を消した。

「――『世界は、きっかけを待っている』」

「何？」

「父の言葉だよ。世界は、改竄されようとも本来に近い未来へ収束しようとする。それを人は己の願いで改竄し続ける。その繰り返しだ。だから世界はきっかけを待っている。元の姿に戻るための一手を」

「……夢のある言葉ね」

「その翌日、初めて父は首を吊ったよ。そして僕は全てを理解した」

昨日の食事について語るように、軽く語る言葉は陰惨だ。それは真昼の強い日が作る濃い影を思わせて、ミラリスは眉を寄せた。

「ヴァルト？」

「理解したんだ。なのに僕は――」

沈黙が落ちる。

暗い部屋はあらゆる運命を拒絶して閉塞しきっているようだ。収束していく未来からも取り残されたような倦怠《けんたい》。部屋に立ちこめる灰色の憂愁に、ミラリスは立ち上がる。

そして少女はヴァルトに両手を伸ばすとその頬を包んだ。顔を寄せ、囁く。

「私はあなたを死なせたくないわ」

「……大丈夫だよ」

青年は笑う。明るく振舞うその表情にはしかし、薄暗い諦観が漂っていた。

※

まもなく昼になろうかという時間、執務室にそろって現れた魔法士長のクムとドアン、そしてアルスを見てオスカーは怪訝《けげん》な顔になった。

机の前に並ぶ彼らは揃って神妙な顔をしている。その雰囲気に不穏なものを感じ取って、王はぞんざいに尋ねた。

「何だ。何かあったか」

「実はご報告したいことがございまして……」

クムは代表して前に出ると三枚の書類を王に手渡した。オスカーはそれに目を通し始める。

全て読み終わってしまうと、彼は何とも言えない顔になった。

「何だこれは。魔法絡みか？」

「おそらくは」

書類に書かれた内容は、先月ファルサス南西部の山間で発掘された遺跡についてだ。

近くの村の者が山菜を取りに森の奥に入り、数日続いていた大雨のせいで崩れた崖を発見したのだ。崖の下には人の手で作られたと思われる洞窟があり、彼らはそれを城に報告した。

連絡を受けて調査に向かった魔法士たちは、入り口の通路の様子から「おそらく数百年前に作られた遺跡ではないか」と判断した。だがファルサスの記録には、その頃この場所に何かがあったとは記されていない。いわば正体不明の遺跡だ。

魔法士たちは一旦城に戻り装備を整えると、調査隊を作り改めて遺跡の調査に着手した。

——確かにその許可を出した覚えがオスカーにはある。ティナーシャの即位式から帰ってきてすぐのことだ。

そしてその結果が今、手元の報告書に書かれている。

『全員が未帰還である』というくだりを見て、オスカーは不愉快そうに眉を顰《ひそ》めた。

「冗談にしては笑えないな。宮廷魔法士が五人いてこの結果とは」

「あいにくと事実です」

しかも問題はそれだけではない。遺跡近くの村から一晩のうちに全ての住人が消えてしまったのだ。クムが報告書の記述を補足する。

「調査隊の中で、一人だけ遅れて現地に到着した魔法士がおりまして、その者が発見者です。仲間の不在に気づいたその者は近くの村を訪ね、そこも無人であることを確認すると帰城しました。それで今回の件が明るみに出たわけです」

「遺跡の中に入って出られないということか？　発見者の魔法士はどこまで探索したんだ？」

「入り口のみです。待ち合わせをしているはずの仲間がいないため、先に村を見に行きました。そこで遺跡の中にまで踏みこまなかったことは賢明でしょう」

もしそこで中に入っていたら、もろとも行方不明になって発覚が遅れたかもしれない。

分からないことだらけの話にオスカーは首を捻《ひね》る。

「遺跡に入ったから行方不明だとしたら、村の人間は全員で遺跡に入ったのか？」

「さすがにそれは……。城が調査に入るということで近隣は立ち入り禁止になっておりましたので、彼らが遺跡に近寄ったということはないでしょう」

クムはそこで、明らかに眉を曇らせた。

「ただ遺跡入り口には劣化防止の魔法がかけられているのですが、その構成が特殊なものでして」

「特殊？」

「読み解けない要素が多々あります。我々の知る魔法史には存在しない技術であるというか……。これは内部に未知のものがある可能性もあるかと」

そこまで聞いて、オスカーは背もたれに体重を預けた。両脚を組んで行儀悪く机の上に載せる。

彼は考えこみながら三人の臣下に問《と》い質《ただ》した。

「アカーシアがあった方がいいと思うんだろう？」

予想通りの王の言葉に三人は一瞬押し黙った。少しの間の後、クムが躊躇いがちに口を開く。

「陛下がいらっしゃるべきではないと存じます。何があるか分かりません。いなくなった人間は残念ですが、遺跡ごと封印するべきかと……」

「今の損失で済ますか全てを得ることを期待するか、ということか」

おそらく臣下たちは、本当はこの話を王に伏せておきたかったのだろう。未知なる魔法の遺跡を相手にするとして、ファルサスで一番有用なのはアカーシアだ。

現にオスカーは王太子時代、封印されていた魔法の遺跡をラザルと共に踏破したこともある。だが今、謎の事件に対しアカーシアを持ち出すということは、同時に王を危険の中に送り出すことをも意味するのだ。もっとも適任な男は、もっとも失われてはならない男でもある。

そのことで悩みあぐねた彼らはしかし、やはり伏せておける話ではないと判断し、ここに来たのだ。彼らは王の決定を息をのんで待つ。

オスカーは目を閉じて考えこんでいたが、不意に足を下ろすと立ち上がった。

「期待に応えて、というか背いてか？　まぁどちらでも構わんが……俺が行こう」

三人は、ああやっぱり、という感想を表に出さないようのみこんだ。

ほぼこうなるだろうとは思っていたのだ。オスカーの性格ではどう転んでも「遺跡をこのまま封印する」などと言い出すわけがない。まったくもって胃が痛む思いだ。

そんな臣下たちの思いを分かっていて無視しているのだろう男は、当然のように命じる。

「早い方がいい。明日には遺跡に入れるよう準備しろ」

「かしこまりました」

三人は頭を下げて執務室を辞す。

そして廊下でお互いの顔を見合わせて、予定通りの溜息をついた。

※

報告にもあった遺跡の入り口は、本来は崖の中に埋めこまれていたのではないかと思われた。崖の下に位置している通路の入り口は巨石によって支えられていたが、それら巨石にも一面に泥の跡がついている。おそらくは誰かが遺跡を泥と岩で塗りこめたのだろう。それが偶然発見され、多くの行方不明者を出してしまった。

「どうせ封印するなら、何故封印したか記録を残しておいて欲しかったな……」

雨に洗われ白くなった巨石の入り口を、オスカーは眺める。

転移門でやってきた一行は、遺跡に入る前に再度装備を確認した。緊張もあって口を開く者はほとんどいないが、王だけは別だ。

オスカーは魔法士のドアンとグランフォート将軍を呼び寄せると簡単に指示を出した。この二人が今回、それぞれ魔法士と武官の指揮を執るのだ。

普段こういう場に借り出されがちなアルスは、オスカーが城を出ているため、代わりに城で控えている。捜索隊はあまり人数がいても小回りがきかないということで、オスカーを含め十三人で構成されていた。

「何かあったら一旦退《ひ》いて構わない。まずは護身を優先しろ」

あまり護身を優先しなさそうな王の命令に、彼らは揃って頭を下げる。

入り口には魔法士長のクムが残り、中に入るドアンと連絡を取りながら城への中継点を務めることになった。準備を終えた部下たちを見回すと、オスカーは頷く。

「じゃあ行くか」

無造作に言って、オスカーは先頭を切ると洞窟の中に踏み入った。肩の上にいる小さなドラゴンが欠伸をする。ドアンがその後を、魔法の光を灯しながらあわてて追った。

「数百年前の遺跡にしては綺麗すぎますね。未知の技術が使われているという話は本当かもしれません」

「この壁、継ぎ目がないな」

滑らかに切り出された四方の壁は、明らかに人の手が加えられたものだ。だが年代的な平均を遥かに越えて高い魔法技術が窺える。オスカーは軽く壁を叩いた。

「けど、古ければ劣っているってわけでもないんだろう？　ティナーシャとか古いけどあんなだぞ」

「それをご本人に仰《おっしゃ》るのは、お願いですからおやめください」

「でもあいつ、割とファルサスに来てからも一生懸命勉強してたからな」

四百年を埋めるだけの努力をしたからこそ、魔法大国の女王は今なお魔法士として最高位に位置している。ならば数百年眠っていたままのこの遺跡は何なのか。ファルサス城の地下迷宮にも似た通路を一行は慎重に歩いていった。

罠《わな》などは仕掛けられていないようだが、ひたすら真っ直ぐ続く通路はその分単調だ。十五分ほど直進したオスカーは、眉を顰めて後ろのドアンに尋ねた。

「この山こんなに広いのか？　結構奥まで来たぞ」

「おかしいですね……距離的にそろそろ山を突き破って地上に出てしまいそうなんですが」

山の側面にあたる崖から入ってきたのだ。さして大きくもないこの山を、本来ならもう突き抜けていいはずだ。にもかかわらず相変わらず真っ直ぐ伸びたままで先が見えない通路に、二人は不審を覚え始めていた。

数分後、状況を変える声が上がる。

「陛下！」

鋭い声は、列の後ろからのものだ。先頭の二人は素早く振り返る。

「どうした！」

問い質しながらオスカーは違和感に囚われた。最後尾にはグランフォートがいたはずだ。しかし彼からの反応はない。

問われた兵士は唾を飲みこむと、恐怖を押し殺した声で答えた。

「将軍が……いなくなりました」

「は？」

一瞬の間を置いて、全員が振り返る。

しかし後ろに続く通路へどんなに目を凝らしても、消えた将軍の人影は見えなかった。

「早くも行方不明者を増やしてしまったな」

オスカーは苦い顔でこめかみを掻《か》いた。

何の気配も感じなかった。それは魔力の動きに注意を払っていたドアンも同じらしい。

いなくなったのはグランフォートだけではない。そのすぐ前にいた兵士と魔法士ら二人も同時に姿を消していた。彼らの前を歩いていた兵士がふと振り返り、異常に気づいたのだ。

一行はその場で足を止めて壁や床を調べたが、おかしな点はどこにも見つからない。

ドアンは外のクムと魔法で連絡を取っていたが、それを終えると深刻な顔で主君を見上げる。

「陛下、一度戻りましょう。これは危険です」

「ふむ」

「もしどうしても捜索なさりたいなら、トゥルダールに協力を要請すべきです。私共魔法士では何が起きているのか摑めません」

「そうだな……」

それは暗に「ティナーシャを呼べ」ということだろう。オスカーは抜いた王剣を手に考えこんだ。

予想はしていたが、予想以上の奇怪さだ。このままでは追加で全員が未帰還になるかもしれない。

「……ここは退くか」

彼は迷った末、そう決断した。帰還を命じようと口を開きかけ、だがそこで違和感に気づく。

――足元を見た。

床がぼんやりと白く光っている。中にうっすらと魔法の紋様が見て取れた。

「下がれ！」

言いながらオスカーは、ドアンの腕を摑んで通路の奥に飛《と》び退《の》いた。

しかし咄嗟《とっさ》のことに動けない残りの人間たちは、唖然とした表情のままふっと姿を消す。

オスカーは思わず舌打ちした。その袖をドアンが引く。

「へ、陛下！」

言われて通路の奥を振り返り、オスカーは言葉を失った。

――先の床全てが光っている。

そしてその光は次々と範囲を広げながら二人に向かってきていた。視線を戻せば、今兵士たちをのみこんだ床も光の範囲を広げている。

両側から伸ばされる、逃れようがない罠の指先。

それは、そのまま通路を光で満たすと――ついに最後の二人を捕らえた。

※

気づいた時、オスカーは初めて見る石室の中にいた。

気を失っていたわけではない。ただ記憶は繋がっておらず、いつの間にか小さな部屋に立ち尽くしている。確かに一瞬前までドアンと共に通路にいたはずなのだが、今は一人だ。

「何だ、ここは……」

石室はそう広くない。正方形の床は一辺が彼の歩幅で十歩ほどだ。家具はなく、床の上にはがらくたにも見える剣や魔法具らしきものがところどころに散らばっていた。

「参ったな……皆ばらばらか？」

オスカーは右手に持ったままのアカーシアと肩の上のナークを確認する。ドラゴンは主人の視線を受けて首を傾げた。その頭を撫でて彼は室内を見回す。

部屋には扉が一つあるだけだ。

それ以上めぼしいものがないと判断すると、オスカーは扉を開けて外に出た。まずははぐれた臣下たちを探さねばならない。無事でいることを祈るばかりだ。

「さて、一人で遺跡探検をするのは久しぶりだ」

抜け出しばかりをしていた少年時代を思い出し、オスカーは嘯《うそぶ》く。

扉の外は先程歩いていた通路と同じ通路が伸びているだけだ。

急な転移で現在地は分からなくなったが、この遺跡にかなりの広さがあることは確かだ。簡素な造りの通路は、何の光源も見当たらないが充分明るい。途中には約数十歩の間隔で似たような扉が見えた。一方オスカーが出てきた扉自体は突き当たりに位置し、その先はない。

「最初に左右を選ばなくていいのは気が楽だな」

彼は床に注意しながら進み始める。今のところ何かの仕掛けが動いている気配はないが油断はできない。そうこうしているうちに、遥か先に見えていた扉が近づいてきた。

「さて――」

何があるのか、と考えかけたオスカーは、だが不意に異様な気配を感じて飛び退いた。同時に彼が今までいた場所を白刃が通り過ぎていく。

いつどこから現れたのか、襲撃者は無表情のままオスカーの前に立った。黒い軽装備姿の若い男は、両手に短めの剣を一本ずつ持っている。そしてこの大陸で双剣を使う者とはすなわち、暗殺者の系譜を持つ者だ。

オスカーは呼吸を整えながらアカーシアを構えた。

「ナーク、どいてろ」

ドラゴンは主人の命令を受け、天井付近に飛び上がる。

それを待たず襲撃者はオスカーへと向かってきた。身を低くしながら、恐ろしい速度で踏みこんでくる。

オスカーは足を狙って振るわれた左の剣をアカーシアで弾いた。胸に突き出された右の剣は、アカーシアを引いて瞬時で受ける。

ほんの一瞬の攻防。暗殺者の本分は、異様なまでに研ぎ澄まされた速度だ。

だがオスカーの動きは相手の速度を上回る。

彼は再度男が斬りこもうとするのを待たず、その胴を蹴り上げた。

しかし相手も自ら後ろに跳んで衝撃を軽減する。並みの武官よりも腕が立つ相手に、オスカーは口元を曲げた。

「存外手強《てごわ》いな。お前はここの守人《もりびと》か何かか？」

皮肉を込めて問う言葉に、けれど襲撃者は無言のまま剣を構えた。

オスカーとしては少しでも情報を集めたいのだが、相手は何も話す気はないらしい。

――そう時間はかけていられない。臣下たちがどのような目に遭っているか分からないのだ。

意識を切り替える。

襲撃者が飛びこんできた瞬間、オスカーは自らも深く踏みこんだ。間合いをずらされた襲撃者の反応が刹那遅れる。

そしてそれが襲撃者の最期となった。胴を薙がれた黒衣の男は、呻《うめ》き声も苦痛の表情もなくその場から消え去る。

まるで最初から幻影だったかのような敵に、オスカーは啞然として周囲を見回した。

確かに斬った手ごたえはあったが何もない。アカーシアの刃にも血の跡は見当たらなかった。

「何なんだまったく……」

オスカーは肩を竦めてかぶりを振る。

だがすぐに彼は、次の扉に向かって歩き始めた。


――扉の向こうは最初と同じ小さな石室で、中には何もなかった。

オスカーは一通り部屋を調べると再び通路を歩き始める。そうして順に五つの部屋を調べてしまう間にも幾度となく襲撃者が現れた。

前触れなく襲ってくる襲撃者は、一人のこともあれば二人のこともある。相手には剣士も魔法士もいて実に脈絡がない。共通することと言えば会話をしないことと、致命傷を与えると跡形もなく消えてしまうことくらいだ。

「何なんだ……幽霊が盛りだくさんの遺跡か？」

摑みどころのなさにぼやいてみたが、ティナーシャが「幽霊など存在しない」と言っていたことは覚えている。ならばこれも何らかの魔法仕掛けなのだろう。

オスカーは困惑しながらも進んでいく。通路は十人目の襲撃者を退けた辺りで右に折れていた。注意しながら先を見ると、若干枝分かれがあるようだ。頭の中で地図を組み立てながらオスカーは角を曲がった。

そこに十一人目の襲撃者が現れる。

距離を取って宙に浮かんでいる襲撃者を認めて、オスカーは目を丸くした。

「お前……」

よく知っている人間だ。

しかし、違う。

長い黒髪はそれ自体意志があるかのように揺れている。

白磁の肌に闇色の瞳。一目見たら忘れられない清冽《せいれつ》な造作。

だがその貌には彼が知るより幼さが残っていた。

十六歳前後に見える魔法士の少女に向かって、オスカーは緊張に滲む声をかける。

「ティナーシャ？」

彼女は無表情のまま答えない。代わりに白い両手から光球が打ち出された。二つの光球は速度を変え蛇行しながらオスカーに肉迫する。

彼は息をのみつつ一歩前に出ると、二つの球の構成を斬り裂いた。

だが既に彼の眼前には追撃の黒い渦が迫っている。オスカーは躊躇しながらも渦の中に剣を突きこんだ。奥に隠されていた構成の要を打ち砕く。

渦に接触した腕は傷を負う覚悟だったが、ばちん、と弾けるような感触がしただけで何も起こらなかった。三つの魔法を無効化した彼は、宙に浮く少女に向かって肉迫する。展開された防御壁をアカーシアの一閃《いっせん》で斬り裂いた。

オスカーは空の左手を、少女の首へと伸ばす。

だが彼女は瞬時でその場から消えた。代わりに背後に気配が現れる。

高密度の魔力の気配。――ぞっとしたのは瞬間だ。

「っ……！」

オスカーは振り返らぬまま前に跳ぶ。

同時に肩の上のナークが背後へ炎を吐いた。炎は少女が放った火炎の魔法を相殺する。ちりちりと熱が痛みを伴って皮膚に伝わり、辺りの温度は急激に上昇した。

だが、それくらいで済めば重畳だ。今の瞬間、ナークがいなければ殺されてもおかしくなかった。

「助かった、ナーク」

オスカーは言いながら距離を取って体ごと振り返る。

相変わらず美しい少女には何の感情も見られない。

彼女は男を見据えたまま右手を上げる。それを合図として空中を不可視の刃が走った。

包囲するように襲いかかってくる幾つもの刃を、オスカーは進路を塞ぐものだけ斬り落としながら少女に迫る。彼女は再び転移の構成を組もうとした。

だが転移の発動よりも、アカーシアの方が速かった。

上げかけた白い腕に刃が触れる。魔法構成が四散する。

オスカーは苦い顔で、そのままアカーシアを振り切った。

闇色の目が見開かれる。

腕と首を斬り落とされた少女の体は、一度だけ揺らぐとその場からかき消えた。

「これは気分悪いな……」

心底憂鬱な気分でオスカーは吐き捨てる。

――彼女を攻撃していいものかどうか、最初は多少の不安があった。

しかしナークが敵対姿勢を見せたことで、彼女が本人ではないと確信したのだ。

そうと分かれば話は早い。ティナーシャ自身が以前言っていたように、この狭い通路でこの距離では自分の方が圧倒的に強い。ましてや今の少女は、彼が知る女より動きが鈍かったのだ。

——ただ偽者だと分かっていても後味の悪さは拭えない。

「夢に見そうだ。最悪だな」

オスカーは嫌な気分を吐き出そうと深呼吸する。

ナークが慰めるように小さく鳴いたのに苦笑すると、彼は再び通路を歩き始めた。

※

その後も刺客は間断なく現れた。

彼らの強さはまちまちで、どういう基準で出現しているのか分からない。顔を知っていたのは先程の少女だけだ。

オスカーは襲撃者たちを捌《さば》きながら、迷路のように複雑になってきた通路を頭の中で整理していた。順番に先を確認しては行き止まりを消去していく。

そうして何もない小部屋を後にした時、ナークが高い鳴き声を上げた。

オスカーが不思議に思うより早く、目の前に白い魔法着を着た女が現れる。彼は反射的にアカーシアを構えた。

女は彼を認めて目を瞠る。彼女は何か言おうと小さな唇を開きかけて、しかしあわてて剣を構えた。そこにアカーシアが鋭く斬りこまれる。

だが王剣の二撃目はより速い。彼女は体勢を整えながらかろうじてそれを受け流した。

「オ、オスカー、待って！」

「よく似てるな」

彼は平然と返すと三撃目を打ちこんだ。

彼女は刃を斜めにしてそれを受けたが、オスカーはアカーシアを途中で捻り、女の細い剣を巻きこんで落としてしまった。次いで動揺する女の肩を左手で壁に押しつける。同時に彼は、アカーシアを持ったままの手で女の左手を掴み、壁に縫い留めると身動きできないよう自分の体で圧した。

密着された華奢な体が逃れようと暴れる。彼女は動転し、男に向かって叫んだ。

「待って！　ちかッ！　近い！」

「見れば見るほどそっくりだな」

「本物ですって！」

オスカーは顔を寄せると、彼女の左耳に口付けた。

白い耳朶《じだ》が見る見るうちに真っ赤に染まる。

「ま、待って……本当に……」

女は泣き出しそうなか細い声で主張した。

その茹《ゆ》で上《あ》がった美しい貌を、オスカーはしばらく無表情で眺める。

彼女が更に懇願しようとした時、しかし彼は不意に笑い出した。手を放すと身を屈《かが》めて彼女の剣を拾ってやる。

「で、どうやって来たんだ？」

「ちょっと……本物って分かってたんですか!?」

「当たり前だろ。からかっただけだ」

「……………」

恨みがましい目で自分を見つめるティナーシャに、オスカーは人の悪い笑みを返した。


突然遺跡の中に現れたティナーシャは、三度大きな溜息をついて怒りに震える肩を宥《なだ》めると、オスカーに向き直った。剣を収めた手で彼を指さす。

「貴方に張った結界に魔法攻撃が接触したんで、何があったのかファルサスに様子を見に行ったんですよ。そこでアルスに聞いて、遺跡の入り口まで来てクムに聞いて、ここに来たわけです」

「結界？　そんなもの張ってあるのか？」

「ずっと張ってありましたよ。見えないようにしてありますけど」

「いつからだ」

「貴方の即位式からです」

「……大分前だな」

言われてオスカーは記憶を探る。

確かに結界をかけられた記憶はある。だがその後に別の記憶もあった。

「解いたんじゃなかったのか？」

「解いてません。強化して迷彩をかけただけです」

ティナーシャは平然と言うと小さく舌を出した。

どうやら即位式の後に「結界を解いた」と言ったのは嘘だったらしい。確かにオスカーがドルーザの禁呪と相対した際も、魔法士たちには覚えのない結界が彼を守ったのだという。その正体が今更分かって、彼は乾いた笑いを漏らした。

ティナーシャは当然のように続ける。

「私の結界ですから私と繋がってます。魔法を弾けば分かりますよ。魔法士と戦いました？」

その言葉に彼は先程の戦いを思い出す。傷を負うと思った腕は、軽い衝撃を感じただけで無事だったのだ。オスカーは苦笑して女を指した。

「もうちょい若いお前と戦ったぞ」

「あれ……やっぱり私も記録されちゃってたんですか」

ティナーシャは渋面を浮かべる。オスカーは怪訝に思って聞き返した。

「記録ってなんだ。襲ってくるやつらは何なんだ」

さっきから気になっていることは山ほどあるのだ。その一つを問われてティナーシャは苦笑した。

「つまりここは……人間を記録し保存するための場所みたいなんですよ」

「は？」

――言われた意味がよく分からない。

珍しく呆気《あっけ》に取《と》られたオスカーに、ティナーシャは唇の両端を下に曲げた。

「どういう仕組みになっているのかは分からないんですが、とにかくここでは人間を捕らえて、その複製を作っているわけです。作られた複製は、普段は単なる情報として貯《た》めこまれているだけですが、侵入者を感知すると実体化してその排除にあたります」

「それがあいつらか」

「ええ。トゥルダールでは《苗床事件》って名前で記録されてます。四百年前やっぱり行方不明者を探して私もここに来たんですが、捕らえられて複製を作られかけましたね。途中で逃げたつもりなんですが、実体化できる程度は取られちゃってたようです」

「お前、来たことあるのか！」

「なかったら貴方を探せませんよ。結界の気配を頼りに強引に転移したのも近くまできたからです」

ティナーシャは頬を膨らませた。まだ先程からかわれたことを根に持っているらしい。

だがその情報は貴重だ。トゥルダールにはこの遺跡についての記録があり、しかも彼女は当事者だ。オスカーは小柄な女王を見下ろす。

「じゃあ遺跡の入り口を塞いだのもお前か？　崖の中に埋まってたが」

「さっきの入り口ですよね。違います。私は入り口を全破壊しましたから。ここって、あの山の中にあるんじゃないんですよ。私にもこの遺跡がどこに位置してるのか分かりません。四百年前は私、トゥルダールにあった入り口から入りました」

「入り口が複数あるのか！」

「です。それで中に入ってきた者を転送したり、近くにいる者を攫《さら》ったりします。――この分だとまだ他にも入り口があるかもしれませんね」

途方もない話だ。オスカーは驚きから覚めると肝心のことを問う。

「《苗床事件》とは物騒な名前がついてるな。攫われた者はどうなるんだ？　キノコでも植え付けられるのか？」

「嫌な発想しますね……。キノコは植えられません。複製室で眠らされてるはずです。案内します」

「助かる」

オスカーの素直な言葉に彼女は笑顔になる。久々に見る愛らしい様子に彼はつられて微笑んだ。

――顔を合わせるのはあの求婚以来だ。

返事はまだ来ていない。だがオスカーは特に焦っていなかった。

まったくもって不器用な女だ。「感情で決めろ」と言えば、当分は混乱しているだろう。別に急ぐつもりはないのだ。のんびり考えて答えを出せばいい。

ただ、今の様子を見るだに彼女はきっとそれを忘れているのだろう。あわてて駆けつけてきた女王は、目の前の危急事で頭がいっぱいのようだ。

「こっちですよ、オスカー」

ティナーシャは手招きする。二人は複雑な通路を歩き出した。

彼女はところどころ悩みながらも、引き返すことなく進んでいく。思いもかけない助けを得たことにオスカーは安堵した。考えないようにはしていたが、本当に全員を助けられるのか自信を失いかけていたのだ。

彼は隣を行く女の、小さな頭を撫でたいと思いながら問うた。

「じゃあ複製が終わると捕らわれた人間は解放されるのか？」

「されません。眠りっぱなしなのでそのうち衰弱死しますね。四百年前に来た時は白骨が山ほど積まれててげっそりしましたよ。だから《苗床事件》なんです」

「それは確かに嬉しくない光景だな……」

調査隊が姿を消したのは三日前だ。まだぎりぎり衰弱死していないと思いたい。

オスカーはそこで、さっきまで一緒だった人間たちのことを思い出した。

「一緒に来た他の人間も俺みたいに遺跡のあちこちに飛ばされてるのか？」

「んー、多分みんな眠らされてるはずですよ。貴方が飛ばされたのはおそらくアカーシアを持ってたせいです。それがあるから異物と判断されたんでしょうね。この遺跡にはそういう廃棄部屋がありますから」

「そんな理由か？」

あっさりと返って来た答えにオスカーは自分の愛剣に目を落とした。

確かに彼が転送されたあの部屋だけ、床に物が散らばっていたのだ。他の部屋には何もなかった。あれは魔法具を弾くための部屋だったのだろうか。

「推測ですけどね。――ここ自動制御みたいなんです。正直、普通の魔法技術では不可能なことばかりです。気味が悪いですよ」

ティナーシャは形のよい眉を顰める。

その意味するところは、この遺跡は彼女をもってしても正体不明な場所だということだ。

「自動制御って誰もいないのか？　魔物も？」

「少なくとも四百年前には何もいませんでした。目的も分かりませんし、謎ばかりです」

四百年を超えてもなお動き続ける《苗床》とは一体何なのか。

考えかけたオスカーは、ふと気配を感じて顔を上げる。

その時、目前に新たな襲撃者が現れた。見知らぬ魔法士の男にオスカーは王剣を構えようとする。

けれどそれより早く、男の体はその場で破裂した。

隣の女が干渉したのだろう。詠唱も手振りもなしの攻撃に、さすがに彼は呆気に取られる。

「お前、すごいことするな」

「きりがないんですよね。元はただの情報ですから複製も可能ですし」

「人間の複製か。普通じゃ無理って、昔なら可能な魔法士がいたのか？」

「いません。魔法法則って今も昔も不変ですし……実はここって魔法法則ではありえない技術が使われてるんですよ。私や上位魔族であっても同じことをするのは不可能です」

「魔法法則ではありえない？　それ前にもなかったか？」

「……あの魔法球ですよ」

ティナーシャの気まずそうな答えに、オスカーはそもそも自分たちが出会う契機を作った魔法球のことを思い出す。そういえばあれこそが「魔法法則」に反した存在なのだ。ティナーシャの苦い声が続ける。

「結局四百年前、私たちは遺跡自体の破壊に失敗しました。自動防御を破れなかったんです」

「だから入り口を破壊したのか」

「苦肉の策ですよ。でも別の場所に入り口を開けられるときりがないですね」

オスカーは女の話に頷きながら思考を広げていく。

得体の知れない場所だが、明らかにここは「意志のある存在が作ったもの」だ。ただ魔法法則に反した存在が作った施設というなら、本当にただ「人間を記録すること」が目的なのかもしれない。

記録して、集めて、貯めこんでいく。

それを見るのは誰なのか。子供が色のついた硝子球を集めて、日の当たる窓辺に並べているような他愛もない幻想が思い浮かぶ。

——子供は得てして残酷だ。他人の痛みを顧みない。

オスカーは埒《らち》もない想像にうんざりして溜息を一つついた。


二人は角を何度も曲がり、襲撃者を退けながら進んでいく。

やがて彼らは通路の突き当たり、大きめの扉の前に到達した。ティナーシャは扉に手を掛けながら振り返る。

「何人ぐらい捕まってます？」

「小さな村丸ごとだからな……城の者をあわせて三百人強か」

「多っ！」

彼女は扉から手を離すと腕組みした。ややあって美しい眉を寄せたまま顔を上げ、男を見やる。

「ここに転移門を開きますので、中の人間を叩き起こして入れてください。繭に包まれてますけど繭の方は切って大丈夫です」

「その繭って響きが既に不穏だな……」

「人間の保管庫ですからね。ただ繭を切ると守人が大量発生しますから、それは私が引き受けます」

「大量発生？　一人で大丈夫か？」

「平気です。けど長くは持たないかもしれないので急いでください」

ティナーシャは目を伏せたまま微笑んだ。その貌が妙に儚《はかな》げに見えて、オスカーは不安になる。

だが、彼女が言い出した以上、それは受け入れるつもりだ。覚悟があってのことだろう。

「危なくなったら呼べ。怪我《けが》をするなよ」

「肝に銘じます」

彼女は苦笑して詠唱を始めた。闇色の目が男を促す。

オスカーは頷きながら、扉を押し開けた。


扉の向こうには、かなりの広さの空間が広がっている。

大聖堂にも似た神秘的な空気。だがそこに見えたものにオスカーは絶句した。

「これは……」

何もない床の上を、大人の身長ほどもある無数の繭が埋め尽くしている。白い半透明なそれらは、一つ一つが床に根を張っていた。

オスカーが一番近い球体を覗きこむと、中には倒れ伏して目を閉じている男がいる。その隣の球体には白骨だけが入っていた。

これがティナーシャのいう繭なのだろう。吐き気さえ覚える光景にオスカーは顔を顰める。その背を小さな手が叩いた。ティナーシャが転移門を開き終わったのだ。

「いいですよ、お願いします」

彼女はオスカーをその場において、奥へと駆け出す。

その動きに反応したのか、部屋の一番奥、紋様がびっしりと刻まれた壁の前に、十数人の守人が出現した。

ティナーシャは足を止める。剣は抜いていない。彼女は両手を交差させる。

「我が言が定義せしは刃にならぬ鉄。否定の切れ目。痛みを伴わぬ時間」

空間を打ち据える女王の声。

空気が変わる。三日月型の深紅の刃が空中に二十余り現れた。

ティナーシャは小さく息を吸うと、美しい声で囁く。

「――拒絶せよ」

刃は一斉に守人たちへ向かった。彼らはそれを無表情のまま迎え撃つ。

ティナーシャは放った刃を操りながら叫んだ。

「カル！　セン！」

「はいはい」

「御用か」

主人の召喚に応えて、二人の精霊が彼女の両脇に転移してくる。彼らは周囲の状況に眉を寄せた。

「またここ？　俺ここ嫌い」

「文句を言わず働け、カル」

彼らは言いながらも緻密な構成を組んだ。強烈な魔法攻撃が、雨のように守人へ降り注ぎ始める。格好も性別もばらばらな守人たちは、草を薙ぐように魔法によって次々消滅していった。だが、それを補うようにどんどん新しく出現してくる。

オスカーは戦場となっている広間の奥を気にしながら、繭の間を縫って走った。

彼は目的の繭を見つけるとアカーシアで切れ目を入れた。繭は切られた所から溶け出し、どろりと広がって形を失う。王は寝たままの男の体を軽く蹴った。

「ドアン、起きろ！」

数秒遅れて呻き声が洩《も》れる。オスカーはドアンの腕を掴んで体を引き起こした。うっすらと目が開いたのを確認し、強い声で命じる。

「入り口に転移門が開いている。繭を破ってその中に人間を避難させるんだ。城の人間を起こしたら使え！」

ドアンは目を丸くした。周囲を見回すと慌てて立ち上がる。

「か、しこまりました……」

事態を完全に飲みこんだわけではないのだろうが、彼はまず入り口近くに閉じこめられた人間を助け出しに向かった。

オスカーはその場に残って付近の繭を開け始める。

近くの繭はほとんどがファルサスの調査隊だ。王は彼らを叩き起こし、命令を伝播《でんぱ》させていく。

そのまま一通り部下たちを起こしてしまうと、オスカーは奥側にある繭に向かって走り出した。


呼び出されたカルは、主人の額に汗が浮かび始めたのを見て顔を顰めた。

彼らは元々、辺りの繭を庇《かば》いながら戦っている。ましてやティナーシャは転移門を維持したままなのだ。本来どこにあるのか分からないこの場所から、外へ向かって転移門を維持するのはかなりの力技だ。それを為《な》しながら攻撃詠唱を続ける女王を、カルは自分の後ろに押しやった。

「お嬢ちゃん、あと二、三人呼べ」

ティナーシャは一瞬きょとんとしたが、すぐに頷く。

「イツ、サイハ、ミラ、お願いします」

名を呼ばれて新たに精霊が現れた。彼らは周囲と主人を見て表情を引き締める。

ティナーシャが吐息混じりに命を下した。

「人を傷つけないように……この場を持たせてください」

「かしこまりました」

慣れ親しんだ了承の声に、ティナーシャはいくらか安堵した。息をついて、しかしすぐに新たな詠唱を始める。

現れる守人たちは既に百人を越えている。その上、彼らは休むことなく攻撃を仕掛けてくるのだ。殺しても殺しても次の瞬間新たな幻影が現れる。

あまり大規模な魔法が使えないティナーシャたちは、実力では遥かに勝ってはいるのだが、消耗戦を強いられ着実に疲労を溜めていた。精霊もこれ以上呼んでは、場所の広さや繭の制限もあって上手《うま》く戦えない。苦しくともこの状態でにらみ合うしかなかった。

「あっちだ！　繭を開けるぞ！」

声を上げてファルサスの兵士が走ってくる。

激しい応酬の最中、ティナーシャたちの後方から駆けてきた彼らは、異質な容姿の精霊たちを見て瞬間ぎょっとした。けれど彼らの気配に気づいたティナーシャが振り返って微笑む。

「お願いします」

その言葉と笑顔に押されて、彼らは我に返ると、あわてて近くの繭を開け始めた。衰弱している村人たちを助け、入り口に送っていく。

しかしその時、村人たちのすぐ傍に一人の守人が転移してきた。

子供の背に剣を振り下ろそうとする男の影——それを見たティナーシャは、手を挙げて相手を打ち砕く。気づいた兵士が急いで子供を庇い、入り口へと押しやった。

ティナーシャは、その子が母親に抱き取られるのを見て、ほっと安堵する。

だが安心したのもつかの間、彼女は無理に身をよじっていた反動で倒れこみそうになった。

「っ……」

咄嗟に腕を空中へと伸ばす。摑むものもないはずのその手を、後ろから男が支えた。

彼はティナーシャの体を引き起こしながら、闇色の目を覗きこむ。

「危ない」

「オスカー」

「もう少し頑張れるか？」

――迷いのない、強い言葉だ。

ティナーシャは微笑む。

彼の、戦うことを促す声が好きだった。最後には信じてくれるその思いが好きだ。

だからそれに応えたいと思う。たとえ一人であっても真っ直ぐ立てるように。

世界は優しくも残酷でもない。ただ在るだけだ。

全ては特別で、当たり前で、起こりうることしか起こらない。

そのことを知っているからこそ諦めたくなかった。

「大丈夫です。行けます」

彼女は頷くと、姿勢を正し敵に相対する。

越えていけないことなどないと、自分に言い聞かせながら。

※

戦いが始まってから約十五分。

ファルサスの調査隊によって、おおよそ九割の人間が広間から脱出を終えていた。

残り二十数人、隅に散らばった繭を開ける兵士たちを見ていたティナーシャは、しかし不意に苦痛に顔を歪《ゆが》めた。

「っ……」

――何かが、転移門を圧迫し閉じようとしている。

その圧力がそのまま術者であるティナーシャにかかっているのだ。

未知の力は、強烈な力を以て彼女に圧《の》しかかっている。転移門の概念自体を空間から拒絶しようとするその攻撃は、彼女でなければ肉体ごと瞬時に押し潰されてしまっただろう。

だがその彼女であっても、このままでは全員を逃がすまでは保てないかもしれない。

青ざめながらも鋭く目を細めたティナーシャに、傍でアカーシアを振るっていたオスカーが真っ先に気づいた。

「ティナーシャ?」

彼は女の顔を覗きこむ。額に浮かぶ汗を指で拭ってやった。ティナーシャは苦しげに瞬きする。

「敵の……妨害が入り始めました……転移門を強引に閉じようとしています……」

不可視の圧力との戦い。必死にその力に抗《あらが》っている彼女の表情を見て、オスカーは瞬間考えた。

——前方を見やる。

守人たちの出現速度は大分衰え、出現人数を減らしてきている。

だがそれは、敵の力が減じてきているということではない。代わりにそれはティナーシャへの圧力となって増しているのだ。

オスカーは、奥の壁に彫られた紋様が淡く光っているのを見て意を決した。

「ティナーシャ、視界を貸してくれ」

「オスカー？」

彼女は大きな目を瞠り、けれどすぐに頷いた。小さく詠唱しながら男の手に触れる。

「無茶しないでくださいね……」

「そうしなきゃ渡れない橋もあるだろ。大丈夫だ」

オスカーは深く息を吸った。

——見える世界が変わる。

もともと見えていた魔力だけではない。もっと細やかな力の線までもがあちこちに浮かび上がる。

彼女の視界を以てすると、奥の壁に緻密すぎる複雑な紋様が幾重にも絡み合っているのが見えた。

まるで蔦《つた》で覆われているかのように、石部分が見えないほど張り巡らされた光の糸をオスカーは冷ややかに眺める。

彼は左手でティナーシャの手を一度強く握った。

「ここにいろ」

短くも強い言葉を残し、オスカーは前に出る。前線にいた精霊の間を抜け、守人の只中《ただなか》に踏みこんだ。四方から一斉に突き出される刃を、アカーシアの一閃で弾く。

彼目がけて放たれた魔法は、精霊の干渉かぶつかる前にかき消えた。肩の上のナークが首を動かしながら炎を吐き、脇から迫る守人たちを退ける。

――時間をかければ、このまま敵の中にのみこまれてしまう。

オスカーは行く手を遮る守人を斬り捨て、生まれた間隙をすり抜けた。

そうして彼はあっという間に壁の前に到達する。オスカーは前を見たまま王剣を振るうと、後ろから襲いかかろうとしていた守人を両断した。光る壁を見上げると、その中の一点で視線を止める。

「あそこか」

数歩右にあたる壁、床に接するほど下方に大きな水晶が嵌めこまれている。透明なその内部には複雑な魔法の構成が浮かび上がり、回転しているのが見て取れた。

オスカーはその球体に向かって歩を詰めると、躊躇いもなくアカーシアを突き刺す。

澄んだ破砕音が空間を震わせた。

瞬間、アカーシアの柄《つか》がふっと熱を持つ。

けれどそれは一瞬で過ぎ去り、水晶球は粉々に砕け散った。飛び散った破片は守人たちと同じく、幻のように消え去る。

直後、空間がぎしりとひずんだ。

金属を引っかくような耳障りな音。暴力的なそれが広間中に響き渡る。

「――っ」

気圧が変わるような違和感が広がる。オスカーは反射的に耳を押さえ、広間のあちこちでも悲鳴が上がった。中には頭を抱えてうずくまる者もおり、辺りは騒然となる。

だが、それもすぐに止《や》んだ。

オスカーが辺りを見回すと、いつの間にか守人の姿は消え去っている。あれだけ複雑な力が張り巡らされていた壁は光を失って沈黙していた。

「核が……壊れた？」

唖然としたような呟きを聞いてオスカーが振り返ると、圧力から解放されたティナーシャが目を丸くしている。驚くと子供のような顔になる彼女が愛らしい。見るとつい笑ってしまう。

「……何笑ってるんですか」

「お前の顔が面白い」

「急に!?」

その反応に更に笑いながらオスカーは歩き出そうとする。だがその時耳元で「内部者め……」と怨嗟《えんさ》に満ちた呟きが聞こえた気がした。しかし辺りを見回しても誰もいない。

「何だ……？　気のせいか？」

彼はかぶりを振ってティナーシャの元に戻る。彼女は幕引きの唐突さにまだ呆然としていた。

「どうやったんですか……」

「どうって。あそこに要があっただろう」

「ありましたけど、他にも似たようなのいっぱいあったじゃないですか。何であそこが核って分かったんですか？」

「勘」

「……貴方って規格外です」

ティナーシャは呆れと感嘆を混ぜた目で溜息をつく。

四百年前、魔女殺しの女王とその精霊によってもどうすることもできなかった謎の遺跡は、こうして呆気《あっけ》なくアカーシアの剣士の手でその機能を破壊され、沈黙した。

※

村人たちの避難が完了し、最後に遺跡から脱出したティナーシャは、洞窟の通路を振り返って誰もいないことを確認すると、入り口に手を差し伸べた。白い掌から雷光が走り、通路の遥か奥で地響きが聞こえる。

崩落はあっという間に連鎖し、最後に入り口部分が崩れ落ちた。ティナーシャはそれを見届けると、肩を竦めて振り返る。

「これでいいですね。機能が壊れた以上無理に壊さなくてもいいんでしょうが、残しておいていい気分はしないですから」

「ああ。助かった、ありがとう」

「私こそお礼を言いたいですよ。貴方が遺跡を壊してくれたんですから」

闇色の瞳が、遠い時を見るように細められる。泰然として、だが憂いを含んだその目は女王としての彼女のものだ。かつて失った己の民を思うまなざしにオスカーの視線は吸い寄せられる。

だが、彼が口にしたのは別のことだ。

「結局、あの遺跡を作ったのは何者だったんだろうな」

「ん……気にはなりますけど、見当もつかないですからね。魔法法則外の力って時点ですっかり霧の中ですよ」

「といっても、別位階にはまだ人間の分からないものが色々あるんだろ？」

この世界は同じ場所に無数の透明なページが重なっているようなものだと、彼女自身に聞いたことがある。そして人間が認識できるのは、そのページのうちのごくわずかだ。だからそれ以外の位階に法則外の存在がいるのでは、と指摘するオスカーに、ティナーシャはかぶりを振った。

「誤解があるみたいですけど、魔法法則って魔法法則階に存在しているからそう呼ばれているだけで、別位階でも働く法則なんです。だから人間階で魔法が使えるわけですし……いわば世界そのものの法則と同義です。複数位階で構成されていても、この世界はそれによって分断されているわけではなく同一なんですよ。私と貴方の視界が違っても、そこにあるものは変わらないでしょう？」

ぱちん、と彼女が指を弾くと魔力の淡い飛沫が上がる。

オスカーがそれに気づけるのも魔力視の訓練をしたからだ。そして当代一の魔法士である彼女には、もっと多くのものが見える。けれどそれは世界の違いを意味するわけではない。

「だから、『魔法法則にはない法則』っていうのが存在する可能性はあります。けど『魔法法則に反する法則』ってのは別位階にもないんです。それはいわば『世界に反してる』ってことですから」

「なるほど？」

ぼんやりとだが分かった気がする。同じ池の上澄みと水底の水が多少違ったとしても、それはやはり「同じ池の水」という共通性を維持しているようなものだろう。オスカーはそう理解して、改めて問うた。

「なら、世界外はどうだ？」

「…………え？」

ティナーシャは猫のように目を丸くする。そんな彼女にオスカーは重ねて言った。

「この世界は位階が違っても法則は共通なんだろ。ならこの世界の外ならどうだ」

「世界の外って……なんですかそれ。急に変なの持ち出さないでくださいよ」

「この世界に反する法則ってお前が言ったんだろうが」

「だからって世界外なんて、あるかも分からないものを言われても」

「ないって証明されてるのか？」

彼にとっては当然の確認に、ティナーシャは虚をつかれたように押し黙る。彼女は自分の口元を手で押さえた。

「証明は……されてない……ですけど……。無理ですよ、世界外の非存在証明なんて」

「まあそうだろうな。別位階でさえ全部は認識できないんだろ」

だからオスカーが口にしたのも単なる可能性の思いつきで、それ以上を明らかにするのは難しい。

ただティナーシャはその可能性がひっかかるのか闇色の目を沈ませる。

深く、深く思考の海に潜っていく女。そんな彼女をオスカーはじっと見下ろした。

傾国の美貌は、彼にとっては見慣れたものだ。

女王であり少女。恐るべき魔法士で……ただの、愛《いと》しい女だ。

じっと自分を見つめる視線に、彼女はようやく気づいて顔を上げる。何かを思い出したのか、美しい顔がはっと一瞬青ざめ、けれどすぐに真っ赤になった。火で炙《あぶ》られたような彼女の顔に、オスカーは求婚の返事をもらってないことを思い出す。

何を言うべきか明らかに逡巡《しゅんじゅん》している女に、彼は真顔で言った。

「返事ならいつでもいいぞ」

それは彼女にとっては不意打ちの先制攻撃だったらしい。尻尾を摑まれた猫のようにティナーシャはぴょん、と飛び上がる。彼女はこれ以上ないくらい赤面して下を向いた。

「お待たせして申し訳ありません……」

「別にそれは構わないけどどな。あれからどれくらい結婚の申し込みがあった？　どうせ他の国から来ただろうに」

「……七か国くらいです」

「ほう。ちなみにどこの国だ？」

「なんでそんな顔するんですか！　絶対言いませんからね！　単なる攻国兵器が欲しいだけの求婚ですし！」

「どうだか」

面白くなさを隠しもしない彼に、ティナーシャは身構える。

確かに、即戦力として彼女を欲しがる国は多いだろう。だがそれが全てではないともオスカーは思う。即位式のあの日、目の当たりにした彼女の神秘に惹かれた人間もきっといるはずだ。

——だが、そんな誰よりも自分の方が彼女のことをよく知っている。

笑い出す彼にティナーシャは頬を膨らませる。彼女は囁くほどの声で尋ねた。

「私の何が気に入ったんですか……」

「変なところ」

「なんですかそれ……」

即答されティナーシャはがっくりと脱力する。だがすぐに彼女は気分を切り替えるように深く息を吐き出すと、長い黒髪を手で払った。深遠を孕んだ眼《め》が彼を見上げる。

「貴方は、私のことを知らないんです」

柔らかな風が吹いていく。

助け出された村人たちは、それぞれ手当を受け体力のある者から村へ送られていく。城からの応援も駆けつけ周囲が騒がしい中、けれど彼ら二人に話しかけてくる者はいない。

ティナーシャの目が、トゥルダールのある北西を振り返った。

「氷の女王なんて言われてました。調べれば色々出てくるとは思います。けど、それが全部じゃありません。今の時代ならありえない選択肢も進んで選んできました。そういう人間です」

淡々としたティナーシャの声音は、どことなく傷ついているようにも聞こえる。闇色の瞳が夜を閉じこめるようにゆっくりと閉じられた。

「暗黒時代だから、王だったから、仕方ないなんて言うつもりはありません。――退位した後、私は一度だけ秘密裡《ひみつり》に両親にも会いに行きました。でも、二人に会ったのはその一度きりです。上手く話すことも、一緒に暮らすこともできなかった……。子供の頃は両親に会いたくて仕方がなかったのに、いざ会えたら何をしたらいいのか分からなくて、結局魔法の眠りを使うことを選んで……そういう情の薄い人間なんです」

訥々《とつとつ》と語る彼女は、ほんの少女と変わらない。

閉ざされたままの瞼《まぶた》。そこに不器用なかつての彼女の姿が見えるようで、オスカーは目を細める。

「だから、知れば後悔しますよ。私と生きるなんて……」

「そうか？　なら言ってみろ」

「………………」

沈黙は、是とも否ともつかない。

彼女はただそこに立っている。四百年前も、そうして一人でいたのだろう。

オスカーは手を伸ばすと、彼女の頬に触れた。

「言いたいことなら言えばいい。隠したいことなら隠していて構わない。どちらでもいいさ。全部知ったとしても変わらない」

「……ずいぶん安請け合いしますね」

「俺を安く見積もってるのはそっちだろうが」

長い睫毛が揺れる。少し濡れた黒い瞳が彼を見上げた。そこに潜む底のない深遠は、果てのない孤独の海を思わせる。オスカーは染みこませるように言葉を紡いだ。

「お前のおかしなところが気に入ってる。強いところと弱いところも。その選択も、姿勢も、子供みたいなところも、王としてのお前も。お前の生き方が美しいと思っている。それがお前の一部に過ぎなくても」

全てを知らずともいい。知ったとしても後悔はしない。

その情の深さを知っている。少女のような無垢と、王であることを選べる姿も。

祝祭に賑わう夜の街を見下ろして、人の暮らしを貴んでいた——あの顔を知っていれば充分だ。

きっとあの時から惹かれ始めていた。ただその感情を自分に許していなかっただけだ。

ティナーシャは気まずげな顔になる。白皙《はくせき》の頬に朱が差した。

「貴方の好みはよく分かりません」

「俺の自由だ。ほっとけ」

ティナーシャはそれを聞いて頰を膨らませる。

「私、ちゃんと貴方に何も期待しないようにしてたんですよ」

両拳を上げて叫ぶティナーシャは、けれどその勢いを収めると、落ち着いた声で問う。

「後悔しても構わないんですね」

「ああ」

自分の選択だ。後悔はしない。たとえする日が来たとしても、過去を疎んで蹲《うずくま》りはしないだろう。

オスカーは不安を残す闇色の目を見つめ、口を開いた。

「お前と一緒に生きてみたい。一生に一度くらい、私情で我儘《わがまま》を言ってもいいだろう」


そうして彼女が全てを捨てて自分に会いに来てくれたように。

己の一生を国に費やすとしても、その一生を彼女と共に。


率直な想いを込めた言葉にティナーシャは声を詰まらせる。

だがすぐに彼女は顔を上げると、小さな唇を軽く嚙《か》んだ。

「貴方の言い分はよく分かりました。私も何のご連絡もしないままお待たせしてしまいましたし、うだうだしててもなんなので今お返事します」

「うだうだしてたのか」

「うるさいですよ！」

ティナーシャは深呼吸すると姿勢を正した。少女めいた表情が、すっと真摯なものに変わる。いつかどこかで見たような、澄んだ瞳が男を射抜いた。

「ありがたいお申し出、わたくしでよろしければ喜んでお受け致します」

水晶のような硬質さ。それは彼女の想いそのものだろう。憧れだけでもなく、愛着だけでもなく、稚い恋情だけでもなく、共に生きる覚悟を。

緊張していた反動か、ティナーシャは言い終わると軽くよろめく。その体をオスカーは抱き取った。腕の中に納まる華奢な体に、自然と笑ってしまうのは嬉しいのだからどうしようもない。まるで自分の方が少年時代に戻った気分だ。

オスカーが滑らかな頰に口付けると、彼女は恥ずかしそうにうつむいた。

「近いですよ」

「慣れろ」

簡潔な答えに愛しみを込めて、オスカーは自分の花嫁となる女を腕の中に確かめる。

周囲の臣下たちが唖然としているのもまったく気にならない。

この不器用な女を生涯の伴侶に選ぶ。彼女がいつも笑顔であればいいと思う。その孤独が減じることを望む。何よりも大事にして、共に歩いていく。

生を分け合うために、自分にとってこれ以上ふさわしい人間は現れないと彼は確信していた。

※

ようやく男の腕の中から解放されると、ティナーシャはこれ以上抱き潰されないよう宙に浮かび上がった。赤みが引かない頰を押さえる。

「飛び出してきちゃったからもう帰りますね。精霊を身代わりにしてきてますけど、そろそろばれたかもしれません」

「何抜け出してるんだ、女王のくせに」

「貴方に言われたくないですよ！　自分で調査隊に加わってる人に！」

叫んで、そのまま転移しようとした彼女の手をオスカーは引く。

「城に戻ったら正式に使者と書状を送るからな」

「あれ、公的に婚約するんですか？」

「当たり前だ。それともその七か国に嫌がらせをした方がいいか？」

「やめてください」

傲岸不遜な男にティナーシャは眉を寄せた。彼女は少し高度を下げて男の肩に手をかける。

「ひょっとして、私は絶対断らないと思ってました？」

「いや？　お前は予測不能だからな」

「むー」

ティナーシャは頬を膨らませる。

——何だかまだ実感が湧かない。

自分にとって彼は、ある意味とても近く、そして決して隣には立たない人間だったのだ。

今までは彼が、自分に興味がないと思っていたからこそ無防備でいられた。それが違うと分かった今、妙に恥ずかしくて仕方ない。向けられる視線や触れる手が、彼女を落ち着かなくさせるのだ。

いつかこれらに慣れる日が来るのだろうか。

オスカーは女の頬に手を伸ばし、名残を惜しみながらそっと触れる。

「またいつでも来い」

「お言葉に甘えますよ」

ティナーシャは嬉しそうに笑うとその場から消え去った。色々な意味で前例のない王妃になるであろう彼女にオスカーは苦笑する。

一年後のこととはいえ、今からしておいた方がいい準備もあるだろう。その前に正式に婚約の手続きをしなければいけない。オスカーは手をつけるべき事柄を頭の中で列挙しながら踵《きびす》を返《かえ》した。

部下たちと共に城への転移門に足を踏み入れる。

そうして重ねられる記憶は、彼にとって疑いもない幸運の中にあるような気がしていたのだ。

5. 感染する願い

小さな部屋の中は、いつもと変わらぬ薄暗さに保たれていた。

屋敷《やしき》の主人である青年は、外からの連絡を手にして椅子に体を沈みこませる。

渡された紙はたった一枚、簡潔な用件が書かれているだけだ。彼は斜めにその紙を見やると手の中で燃やしてしまった。のみこもうと思っていた鬱屈が口をついて滑りでる。

「まったく……せっかちな人間たちを抑えるのも一苦労だよ」

「また何か言われたの？」

部屋の反対側の椅子に腰かけていたミラリスが首を傾げた。ヴァルトが柔らかい布の椅子に座っているのに対し、彼女が体を預けているのは簡素な木の椅子だ。この少女は身の回りのものに色々拘《こだわ》りがあるらしく、ありふれて見える木の椅子もお気に入りの一つだった。

ヴァルトは軽い声音でぼやく。

「早く実戦に出したいんだとさ。気持ちは分かるけどね」

「勝手に出てって失敗すれば身に染みるんじゃない？」

「それは面白そうだけど、あれには代わりがいないからね。使いどころは見極めないと」

苦労が滲む男の苦笑に、ミラリスは眉を顰めた。

「どうしてあの手の人間たちは、そんなにファルサスを目の敵にするのかしら。よそのテーブルの料理は美味《おい》しそうに見えるとか？」

「それもあるだろうね。ファルサスは大陸で一、二を争う国家で、名の知れた象徴たるアカーシアがある。ファルサスを屈服させるっていうのは、ああいう人種の夢なんだろうよ」

「浅ましいわ」

「ミラリスは厳しいね」

ヴァルトは椅子の肘かけに頬杖をつく。何かを考えこんでいるような青年にミラリスは尋ねた。

「そういえば、ファルサスで変な遺跡が見つかったらしいけど、あれはあなたが手を回したの？」

「違うよ。あの遺跡はどうやら《外部者》のものだったらしいけど、完全に偶然だ。さすがに今回の書き換えは大きかったからね。それまでの歴史で露出しなかったものが現れてる。砂浜で全く別の場所を掘り起こした時みたいにね」

「別のものが現れてるって、世界は本来の未来に収束しようとしてるんじゃないの？」

「そのはずだけどね。待っていた『きっかけ』を見つけたのかもしれない」

さらりと返すヴァルトの目に、だがその時仄暗《ほのぐら》い意志がよぎるのをミラリスは見逃さなかった。

彼の目は、部屋の何もない一点を見つめる。

「もし世界が動き始めているなら僕たちも急がなければ。あの遺跡を停止させたのは彼らだろう。やっぱり鍵は彼女だ。歴史上最強の魔法士で精霊術士。弱体化してなお彼女には可能性がある」

だから迅速に、そして慎重に。

願いを叶えるために動かなければならない。二度同じ歴史が回ってくるとは限らないのだから。

ヴァルトは立ち上がると時計を確認した。

「そろそろ出かけないと。準備が必要なことばかりだ。あの二人はまともにぶつかって戦える相手じゃないからね」

凝った肩をほぐす彼は、隣に歩いてきた少女を見下ろすと、不意に真顔になる。

「けどミラリス——力はしょせん力だ。使い手の精神から逸脱することはできない。どれだけの力を持っているかよりも、どれだけ上手く使えるかの方が意味がある」

「分かってるわ」

この広い大陸で、今この時「味方」と言えるのはお互いだけだ。

あとは全て駒でしかない。大陸最強の女であっても同じだ。

二人は視線を合わせる。

そして次の瞬間、詠唱と共に幻のように消え去った。


計画は順調に進んでいく。

その行く先が何をもたらすのかは、彼ら自身にさえまだ分からない。ただそれが唯一の道だと二人は信じている。求めていた結末をいつか手にすることができると。

緩やかに流れる時に手を入れることはできない。その中で生きる者たちはひたすらに、水の中でもがくしかないのだ。

※

トゥルダール現女王の婚約発表は、大陸の主要国家たちを驚かせた。

この婚約を以て、トゥルダールの制度変更を他国が牽制《けんせい》することはほぼ不可能になったのだ。

ファルサスとトゥルダール――性質は異なるが元々強国同士であった二国を同時に敵に回せる国は、現時点どこにも存在しない。ティナーシャの退位を機に、彼女を自国に取りこもうと思っていた者たちは、ファルサスがその確約を得たことに臍《ほぞ》をかんだ。

ただ肝心の二人の婚約が、政治的な目的ではなく、私人として交わされた約束であることを知る者はほとんどいない。

話題の渦中にある美しい女王は、気まずそうな顔でその日、自国の会議室に顔を出した。

「失礼します」

現在話し合われているのは議会制度設立に関する諸事項で、今までも幾度となく会議が開かれている。レジスや重臣たち、魔法士や学者、商人や各町の代表者などから様々な意見を吸い上げ、慎重に調整が行われている設立案は、日々順調にとは言わずとも少しずつ前進していた。

会議のテーブルについていた彼らは入ってきた女王を見て、それぞれが何か言いたげな顔になった。彼らの半数以上は、婚約をしてから初めての顔合わせだ。ティナーシャは赤面しないよう意識しつつ挨拶する。

「皆、知っていることかと思いますが、退位後はわたくしファルサスに嫁ぐことになりました。ただこの婚約でトゥルダールの新制度成立に何か変更が出るわけではありません。わたくしの婚姻が両国の友好関係の一助となるよう心がけますので、よろしくお願いいたします」

できるだけ平静にと心がけての話だが、いささか表情に照れが出てしまったのは仕方がない。

若く見える女王のそんな様子を、皆が微笑ましく受け止め、祝いの言葉を述べる。

予定外の話はそれだけで、形式に拘らない面々はさっそく本題の議論へ移っていった。身分の区別なく意見が机上を飛び交う。宮廷魔法士長が髭《ひげ》を撫でながら言った。

「議会制を行った前例は大陸でもほとんどないですからね……」

「南のタイルという小国が、かつて議会制を取っていたらしいですよ。ただ記録によると圧倒的支持を受けた議長が法を書き換え、独裁制にしてしまったとか。その後十年で民衆の暴動により滅んでいます」

「法を改正できる条件を、どのようなものにしておくべきかが重要か」

「王の了承を必要とするか否かもある。王と議会の二柱に上下の別をつけるべきか対等にすべきか」

各所から上がる声を聞きつつ、ティナーシャは議論に参加していく。その表情に最初の気まずさや照れはどこにも残っていない。国を変えていく一人としての顔がそこにはあった。

そうして会議の開始から約三時間。議論は活発に進められたが、決定事項はほんのわずかだ。そしてそれらもまだ修正される可能性がある。

一歩一歩進んでいく行程を「慎重すぎる、まるで牛歩だ」と主張する者もいたが、今のところはそれでいいのだとティナーシャは思っていた。今は平時なのだから独善を防ぐためにもゆっくり煮詰めていけばいい。何よりそれがレジスの希望でもあるのだ。

——この時代にやってきたのも何かの縁ならば、できるだけ力を尽くしたい。

それが彼女の答えで、国への思いだ。

会議が終わり執務室に戻ると、ティナーシャは持って帰ってきた書類を広げながら苦笑した。

「なかなか大変ですね」

女王の言葉に、別件の報告に現れた魔法士のレナートが頷く。

「一朝一夕とはいかないでしょうから。よい結果になることを祈るばかりです」

「同感です」

リリアがお茶のカップを主人の前に置く。女の精霊は机の上の書類を見て笑った。

「四百年で変わったのは紙の多さくらいかしら。進歩がないわね」

「昔は紙って本や帳面くらいにしか使えませんでしたからね。その点、今の方が楽ですよ」

「書類がなかったころはこういう報告はどうしてたんです？」

レナートが興味を持って問うと、ティナーシャは悪戯めいた笑顔を見せる。

「全部口頭報告ですよ。今もそうだったら、貴方この部屋から帰れませんね」

ティナーシャはレナートの抱える書類の束を指し示す。珍しく引きつった顔になる彼に、女王は笑いながらお茶のカップに口をつける。リリアがお盆を宙に投げて消した。

「それにしても、婚約したらティナーシャ様が落ち着くかと思ったらそうでもなかったわ」

「ぶっ」

飲んでいたお茶にむせて、ティナーシャは大きく咳《せ》きこむ。それに構わずリリアは続けた。

「婚約前もうろうろ悩んでいて鬱陶しかったのに、婚約したらしたで浮き立って落ち着かないんだもの。何もないのに一人で笑ってたり、そわそわ歩き回ったり、寝台でじたばたしてたり」

「そ、そんなことないですから！」

言いながらティナーシャは机を叩いて立ち上がる。彼女はお茶のカップを両手で抱えて執務室内をぐるぐる歩き始めた。

「け、結婚って言っても一年後のことですし……政略的な意味合いもありますし」

聞かれてもいないのに言い訳をする彼女の頬は、うっすらと紅色に染まっていく。ティナーシャは足を止め、お茶の表面に映る自分を覗きこんだ。

「確かにあの人のことは……だ、大好きですけど……」

消え入りそうに呟く彼女の顔は真っ赤だ。その口元が遠慮がちに、けれど嬉しそうにはにかむ。初めての恋に浮き立って幸せそうなその姿は、己の結婚を心待ちにするただの少女だ。レナートは主君の微笑ましさに頬を緩め、リリアは肩を竦めた。

「自分の部屋にいる時はずっとこんな感じなのだもの。もうさっさと嫁入りしたらどうかしら」

「仕事はちゃんとしてますってば！」

ティナーシャはまだ熱いお茶を飲み干すと小走りに机へ戻る。レナートは笑いを収めると新たな書類を執務机に置いた。

「では、本日はこちらをお願いいたします」

レナートは頷く主君に主要な懸案の説明を始めた。制度設立の仕事とは別に通常執務も処理していかなければならないのだ。これらの仕事はレジスが手伝うこともあったが、ほとんどはティナーシャ自身が処理している。ただ彼女がやりたいようにやると、「あまりにも前例がなさすぎる」と言われることもあるので、若干の遠慮はしていた。彼女自身への反感が積もれば、制度改革にも支障が出る。今は全てを力で圧していられた暗黒時代ではないのだ。

レナートは一通り説明してしまうと、最後に三枚の書類を机に置く。

「こちらですが、ラトチェの町にある学院へのご視察が三日後に予定されています」

「あ、魔法学院ですね。ちょっと気になってたんですよ」

ティナーシャは書類を手に取り目を通す。

四百年前のトゥルダールは、城都に国民のほとんど全てが住む城塞国家の様相を呈していたが、現在は城都以外に町や村も点在している。それでもファルサスほど大きな街がないのは、トゥルダールの方が領土の割に国民が少ないためだろう。レナートが話題にあげたのも、城都から半日ほど西に行ったところにある中規模の町だ。

「魔法士の子供を集めた学校なんて面白いです。昔のトゥルダールは魔力制御の訓練も一対一で行うのが普通だったんですけど、確かにこういう集団で学ばせるのもありですね」

「魔力制御の訓練のみで来た者は約一年で卒業していきますが、魔法士を目指す者は十六歳まで在籍できます。年齢ごとに授業を分けたりはしていないので、単純に能力別に講義を受ける感じですね。宮廷魔法士にもこの学院出身の者は多いですよ」

「楽しそうだなあ。私も外見年齢変えて潜入してみていいですか」

「おやめください」

即答で制止され、ティナーシャは残念そうな顔になる。好きな講義を受けられる、という点では城も同じだが、「学校」という響きは同世代に縁のなかった彼女にとっては魅力的なのだ。自分も授業を受けてみたかったが、立場がある以上、普通に視察するしかないだろう。それでも楽しみに予定を記憶する彼女に、レナートはいささか渋面を作る。

「ただ、実はこの学院で最近、生徒がいなくなる事例が続いておりまして……」

「え？　なんですかそれ。行方不明事件ですか？」

「それが、脱走する生徒も珍しくないらしいので、一概に事件とは言えないそうなんです。ただ荷物ごと綺麗になくなったりしているようで、関係者が訝《いぶか》しんでいるとか。今月で五人、学院からいなくなっています」

「さすがに多すぎません？」

それらが全部脱走者だとしたらどれだけ厳しい学院なのか。それはそれで問題な気がする。

ティナーシャは少し考えると顔を上げた。

「分かりました。視察ついでに調査もしたいので手配してください」

「かしこまりました。ちょうど学院の卒業生で適任の者がおります。案内につけましょう」

「お願いします」

ティナーシャは手配について記した書類をレナートに手渡した。彼はさっそく部屋を出ていく。

新たにやるべきことは山積みで、引き継いでいかねばならないことも山のようにある。

それでも四百年前と違うトゥルダールの姿は懸命に歩いてきた人々の足跡を思わせて、ティナーシャは多忙な日々に充足を感じていたのだ。

※

トゥルダール国内にある魔法学院は全部で四つ。その全てが国によって運営されている。

城都に一つある他は各地に点在している学院は、周辺の町村から魔力を持った子供たちの多くが集まり魔力制御の訓練を受けている。彼らの半分が魔法士になるため学院に残り、更にその一握りが宮廷魔法士になる。いわば魔法学院とは、次世代の国力を担う養成機関だ。

「結構大きな建物ですね。今は何人くらいが在籍してるんですか？」

「魔力制御を受けている幼年生が五十二人、魔法士として勉強している学院生が六十八人です」

「学院生の方が多いんですね。ちょっと意外。在籍年数が多いからですか」

視察としてラトチェの魔法学院を訪れたティナーシャは、きょろきょろと辺りを見回す。

百人を超える子供たちが全寮制で学んでいるという学院は、約百五十年前に設立されたものだ。

よく磨かれた木の廊下には魔法結界がかけられている。校舎の外周に沿って伸びる廊下は大きな円状で、その内側には八角形の教室が六個配置されていた。上から見れば蜂の巣にも似ているだろうこの形は、当時のトゥルダール王が「一番魔力を高めやすい」と設計したものだ。

「まあ魔法学院だから仕方ないですけど、普通に迷子になりやすそうですよね……」

女王のぼやきに護衛に控えている魔法士たちは苦笑し、案内している学院長が微妙な表情になる。老年の彼はここで賛同しても否定しても不敬になることに気づいているのだろう。あくまで無言を保った。

ティナーシャは、水膜が張られている三階の窓から外を見下ろす。

円形の校舎の外側には緑の庭が広がっている。その敷地《しきち》の隅に、小さな木造の建物を見つけて彼女はそれを指差した。

「あそこは?」

「あれは町の子供たちが通う学校です。授業の一環として学院生が教師を務めることもあるので、敷地内に建てられました」

「へー、面白いですね。確かに教えることが学ぶことにもなりますし」

校舎の周りでは子供たちが遊んでいる。飾らないその格好を見るだに、普段は家の手伝いをしたりしている子供ばかりなのだろう。微笑ましく彼らを眺めるティナーシャに、学院長が遠慮がちに切り出す。

「それで、あの……陛下がいらっしゃると聞いて、町の子供たちの何人かが『ぜひ自分たちも講義に参加したい』と申してまして……」

「え。別にいいですけど、難しいですよ」

この後予定されているティナーシャの講義は学院生を対象としたものだ。幼年生も希望すれば出席可能だが、さすがに市井の子供には意味が分からないはずだ。学院長が恐縮して頭を下げる。

「みな承知の上です。一目陛下のお姿を拝見したいだけで、大人しくさせますので……」

「私は構いません。興味がある子は入れてあげてください」

微笑むティナーシャに、学院長はほっと安堵の顔になる。そんな彼に女王は率直に問うた。

「ではそろそろ——最近頻発している生徒の失踪について教えてください」


実のところ、魔法学院から生徒がいなくなる、という事態はさほど珍しい話ではないらしい。

魔力制御のために在籍している幼年生は五歳から十三歳までと幅広い。彼らは親元から離れて学院で暮らしており、特に年長の子らは家に帰りたくて脱走する者も少なくないというのだ。そのほとんどはまもなく発見されるが、中にはすぐに所在が確認できない者もいるのだという。

ただそうしていなくなった者たちを学院がやっきになって探さないのは、基本的に魔法士というものが「自ら学ぶ姿勢を重要視する」性質だからだ。

「いやでも一ヶ月に五人はさすがに探した方がいいですよ」

予定している講義を前にして、ティナーシャはぼやく。彼女の前に立つ女性の魔法士が苦笑して一礼した。

「学院側も捜索は続けております。ただいなくなった者のうち三名は親しい者同士でして、十二歳と十三歳という年齢もあり、共に他国に出ていった可能性もあるということです」

くすんだ金髪をまとめあげている女はパミラという名で、今回の調査にあたりレナートが手配した人員だ。この学院の卒業生で宮廷魔法士、レナートとは友人でありお互いの実力を信頼する間柄だという。

ティナーシャは事件についての書類を眺めた。

「十五歳の学院生が一人、幼年生が十三歳、十二歳、十歳、五歳のあわせて四人。時期は十三歳と十二歳が同時で、後はばらばらですか。でも五歳はさすがに問題ですね……」

「その子の行方不明が起きて、ようやく学院も異常事態に気づいたということです。他の子供は家に連絡を取ったりもしているのですが帰宅しておらず、五歳の子に至っては、もともと両親を自身の魔力暴走で失っており、確認が取れておりません」

その話を聞いてティナーシャは眉を曇らせる。

魔力を持って生まれた子に制御訓練が必要なのは、このように思わぬ事故を起こす可能性があるからだ。トゥルダールは魔法士が多いため、大陸で唯一魔法学院が存在しているが、他国では町の魔法士のところなどに通って魔力制御を学ぶ。制度が整っている分、トゥルダールでの暴走事故は少ないが、それでも完全になくすことはできない。

パミラが嘆息を溶かした声音で続ける。

「五歳の子は学院に来たばかりで、環境に馴染《なじ》めず悩んでいたということです。それ以外の四人は、自身の勉学に悩んでいたり他国への興味が強かったりで、皆いなくなる理由があったとか。同時にいなくなった二人も脱出計画を企てているところを他の生徒が聞いています」

「行方不明が集中していなければ、いなくなってもさほど不思議ではない、ということですか」

「一人がいなくなったことが、他の生徒の脱出を後押しした、という可能性もあります」

「微妙なところ……」

ティナーシャは書類を宙に弾くと腕組みをする。しばらく考えた後、パミラに問うた。

「貴女はどう思います？　行方不明が相次いだのは単なる偶然？」

学院が既に調査を始めているところに城が更に調査する必要はあるか。

その問いにパミラは真剣な顔になるときっぱりと言った。

「いいえ、『いなくなってもできるだけ不自然さを感じさせない』生徒を、何者かが選んで行方不明にしているのだと思います。これだけ彼らの足取りがつかめないのは不自然です」

迷いのない目。その意気は気持ちがいいほどだ。ティナーシャは微笑む。

「では調べましょう。生徒に聞きこみをお願いしたいです」

「ちょうど来月から宮廷魔法士になる者が一人、学院生でおります。彼女と手分けしてあたります」

「お願いします。私はそろそろ時間なので」

立ち上がるティナーシャに、扉の前で控えていた魔法士が頭を下げる。彼が扉を開けるとその先はもう講堂だ。入り口前には布が下ろされているが、生徒たちは既に着席しているらしくざわめきが伝わってくる。ティナーシャは長い魔法着の裾を引いて踏み出した。

そうして現れた女王の姿に、生徒たちは水を打ったように静かになる。

目を疑うほどの天性の美貌。華奢な体に凝る魔力。

人目を惹きつけ、そして人を従える王としての風格。

完璧でありながらどこか矛盾を思わせる美しい存在に、場の視線は釘付《くぎづ》けになった。

ティナーシャは壇上に立つと半円形の講堂を見回す。生徒たちは前方の席から学院生、幼年生と座っている。隅の方に固まっている子供たちは、町の子だろう。

彼女は皆を見回すとにっこりと微笑んだ。

「ティナーシャ・アス・メイヤー・ウル・アエテルナ・トゥルダールと言います。今日は皆さん集まってくれてありがとうございます」

外見にそぐわぬあっさりとした挨拶。ティナーシャは白い指を軽く弾いた。

そこに青白い炎が立ち上る。炎は馬の形を取ると空中を駆けだした。生徒たちの頭上を一周するとふっと消え去る。魔法士である学院生たちはその技術に驚愕し、子供たちはわっと歓声を上げた。

ティナーシャは町の子供たちが目を輝かせてはしゃいでいるのを一瞥して、皆に向き直る。

「では今日の講義を始めましょう。そう長い話にはしませんから、楽にして聞いてくださいね」

女王はそして、魔法と世界の位階構造について話し始めた。

※

「女王様すごかったなあ……」

草の上に寝転がって、ラッドは熱い息をつく。

彼は学院の敷地内に建てられた町学校に通う十一歳の少年だ。学院生から「女王陛下がいらっしゃる」との話を聞き、無理を言って講堂に入れてもらった子供たちは十数人。他の子たちは家の手伝いがあったり体調を崩していたりで女王に会えないことを残念がっていた。明日になったら彼らに自慢してやろうと、ラッドは思う。

そんな彼の隣に一人の少女が座る。ラッドは彼女を見上げた。

「あれ……」

「こんなところにいたの？　ラッド」

少女の手がぽんと彼の肩を叩く。それは半ば夢心地だった彼の意識をはっきりさせる力を持っていた。ラッドは幼馴染である彼女の名を思い出す。

「ユリア。来てたのか」

昨日まで彼女は体調を崩して学校を休んでいたのだ。だから女王の講義にも出られなくて、後で土産話をしてやろうと思っていた。そばかすだらけの少女は笑顔を見せる。

「今来たとこ。だから陛下のお話には間に合わなくて。どうだった？」

「すごかった。この世界はさ、位階っていうものがいくつも重なり合ってるんだってさ。おれたちには見えないだけで、魔力だけの位階とか、真っ暗な位階とか、そういうのがあるんだって」

「そんな話がおもしろかったの？」

「そりゃおもしろいだろ。世界はさ、おれが見てるよりずっとあちこちに広がってるんだ。トゥルダールはそういう世界の不思議に挑んでるんだよ」

魔力がない自分が魔法士になれないことは知っている。だがそれはそれとして、この国の一員であることはやはり誇らしい。ラッドは体を起こすと拳を握る。

「おれやっぱ、大人になったら城で働きたいな。その方が母さんに楽させてやれるしさ」

父は幼い時に亡くなって、今まで母が女手一つで彼を育ててくれたのだ。城で働ければ給金も多い。それにあの女王が語るトゥルダールの未来は、とても魅力的に聞こえたのだ。

「魔法士もそうでない人間も、みんなで協力して国を作ってくんだ。来年にはさ、色んな町の代表が集まって陛下と一緒に国を動かすようになるんだぜ。それってておもしろいだろ」

「よくわかんない」

ユリアは大人びた仕草で肩を竦める。女王の話を聞いていない彼女にとっては、遠い出来事にしか思えないのだろう。彼女は細い両膝をぎゅっと抱えこむ。

「それより、学院で人がいなくなってる事件、城の人たちが調べるんだって」

「……トイユがいなくなったやつか」

同じ敷地内にいるとは言え、学院生と町の子供たちはそう面識があるわけではない。学院生は普段自分の授業で忙しく、教師を務める者以外は名前も知らない人間ばかりだ。その代わり幼年生は年が近いこともあり、一緒に遊ぶことも多い。

五歳のトイユは学院に来たばかりで、他の子供と馴染めずいつも庭木の中でしゃがみこんでいるような子供だった。だからラッドは彼を探して話しかけるようになったのだ。

けれど隣に座っても嫌がらなくなったある日、トイユは消えてしまった。

「調べるって言っても、聞かれてもわかんないよ。他に行くところなんてないだろって思うけど」

ただ、トイユについて負い目があるのは事実だ。ラッドは消化しきれない感情に顔を顰める。

「魔力があれば五歳のあいつでもどこか遠くに行っちまえるっていうのか？　……おれ、あいつのことをただの子供だって思ってたんだ。今でもそう思ってる」

だから知らなかったのだ。トイユが魔力を暴走させた事故で両親を亡くしていることを。

「最後にトイユと話してた時さ、ちょうど母さんがおれを迎えにきたんだよ。おれさ、何にも知らなくて『一緒に家で夕飯食べないか』って誘っちゃってさ、でもトイユは『いらない』って……。その時あいつ、傷ついた顔してたんだ」

自分が無神経なことをしていたと気づいたのは、トイユがその晩姿を消したと聞き、彼の過去を知ってからのことだ。そしてそれ以上のことは何も分からない。自分の愚かさ以外は。

ラッドは日が傾きかけていることに気づくと立ち上がる。早く帰らねばやらなければいけない家事はいっぱいあるのだ。最初の頃は慣れないことばかりで失敗もしたが、今では大分手際よくやれるようになった。これを母親が知ったら驚くかもしれない。

「よし、おれは帰るよ。ユリアもあんまり遅くなると家の人が心配するぞ」

「大丈夫だよ。ちょっと教室に寄ってかないといけないから」

日没になれば学院の門は閉められてしまう。ラッドは遠く庭の向こうを用務員の男が歩いているのに気づいた。見つかれば生徒ではない自分たちは「早く帰れ」と注意されてしまうだろう。

微笑む彼女に手を振って、ラッドは駆け出す。

そうして学院を出る際に振り返った彼の目に映ったのは、巨大な円筒状の校舎の影だった。

※

「んー、とっかかりがないんですよね……」

お茶を淹れながらティナーシャはぼやく。講義を終えた彼女は少しだけ聞き取りをした後、調査をパミラたちに任せ、城に帰ってきたのだ。そうして執務をこなしての休憩時間に、事件について考えているのだが、今のところ摑みどころがない。

ティナーシャがカップに注いだお茶を執務机に置くと、それを受け取った男は呆れ顔になる。

「お前、本当に気軽に現れるな……」

「転移使えますもん。トゥルダールで何かあったら精霊から連絡が入りますし」

休憩時間に彼女が訪ねてきたのはファルサス王の執務室だ。執務中だったオスカーは婚約者の来訪に目を丸くし、だが鷹揚《おうよう》にそれを受け入れた。

久しぶりに彼女の淹れたお茶を飲みながら、オスカーは返す。

「子供の行方不明か。足取りは分かってないのか？」

「まったく。そもそも真剣に探し出したのもつい最近なんですよ。目撃証言も『夜に町を歩いているのを見た』って子供もいれば、まったく目撃されてない子供もいたり、ばらばらです」

「なるほど。なら手段は二つか」

「です。しらみつぶしに探すか——次の行方不明を待って押さえるか」

基本は前者だ。そのための命令は既に下してきている。だがそれでもどうしようもない場合、後者を狙う。新しい子供が狙われた時、そこを押さえて事態の正体を摑むのだ。

「といっても、さすがに本格的な調査が始まった以上、すぐには向こうも動かないかもしれません」

「場所を変えられる可能性もあるだろ」

「それは避けたいですね。一応結界を張りましたが。魔力を持っている者は現在、あの町に入ることも出ることもできません。もし無理に移動しようとすれば私の探知にかかります」

「事実上の檻《おり》か。ということは、お前は魔法士が今回の犯人だと考えているわけか」

あえて口に出さなかったことを見抜かれたのは予想内だ。壁に寄りかかった女王は苦笑する。

「確証があるわけじゃないですけどね。普通の人間が噛んでいるにしては痕跡がなさすぎます」

——それに、いなくなったのは魔力を持つ子供たちばかりだ。

口に出すのも忌まわしい可能性をティナーシャはのみこむ。そのまま思案顔になってしまった彼女を見て、オスカーは軽く手を振った。

「気持ちはわかるが、あまり考えすぎるなよ。お前は何でも自分でやろうとしそうだからな。ちゃんと人を使え」

「まるで見てきたような指摘！」

「自分で聞きこみする人間が何を言う。お前の容姿は聞きこみに向いてないからな」

「その辺りは学習しましたよ！」

叫びながら彼女は反動をつけて壁から体を起こす。そんな婚約者をオスカーは手招きした。首を傾げながら近くに寄ってきたティナーシャの手を彼は取る。

「危ないことするなよ。お前はすぐに怪我するから、結婚までの一年間、気が気じゃない」

「……気をつけます」

顔を赤らめてうつむく彼女は、オスカーの前でだけ少女めいたただの人間だ。

万能な魔法の女王。けれどそれだけが彼女の顔ではない。

ティナーシャは熱い息をつくと、我に返るようにかぶりを振った。

「そろそろ戻りますね。報告が来る頃なんで」

「気晴らしがしたくなったらいつでも来い」

彼女が微笑んで姿を消すと、オスカーは再びカップを手に取る。

数分後、ラザルが戻ってきて目を丸くした。

「陛下、ご自分でお茶をご用意なさったんですか？」

「淹れてない。ティナーシャが来てたんだ」

「そ、そうですか……」

「なんであいつはあんなに落ち着きがないんだろうな」

「よいことだと思いますよ……」

彼女がファルサスから去った時には、これからは年に一度会えるくらいだろうと思ったものだが、実際のところ隣に住んでいるように気軽に訪ねてくる。一方通行であることは確かだが、想像していたよりずっと気が楽だ。

そんな王の婚約者に対しファルサス国内はおおむね好意的で、中でも城内の反応は「ああ、やっぱり」と納得混じりのものだった。彼らは王とティナーシャの仲が良《い》いことを目の当たりにして知っていたので、驚きはしたが、さほど意外には思わなかったのだ。

父である先王のケヴィンもそれを聞いて「よかったね。ロザリアも喜ぶよ」と言ったくらいだ。だがほとんど記憶のない母の名は、オスカーに軽い違和感をもたらしていた。

「――ラザル、俺の母のことを覚えてるか？」

「へ!?　ロザリア様のことですか？　どうしたんですか急に……うっすら覚えておりますが」

「だよな。いや、何でもない」

前王妃はオスカーが五歳の時に病気で亡くなっている。だがその前後のことを、オスカーはほとんど覚えていないのだ。当時ファルサスは子供の行方不明が相次いでいて、「外に出てはいけない」と厳命されていたことは覚えている。そのことがひどく不満で……けれどそれ以外を思い出せないのは何故なのだろう。

「一度親父《おやじ》に聞いてみるか……？」

宝物庫にある不思議な魔法球は、母の形見なのだという。以前父に確認した時には「封印していいよ」と言われたが、そもそも何の身分もなかった母の持ち物が何故宝物庫にしまわれているのか分からない。オスカーは疑問の数々を反芻《はんすう》し、だが一旦それらを脇に置くことにした。今は目先の懸案が山積みなのだ。

ラザルは持ってきた書類を王の前に置く。内容はドルーザの禁呪と相対した際に、失ってしまったイヌレード砦《とりで》の再建状況についてだ。

「六割方はできあがってきつつあります。職人と魔法士がかなり根を詰めているらしいですよ」

「完成の際には充分褒美を出さんとな。早く戻さないとセザルが怪しい」

国境北に位置するイヌレードは、旧ドルーザとセザル両国に対して睨みを利かせていたのだ。あの衝突の後、仕掛けてきたドルーザは分裂したが、セザルは敵対姿勢を窺わせたまま沈黙している。

オスカーは、以前ティナーシャが調べてきた話を思い出した。

「そういえば、セザルには邪神がいるらしいぞ」

「何ですかそれ……」

「俺にも分からん」

心底嫌そうなラザルにオスカーは軽く返す。

邪神とはまるで冗談のような話だが、いずれ相対する時が来るのだろうか。想像もできない状況に首を捻って、オスカーはそれきり正体の知れぬ話を切り上げると執務に戻った。

※

トゥルダールの執務室に戻った時、まずティナーシャの耳に聞こえてきたのは少女の憤る声だ。

「だから、学院内に隠れられるところはないって言ったのに！　町中を調べた方がいいってば！」

「そんなの俺に言われても。俺は君について学院を見て回れって言われただけだし」

「本当に後ろ歩いてただけじゃないのよ！　人を子供扱いはするし！」

「いや子供じゃん」

隣室から聞こえてくる声は、少女と男のものが一人ずつ。ティナーシャは苦笑すると、自ら扉を開けて声をかける。

「お待たせしました。今日の調査結果を教えてください」

「じょ、女王陛下！」

少女はぴょんと飛び上がる。その隣では美しい顔をした長身の青年が肩を竦めていた。

二人の口論を今まで黙って聞いていたらしいパミラが歩み出る。

「陛下、この者がトリスと言いまして、来月より宮廷魔法士となる学院生です」

「ト、トリスと申します」

少女があわてて頭を下げる。その様子にティナーシャは頬を緩めると、三人を部屋に招いた。

「じゃあ聞かせてください。気づいたことはなんでもいいです」

「かしこまりました」

ティナーシャは椅子に座って目を閉じる。余分な情報を遮断し、報告だけに意識を集中させた。

そうして語られた内容は、要約すれば「行方不明になった子供たちは、学院を出ていきたがっていた」という情報だけだ。口を挟まぬまま最後まで聞いていたティナーシャは、目を開けると問う。

「出ていきたがっていた子供たちは、ある日忽然《こつぜん》といなくなった。最後に目撃された場所はばらばらで、でも町の外では目撃されていない、でいいですね」

「近隣の町村や街道を行く者たちにも聞きこみはしましたが、特に手がかりはありませんでした。転移が使える子供は一人もおりませんし、一番長く行方が知れない者でもう二週間です」

「さすがに不審ですね。——で、エイル。どうでした？」

今まで黙っていた青年、黒髪黒目の彼は軽く頭を掻く。

「人を殺したことがある人間は大人ばっかりだったよ。学院長とか教師とか兵士とか？　大きめの子供の中には何人か人殺しがいたけど、その辺は問題なし？　みたい」

「いずれも学院に入る前の事故であったり自己防衛の結果です。確認は取れております」

パミラが冷静に後を引き取る。一人だけついていけないトリスが顔色を変えた。

「え!?　人殺しって、え……？」

「俺、人を殺したことのある人間は分かるの。だから君について学院の人間を検分してたんだよ」

「そんなの普通の魔法士にできるの!?」

「——普通の魔法士じゃないんですよ。彼、私の精霊です。上位魔族ですよ」

「……へ？」

トリスが限界まで目を見開く。その様にエイル本人は呆れた視線を返した。

——上位魔族に人殺しを嗅ぎ分ける力があることは、古い文献には触れられている。

人間ならば、どんな魔法士も不可能なことだ。種族特性と言っていいかもしれない。普段は違う位階の世界に存在している上位魔族たちは、人を殺したことのある人間を匂いで判別する。

魔法で殺そうが剣で殺そうが関係ない。直接人を殺した時、何かが殺害者に染み付いてその魂が変質すると、彼らは言うのだ。

あるいはそれは、精霊術士の純潔と力が密接に関係していることと似た原理なのかもしれない。次代への繋ぎ手になることで力を失う精霊術士と、同族の生命を否定することで殺害者となる人間は、共に自身には知覚できない変化を経ているのだろう。


ティナーシャは少女の驚愕を受けて小さく舌を出す。

「黙っててすみません。エイルは顔が綺麗な以外、人間でも通る容姿ですからね。貴女にも黙ってた方が怪しまれないと思ったんですよ」

「ティナーシャ様、昔から俺によく分かんない命令振るよね」

「人の中で目立たないってことは大事ですよ。あとは顔がもうちょっと普通になれば」

「変えられないよ。九百年前からこの顔だもん」

彼のことを「単なる怪しい男」としか思っていなかったらしいトリスは、打ち上げられた魚のようにぱくぱくと口を開閉させる。一方、あらかじめ精霊について聞いていたパミラは険しい顔で主君に尋ねた。

「陛下は、子供たちが既に殺されているとお考えですか？」

「考えたくはないですけどね。楽観的でいられる状況でもありません。それに、魔力がある子供ばかりがいなくなっている以上、禁呪の関与も疑うべきです」

「禁呪……ですか」

「魔力持ちの血肉や魂は、禁呪の触媒としては非魔法士より強力ですから。それに、同じ魔法士でも子供であれば大分相手取りやすくなります。胸の悪くなる話ですけどね」

おそらく話を聞いたオスカーも、子供たちが既に殺されている可能性は考えただろう。それを口に出さなかったのは婚約者を気遣ってのことだ。だがティナーシャもそれくらいで怯む人間ではない。もっと陰惨な現実を目の当たりにしてきた。

女王は姿勢を正した。細められた闇色の瞳が三人を見回す。冷えきった声が飛んだ。

「トゥルダールは禁呪の抑止者です。もしこれが何者かの企《たくら》みによるものだとしたら、即刻処罰を与えます。――引き続き調査を。手詰まりになったら私が直接出ますので」

「かしこまりました」

パミラが深く頭を下げる。トリスはそれにならいながら、汗に湿る両手を握っていた。

※

学院の門が見えてくる。早朝そこに飛びこんでいくのは町の子供たちだ。

ただいつもと違うのは、門前に衛兵が一人立っているというところだ。城から派遣された兵士だろう。普段は学院内にそういう人間がいないため子供たちも物珍しげだ。

ラッドは隣を行く女を見上げた。

「ここまででいいよ、母さん」

「本当？　大丈夫？」

「何もないって。行ってくるよ」

心配そうな女に手を振ってラッドは駆け出す。門をくぐってすぐに、彼は友達の姿を見つけて手を挙げた。

「ユリア！　セネトも！」

二人の名を呼ぶと、話しながら歩いていたらしい幼馴染たちは振り返る。ラッドは彼らに並びながら声を潜めた。

「なんか見張りがいるな。人がいなくなってるから？」

「みたいだね。僕たちには関係ないけど」

セネトはラッドと同い年の少年だ。本を読むことが好きで、昨日も女王の講義を聞いた後、一目散に図書館に駆けていった。ユリアがおどおどと二人を見回す。

「でも、いなくなった子たちがどこかに捕まってるとかないのかな……」

「五人も捕まえとくなら空き家とかじゃないかな。ほら、金物屋の裏通りに一軒あるだろ」

「……調べてみるか」

真相を明らかにしたいという気持ちはある。それはいなくなったトイユに対する罪悪感でもあり、使命感でもある。子供がいなくなり始めてから母が学院まで付き添ってくれるようになったのは、彼を心配してのことだろう。母はいつも離れたところで門に入るまでラッドを見守っているのだ。

これ以上母親に心配はかけたくない。それに、これからのトゥルダールは自分のような魔法士でない人間の力も必要なのだ。

「よし、学校が終わったら――」

「何言ってんの、こら」

冷ややかな声が背中にかかる。三人はびくりと飛び上がり、おそるおそる振り返った。

「ト、トリス……」

「先生って言いなさいよ」

腰に手を当てて胸を反らす少女は、学院生で彼らの教師を務めることもあるトリスだ。口うるさく面倒見がよくて、教師にしてはそそっかしい少女に、ラッドは首を竦めた。

「先生もう宮廷魔法士になるから授業しないんじゃ」

「今日は調査があるからあんたたちも授業自体なくなったの！　自習ならしててもいいけど」

「え、じゃあおれ帰ろうかな」

学校が休みなら廃屋を調べに行けるかもしれない。踵を返しかけたラッドの襟首を、けれどトリスはすかさず摑んだ。

「ダメ。あんたたちが勝手にどっか調べに行ったなんてばれたら、私の責任問題になるじゃない。

自習していきなさい」

「なんでだよ！」

トリスは強引にラッドを引きずって教室に向かう。逃げようと思えば逃げられるのだが、それをすると魔法が追いかけてくるのは知っている。ユリアとセネトも顔を見合わせながら仕方なく後をついてきた。

他の子供たちが、校舎に貼られた授業中止の知らせを見て引き返していく中、四人は空き教室に入ると手近な椅子に座る。トリスは大きな溜息をついて伸びをした。

「私ももうちょっとしたら調査に出かけるから、それまでは自習ね。みんなに授業中止を連絡に来ただけだから」

「なんだよそれー。どうせ調べるなら人手が多い方がいいだろ」

「もっと変わった人手つけられてるからいいの。犯人かもしれない人間が見れば分かるんだって。昨日は学院内を見てたし、今は町の方を見回ってる」

「え、すげえ。それならすぐに解決じゃん」

さすが城の調査だ。身を乗り出すラッドと反対に、けれどトリスは頭の後ろで腕を組んだ。

「そうもいかないの。その条件で言ったら先生たちとか兵士の人とかも当てはまっちゃうし」

「へー、兵士の人って今日、門のところにいた人？」

ラッドの問いに少女はきょとんとした顔になる。この学院に普段は兵士などいないのだ。三人の子供が見守る中、トリスはみるみるうちに真顔になった。

「言われてみれば……兵士なんて昨日いなかったじゃない。あいつ、誰を見たんだろ」

少女は立ち上がると、初めて見る厳しい顔で三人に言った。

「ちょっとあんたたち、ここにいなさい。用事ができたから」

「ちょ、どこ行くんだよ」

教室を出ていくトリスをラッドはあわてて追いかける。その後ろをついてくるセネトが、ぽつりと言った。

「兵士って用務員さんじゃない？　あの人、昔は別の国の軍にいたって噂があったし」

「あ、そういえば……」

その噂はラッドも聞いたことがある。トリスが怪訝そうな顔なのは、学院生はほとんど外の雑用をする用務員と関わらないからだろう。ただラッドが聞いた噂では――

「でも用務員さんって軍は軍でも食堂で働いてたって聞いたけど」

そう言った時には、彼らはもう建物の外に出ていた。

子供たちは既に帰った後で辺りに人影はない。ただ庭の向こうを、用務員の男が一人歩いている。その手が大きな麻袋を引きずっているのを見て、トリスは息をのんだ。

「……あんたたち、もう帰ってなさい。ちょっと話を聞いてくるから」

そう言い捨てて、彼女は男の後を追いかける。足早に、だが静かに男の後を追っていくトリスに三人はまた顔を見合わせた。ラッドは二人に囁く。

「先生を一人では行かせられないだろ」

少なくとも何かあった時、人を呼べる人員は必要だ。まだ日は高い。三人は頷き合うとトリスの後を追いかける。少女はそれに気づいて険しい表情になったが、相手に気づかれないようにか今度は何も言わない。

その間に麻袋を引きずった男は、円筒状の校舎の切れ目へと入っていった。

「トリス、あの先って何？」

「……校舎の中央。空洞になってるはず」

八角形の教室は内側に窓がない。だからそこは、空から日の光が差しこむだけの場所だ。何もないから、捜索も通り一遍にしかされていない。そこに男は何の用があるのか。

四人は見つからないよう壁に張りつきながらついていく。男は校舎の中央部分に辿り着くと、麻袋の中身を引っくり返した。

――中から出てきたものは、黒土だ。男はそれを火掻き棒のようなもので広げ始める。

子供の体が出てきたらどうしようと緊張していたラッドは安堵したが、トリスは逆に顔色を変えた。彼女は手ぶりで引き返すよう指示するが、それより早く男が振り返る。

男は四人に気づいてみるみる顔を歪めた。男との距離はわずか十数歩。トリスが後ろ手にラッドの体を押しやる。

「あんたたち、早く逃げなさい」

「え、だってただの土じゃ……」

「瘴気《しょうき》がべったり染みついてる。少なくとも普通じゃない。逃げて、誰か呼んできて」

トリスの命令にはいつもの軽口が微塵もない。ラッドは少女の詠唱を聞いてぎょっとした。

男は火掻き棒を振り上げながら駆けてくる。その先を見ずに少年は身を翻した。

「す、すぐに人呼んでくる！　先生死ぬなよ！」

魔法の光が背後で弾ける。身の竦むような金属音が鳴り響いた。ラッドはユリアの手を引き、セネトと共に走る。いつも誰かしらがいる庭は無人だ。

学院校舎の入り口が見えてくる。だが授業中止のせいか扉は施錠されたままだ。

「くそ！」

どこから校内に入れるのか。ラッドは左右を見回して門に兵士がいたことを思い出した。無人の前庭を駆けだす。その後にセネトが続いた。

ユリアの姿はいつの間にか消えている。二人はそれに気づいていない。

※

振り下ろされる火掻き棒は、壁に当たって耳障りな音を立てた。

すんでのところでそれをかわしたトリスはぞっとする。あんなものが当たったら無事では済まない。少女はあわてて男から距離を取ると、途切れさせてしまった詠唱を開始した。

「こ、氷の礫《つぶて》よ。白き欠片よ――」

だが、構成の完成より男の方が速い。再び振り上げられる火掻き棒に、トリスは反射的に目を閉じた。体中が冷える。死の予感を覚える。

けれど、頭を割られる衝撃はいつまで経っても訪れなかった。

トリスは恐る恐る目を開ける。

そして、意味の分からない光景にぽかんとした。

「……ユリア？」

いつの間にかトリスの前に立っているのは、先ほどまでラッドの後ろに隠れていたユリアだ。

幼い少女は腕組みして男を睨み上げている。火掻き棒は空中で制止していた。

否、それは魔法によって制止させられているのだ。けれど詠唱も何も聞こえなかった。第一、ここにいるのは学院生ではない。単なる町の子供だ。

何が起きているか理解できないトリスに、ユリアは振り向かないまま言う。

「――こんな近距離で魔法士が戦うのは自殺行為ですよ」

声音に似合わぬ冷静な指摘。ユリアは右手を男に差し伸べると、言った。

「砕けろ」

一言だけのそれが詠唱だったと分かったのは、火掻き棒がぼろぼろに崩れ落ちた時のことだ。

硬直してしまったトリスに構わず、ユリアは軽く手を振る。

「エイル、来なさい」

それに応えて、人外の青年が音もなくトリスの前に現れる。彼はトリスの肩をとんと押した。

「ほら、下がってて。目を離しただけで無茶しすぎ」

「な、なんで、あんたが……」

よろめきながらトリスはあることに気づく。

——トゥルダールの精霊に命令できるのは一人だけだ。

その意味を理解して少女は絶句した。

「まさか……」

ユリアの姿がゆらり、と一瞬歪む。

次の瞬間そこに立っていたのは幼い少女ではない。白い魔法着姿の女だ。

この国の女王であり、十二の精霊を継承する魔法士の頂点。町の子供でも、無力な少女でもない。

今まで彼女をそうだと思いこんでいたトリスは、呆然と自分のこめかみを押さえた。

「あれ……精神魔法……？　いつのまに……」

「ユリアなんて子供はいません。最初から構成迷彩をかけてたんですよ」

本来の姿に戻ったティナーシャはトリスにそれだけ言うと、男に向き直る。火掻き棒を振り上げた姿勢のまま静止させられている彼は、血走った眼で女王を睨んだ。

「何を捨てていたか言えますか？」

男は答えない。言葉にならない唸り声を上げているだけだ。ティナーシャは己の精霊に言った。

「精神汚染を受けてるかもしれません。吐かせてください」

「人間って脆弱だから加減が難しいんだよね……」

精霊のぼやきを無視して、ティナーシャは男を押し退《お の》けると奥の空洞部分へ向かう。

薄暗いそこに広がっている黒土はうっすらと異臭がした。完全に消しきれていないそれは死臭だ。

だが遺体はない。既に処分したのかもしれない。ティナーシャは狭い空を見上げる。

「禁呪を使った後の触媒だけここに持ちこみましたか。穢《けが》れた土を再利用でもするつもりですかね。魔力を集めやすい建物構造なんて言って、こんなことに使われるんじゃ埋めたくなりますね」

「陛下！」

数人の足音と共に、パミラが切れ目の向こうに現れる。ラッドが助けを呼んでくれたのだろう。トリスは今度こそ力が抜けてその場に座りこんだ。その前を兵士たちが通り過ぎていく。

ティナーシャは不機嫌さを隠さない顔で彼らに命じた。

「今すぐ町の中を捜索してください。昨日の調査で見つからなかったということは、学院外のどこかで禁呪を構成していたはずです。あとは……魔法士の協力者も」

「……え？」

予想外な声を上げてしまったのはトリスだ。だがパミラも似たり寄ったりの表情で、動じていないのは精霊の青年くらいだろう。エイルは男の首を鷲掴《わしづか》みにしたまま補足した。

「禁呪を使ってたって、この男は魔法士じゃないからね。他に魔法士が噛んでるはずだ」

「噛んでるって、でも……先生たちが？」

他の教師たちの誰かが裏切っているのだろうか。ただ、腕の立つ魔法士に戦闘経験があることは珍しくない。だからこそ学院長や教師たちが「人を殺したことがある」と言われても驚かなかった。けれどそれは「生徒を殺していた」という意味だったのか。

しかし女王はかぶりを振った。

「違いますね。彼らは一通り調べましたから。ひょっとしたら人を使って殺しをさせていただけで、自分の手は汚していないのかもしれません。狡猾《こうかつ》な相手です」

「え……」

トリスがぞっと身を強張らせた時――不意に遠くで鈍い爆発音が聞こえた。

地面を揺れが伝わってくる。ぴしぴしと空気が軋《きし》む音がして、ティナーシャが美しい眉を寄せた。

「自分で出てきましたか」

周囲に短く命令して女王の姿は消える。トリスはそこでようやく自分の手を見た。

その手はぶるぶると小刻みに震えていた。

※

「早く来てくれよ！　先生が危ないんだ！」

門のところに言ってラッドがそう叫んだ時、ちょうどそこには城からの魔法士も来ていた。

彼らはあわただしく話を聞くと校舎の方へ駆けていく。ラッドとセネトもついていこうとしたが、見張りの兵士に止められた。二人は「いいから帰っていなさい」と押しやられ、渋々外に出る。

「……なんだったんだろうな、あれ」

「わかんないよ。土を捨ててたのを見て、先生が急に怖くなったって感じ。でもあれ、なんか変な臭いがしただろ」

話せば話すほど、意味の分からなさと恐ろしさが増していく気がする。やはりトリスが無事か見に行きたい――そう思った時、通りの先から女が駆けてきた。

「ラッド！　何があったの！」

「……母さん」

心配して迎えに来た女に、ラッドは何と説明すべきか迷う。けれど彼が何を言うより先に、女はラッドを抱きしめた。

「城からの調査が来てるって聞いて。学院はどうなったの？」

「今、先生が用務員の人を――」

そこまで話して、ラッドはふと違和感を覚えた。女の腕から脱すると、セネトを振り返る。

「あれ……おれたち、もう一人いたよな」

「……そう言えば」

ついさっきまで、誰かの手を引いて走っていた気がするのだ。だがいつの間にかいなくなっている。意識してみると明らかに不自然だ。ラッドはぞっと青ざめる。

「なんで……」

いつの間にか消えてしまった子供。トイユもこうして消えてしまったのだろうか。

顔色を失《な》くしたラッドを見下ろし、女は困ったように苦笑する。

「とにかく一度帰りましょう。これからどうするかも考えないといけないし」

ラッドは呆然としたまま手を取られ歩き出す。消えてしまったのは誰なのか。ぼんやりとした脳裏にいくつもの情景が浮かんだ。

「おれ……なんで……」

記憶に生まれた空白。それはちくちくと違和感を訴え、そして膨らんでいく。まるで記憶の穴が広がっていくようだ。ラッドは片手で頭を押さえた。

救いを求めるように隣を見て、だがそこにセネトはいない。

「え？」

振り返ると、セネトは数歩後ろで立ち尽くしたままだ。消えてしまっていなかったことにラッドは安堵して……けれどセネトの顔から血の気が引いていることに気づいた。

「どうしたんだよ、セネト」

それに応えたのは友人の指だ。セネトは震える手を挙げて、ラッドの方を指さす。

「……誰だよ」

「え？　どうしたんだよ。おれだろ」

「違うよ」

セネトは何を言っているのか。自分がさっきまで一緒だった誰かを忘れてしまったように、自分もまた忘れられてしまったのか。

『その人、だれ？』

つい最近も、そんなことを言われた気がする。

あれは確か、トイユと最後に出会った時だ。

黄昏《たそがれ》時。人の顔も朧《おぼろ》げな時間。トイユは、自分を見上げてそう言った。

「……あれ？」

——違う。あの時トイユが見ていたのはラッドではない。その後ろにいた女だ。

そして今セネトが指さしているのも——

「お前の母さん、先々週から叔母さんのところに行ってるって言ってただろ」

ラッドの肩に、後ろから女の手が置かれる。

「その人、誰だよ」

顔を動かさずにそっと窺い見た女の手は、血の気を感じさせない白さだった。

※

爆発音は、学院の敷地外、町の方から聞こえてきた。

事態についていけない者たちをよそに、女王は地面を蹴る。

「エイル、何人たりともここに入れないように。パミラとトリスは生徒たちを守りなさい！」

「了解」

動じていない精霊だけが返事をした時、もうティナーシャの姿は消えている。

彼女は何度かの転移を重ねると、爆発音の聞こえた場所に駆けつけた。

そこは人気のない路地裏だ。建物の影となって薄暗い辺りには、濃い魔力が立ちこめている。

それだけではなく血臭もまた漂っており、ティナーシャは地面に倒れ伏している少年二人を見て顔色を変えた。

彼らのすぐ傍には一人の女が立っている。町の女のような飾り気のない姿の若い女。ただ彼女の両手はべったりと血に濡れていた。

女はティナーシャに気づくと笑う。

「あら、見つかっちゃった？」

まるで悪戯がばれた子供のように女は笑う。

ティナーシャはしかし、無言のまま少年の一人に歩み寄ると、その傷を検分した。

――セネトは、胸を貫かれて絶命していた。

顔には恐怖の表情がこびりついている。それは死の間際に彼が味わった絶望そのものだ。

唇を噛むティナーシャに、すぐ傍から掠《かす》れた声が囁く。

「へ……いか……？」

「ラッド！」

隣に倒れているラッドは、腹部から大量に出血している。ティナーシャは地面に染み出した血の量に一瞬息を止め、だがすぐに治癒をかけ始めた。同時に鎮痛の魔法も施す。

少年は痛みから解放されて、ほっっと眉根を緩めた。

「すみません……おれ……気づかなかったんです……おれの母さんじゃ……なかった……」

「トイユも……おれと一緒にいたから……見つかったんだ……あいつがおれを迎えにきたから……」

全てを吐き出そうとする少年は、己の命がもう長くないことに気づいているのかもしれない。流れ出した血は、彼の体に対してあまりにも多すぎる。たとえ臓器を癒《いや》そうとも間に合わない。

それでも治癒をかけるティナーシャの服の裾をラッドは摑む。焦点の合わない目が女王を探してさまよった。

「へいか……セネトを助けてやって……」

「わかりました」

「あと、母さんに……」

言葉はそこで途切れる。

少年の瞳から光が失われるのを、ティナーシャは瞬きもせず見つめていた。

すぐ頭上から不思議そうな声が降ってくる。

「あなた誰？　教師？　城の調査官？」

ティナーシャはそれには答えない。土の上に膝をついたままだ。

女は無視されたことに軽く頰を膨らませて、けれど踵を返す。

「別にいいけど。じゃあね。もうこの町に用はないの」

「——出られませんよ」

その言葉を聞いた時、女の体はその場から弾き飛ばされていた。見えない巨大な手に殴られたように宙を飛び、奥の壁に叩きつけられる。

「が……は……っ」

女は苦痛に喉を鳴らしたが、まだ生きているところを見ると咄嗟に防御はしたのだろう。

ティナーシャはその間に二人の少年の瞼を閉じる。白い布を手元に転移させ彼らの上にかけた。死者を悼む行為に、壁から降りてきた女は血混じりの唾を吐く。

「馬鹿みたい。死体なんてもう意味がないのに。魂がないんだもの」

「そうかもしれませんね。でも、家族にとっては意味があります」

ティナーシャは長い黒髪を撥《は》ね除《の》けながら立ち上がる。真っ直ぐに女を見据えるその目は、殺意に煌《きらめ》いて忌まわしかった。

「不在の大人とすり替わって町に居ついたわけですか。自分は学院内に入らず手駒だけを潜入させて子供を攫いましたね。一応理由を聞いたほうがよろしいですか？」

「理由？　そんなの力を得るために決まってる。魔法士の血肉を触媒にすれば、自分の魔力を増やせるって知らない？」

「知ってますよ。暗黒時代にはよく試みられた実験です」

「そう。わたしずっと魔女になりたかったの。そうすればもっとずっと自由に生きられるじゃない？　だから魔法士の死体を集めてたんだけど、やりすぎちゃったみたい。結界が張られて町から出られなくなるなんてね」

「犯人が魔法士の可能性は高いと思ってましたからね」

「私があの子たちを殺してたわけじゃないのに？」

「同じことです。それに、この二人を殺したのは貴女でしょう」

ティナーシャの言葉に、女は肩を竦める。

「人質を確保しようと思っただけよ。気づかれて暴れられたから仕方なく、ね。でも人間って、思ってたよりずっと簡単に死んじゃうんだね」

血濡れた両手を広げて屈託なく笑う女。残酷さを装飾品のようにあしらって輝く目は、まるで無知な少女のようで、少しも母親には見えない。今までそれを隠蔽できていたのは、ラッドに魔法耐性がなかったからだろう。

それでもどこか不審には思っていたはずだ。だから彼は後悔の中で息絶えたのだ。

ティナーシャは深く息をついた。血濡れた女を視界に入れる。

類稀なる美貌が、戦慄を呼び起こす冷ややかな笑みを浮かべた。右手に抜き身の剣が現れる。

「では私がお相手しましょう。貴女の未来が、全て後悔に没するように」

宣言と共に、女王は一歩を踏み出す。

その左手に凄《すさ》まじい魔力が凝縮されるのを見て、女は緊張に唇を舐《な》めた。

街中に巨大な魔力が弾ける。

——何の構成も見えない。

それは魔法士としての圧倒的な力の差だ。女の体は、ティナーシャの放った不可視の鞭《むち》に跳ね飛ばされる。

「ぐ……」

先程から反撃の構成さえ組むことができない。普通の魔法士を凌駕する力を持ってなお、赤子のようにあしらわれている。

ついに女の体は、宙に高く舞い上がったところを魔力の鎖によって固定された。

磔《はりつけ》のように伸ばされた四肢は全く動かせない。女は信じられないものを見る目でティナーシャを見つめた。女王は辛辣に言い放つ。

「魔女はこんなものじゃありませんよ。恥をかかずに済んでよかったですね？」

「ま、待って……あなた」

「トゥルダールからこんな紛《まが》い物《もの》の魔女が現れたなんて日には私も困ります」

「陛下ってまさか、あなたがトゥルダールの女王なの……？」

ティナーシャは答えない。ただ小さく声を上げて笑っただけだ。

女王は細身の剣をまっすぐ女に向ける。その刃を絡め取るように構成が組まれた。

「貴女には何も問う権利はない。耳障りです」

剣の刃が、澄んだ音と共に砕け散る。無数の破片となった剣は日の光を反射しながら煌いた。その一つ一つが魔力を纏い、宙に漂っている。

ティナーシャは口の端を上げた。紅《あか》い唇の間から力を持った言葉が紡がれる。

「啜《すす》れ」

破片が、流星雨のように女の体に降り注ぐ。それらは白い肌を食い破り血を撒《ま》き散《ち》らしながら彼女の全身に潜りこんだ。

幾千もの針に貫かれるような激痛に、女は口を悲鳴の形に開く。だが既に無数の穴が開いた喉からは声も出ない。息だけが喘《あえ》ぐように零れた。

ゆっくりと絶命するまでの数分間、彼女は気絶もできなかった。

必死の形相でもがく女の体が、徐々に力を失い、壊れた人形のようにぐったりと事切れるのを、ティナーシャは最後まで冷淡に見つめていた。

※

事件の終わりは呆気ないものだった。

その後の捜索によって、町の古い倉庫からいなくなった子供たちの痕跡が見つかった。そこには明らかな禁呪の痕跡もあり、彼らの体は既に原型を留めていなかった。校内に運びこまれた土は、彼らの血が染みこんだもので、学院関係者に疑いの目を向ける意図と、誰にも見つからなかったならそこで禁呪構築をすることも考えられていた……らしい。真相は主犯である女が死亡したため不明だ。もっともそれを知っても何の救いにもならなかっただろう。

城からの応援が後処理に奔走する中、ティナーシャは二人の子供の遺体引渡しに付き添った。現れたセネトの両親は激昂して学院長や城の人間たちを罵り、彼らはそれを頭《こうべ》を垂れて受ける。

しかしティナーシャをより苛《さいな》んだのは、ちょうど別の町より帰ってきたラッドの母親の姿だった。

「え……嘘でしょう……？　だってそんなことあるわけ……」

蒼白の顔色でやって来た彼女は泣くわけでもなく叫ぶわけでもなく、ただ呆然と、うっすら笑顔さえ浮かべて息子の遺体の前に立った。白い布がめくられると、唇をわななかせる。

「本当に、あなたなの……？」

遺体は綺麗に清められている。ラッドはただ眠っているだけのようにも見えた。

母親は冷たい息子の体へ両腕を伸ばす。冷たい頬に自分の頬を寄せて、大事に大事に腕の中へと抱えこんだ。か細い声が夜の空気を震わせる。

「……置いていくんじゃなかった……嫌がっても一緒に連れて行けばよかった……！」

血を吐くような後悔に、誰も何の言葉もない。

ティナーシャはこめかみを手で押さえた。そうしなければ泣いてしまいそうだったのだ。

たった一人の息子を喪《うしな》った母親は涙なく慟哭《どうこく》する。

「ごめんね……ごめんね、ラッド……痛かったよね……」

もはや動かない体。不当に喪われてしまった魂、精神、その存在。

優しい少年だったのだ。病弱な幼馴染の少女を気遣えるほどに。事件を無視できないほど勇敢だった。自分の指の間を零《こぼ》れ落《お》ちたものに、ティナーシャは唇を噛んで頭を下げた。

「此度のご子息のこと、私の力不足で誠に申し訳ございません」

女王の謝罪に、セネトの両親は怒りのやり場を失って息をのむ。臣下たちが対応に困って主君を見つめた。

行方不明になっていた生徒とあわせて七人。その犠牲者の全てが子供だ。

国内で起きた禁呪事件の中でも、あまりにも傷跡の大きな結果になってしまった。

深く頭を下げたままのティナーシャに、ラッドの母親が声をかける。

「陛下のせいではございません……。この子を気遣ってくださって……感謝致します」

ティナーシャの脳裏にラッドの笑顔が蘇《よみがえ》る。

母親を幸せにしたいと、国の力になりたいと胸を張った少年。その希望も未来も、永遠に失われてしまった。互いを思う二人きりの親子は一人だけになってしまった。

いつまでも頭を上げないティナーシャを、レナートが促した。

「陛下、後処理もございますのでそろそろ……」

「……はい」

彼女は強い心残りを感じながらも、もう一度深く礼をして踵を返す。そうしてその場を離れかけた時、彼女の背にラッドの母親の呟きが聞こえた。

「時間が戻れば、私が代わってあげるのに……」

女王は小さく体を震わせる。不審に思ったレナートが彼女の顔を覗きこむと、闇色の目がこれ以上ないくらい見開かれていた。紅い唇が震える。

「陛下？」

レナートの問いかけにも彼女は答えない。

彼が再度声をかけようとした時、ティナーシャは目だけで彼を見返した。

その瞳にレナートはぎょっとする。

決意か恐怖か判然としない、しかし強い感情がそこにはあった。女王は吐息交じりの声で囁く。

「ちょっと後を頼んでいいですか？　私は城に戻ります」

レナートは彼女の異様な空気を怪訝に思ったが、逡巡を押し隠すと頭を下げた。

「分かりました。お気をつけて」

「よろしく頼みます」

ふっと女王の姿が消える。

レナートは慌ただしい空気に包まれる町と背後の遺族らを見回し、深い溜息をついた。

※

城に戻ったティナーシャは、よろめくような足取りで宝物庫の前に立った。怪訝そうな見張りの兵士をその場に残し、一人階段を下りていく。

魔法の明かりに照らされる石段を一歩下る度、重苦しいものが彼女の心にのしかかった。否《いや》が応《おう》でも少女の頃のことを思い出す。

しかしその階段もついに終わった。四百年ぶりに宝物庫に足を踏み入れた彼女は、憑《つ》かれたように奥へと足を進めた。大きな石棚の前に立つと、その横の壁に手を触れる。

白い指が触れた先から壁に構成が浮かび上がった。

複雑な封印構成は、四百年前に彼女が施したものだ。ティナーシャはそれを一瞥すると、平坦《へいたん》な声で詠唱を始める。注がれる力に応じて複雑な構成が解かれ始めた。

沈痛な、しかし感情を押し殺した声。

やがて長い詠唱の終わりと共に、壁の中心が小さく穿《うが》たれる。

——そこには白い石の箱が置かれていた。

ティナーシャは手を伸ばす。

左手に持った箱の蓋をそっと開けると……中には紋様の彫られた小さな青い球が入っていた。

「……これだ」

心臓が跳ねる。手が震えた。ティナーシャはその球をじっと見つめる。

これは、彼女の運命を変えた球だ。それだけではなくもう一人の男の運命と、もっと多くのものも変えてきた。

二度と見ることはないと思っていたのだ。自分がこれを手に取る日は来ないと。

しかし今、その球は彼女の手元にある。

「一ヶ月戻れれば全員助けられる……それが無理でも数時間戻れば……」

——過去を変えるべきではない。それは自然法則に背く行いだ。どんな代償があるか分からない。

だが自分は現にその力によって助けられて、今ここにいるのだ。

期待に満ちて未来を語る少年の笑顔が、母親の慟哭が蘇る。

自分の命と引き換えにしても息子を助けたいという彼女の望み。それをティナーシャは、どうしても否定することはできなかった。

「……オスカーはなんて言うでしょうかね」

想像しようとしても分からない。激しく叱責される気もしたし、呆れたように許される気もした。

そして――「彼」ならなんと言うだろう。

四百年を越えて歴史を変えた「彼」。

どれほどの決意で為してくれたのか。彼女の手を取ってくれたのか。

「彼」がくれたもの、失っただろうものを思うと瞼が熱くなる。こみ上げてくる感情を、彼女は唇を噛んで堪えた。

――四百年に比べればわずかな時間の遡行だ。

偽善だと、利己的な自己満足だと分かっている。彼女自身、人を殺したことなど何度もあるし、彼らにも家族がいただろう。誰よりも人殺しの匂いがするのは自分自身なのだ。よく分かっている。

ただ、それでも。


ティナーシャは目をきつく閉じた。

畏れと迷いが精神を駆け巡る。

そうしていたのは、ほんの数秒にも数時間にも思えた。

だが彼女は迷ったまま、ゆっくりと白い指を伸ばす。

恐怖も戦慄も、躊躇も希望も、何も捨てない。

それら全ては自分のものだ。

抱えていける。その上に立てる。

「……大丈夫」

ティナーシャは、惑う精神の上に深く息を吐く。

そして、彼女のただ一人である男のことを思いながら、ついにその球を手に取った。

※

月が、明かりのない室内を白く照らし出している。

その光がふっと翳ったことに気づいて、着替えを終えたオスカーは顔を上げた。

いつの間にか空に雲がかかっている。薄い雲の縁がうっすら輝いていることを認めて、彼は視線を部屋に戻した。

広い王の自室には静寂が満ちている。小さく欠伸をしながら寝台に腰かけたオスカーは、その時、窓硝子を叩く音に苦笑した。声をかけると予想通りの返事が聞こえる。

音を立てず入ってきた女は、少し首を傾げると微笑した。

「こんばんは」

「どうした？　こんな時間に」

「少し顔を見たくなりまして……」

美しい婚約者は、確かめるように一歩一歩、彼のもとに歩いてくる。眼前に立った彼女の顔を見上げて、オスカーは眉を顰めた。

「何かあったか？」

「いえ、何も」

「何もって顔じゃない」

彼はティナーシャの白い手を引いた。華奢な体を抱き取り膝の上に乗せる。彼女は少し驚いたようだったが、長い睫毛を伏せて苦笑しただけだった。少しの沈黙を経てティナーシャは口を開く。

「オスカー……あの球どうしました？」

それが何を指すのか彼はすぐ理解した。簡潔に教えてやる。

「宝物庫の整理をした時に見つけた。触らないように奥深くに保管してあるぞ」

「そうですか……」

「で、何があったんだ？　この前の事件絡みか？」

ティナーシャは少し笑う。が、答えようとはしなかった。

頑なな女の態度に、オスカーは艶やかな黒髪を一房指に巻き取ると強く引く。

「本当に秘密主義だな。俺はお前の夫になるんだぞ？　遠慮してないで話せ」

それを聞いたティナーシャの双眸に、郷愁に似た色味が浮かんだ。

彼女はふっと顔を綻ばせ、だがすぐに目元を押さえる。深い溜息がそれに続いた。

涙を飲みこもうとしているのだろう。小さな頭を男の胸に寄りかからせ、女王は目を閉じる。

そして彼女はオスカーの腕に支えられ、ぽつぽつと話し始めた。


彼女の話が終盤に差しかかると、オスカーはあからさまな呆れ顔で自身の婚約者を見やった。

「お前、俺にはあれだけ言っといて自分は使ったのか……」

「……すみません」

「しかも自分で動くなと言ったのに、子供になって潜入してるってどういうことだ」

「一番早いかと思って……」

本当に忠告を聞かない相手だ。分かっていたがひどい。

だがそれも、彼女の情の深さが故だろう。オスカーは小さな頭を軽く叩いた。

「子供を助けたい気持ちは分かるが、毎回そんなことやってたらきりがないぞ。いつまで経っても前に進めないだろう」

ティナーシャはうなだれる。彼の言うことなど最初から分かりきっているのだろう。後悔と、それだけではない意志を滲ませる彼女を見て、オスカーは小さく嘆息した。

「まぁ……俺はお前のそういうところも悪くはないと思うけどな」

――この華奢な女は、弱くて強い。

彼女を見ていると弱さも強さも視点が違うだけで、本質はあまり変わりがないのではないかと思えてくる。

生来的には、人の思いを大切にしたい人間なのだろう。ただ女王という立場上、彼女には少なからず冷徹さが必要になる。戦いの中にある人間が、程度に差こそあれ一度は悩むように、彼女はずっと己の中の矛盾に向き合い続けているのだ。

恋人の憂い顔を見下ろしながらオスカーは夢想する。

もし平穏な家庭に生まれ、飛びぬけた魔力もなく育っていたなら、彼女はよき妻として母として幸せな一生を送ったのかもしれない。だが物心ついた時には彼女にそんな選択肢はなく、そして彼女自身戦うことを選び取ったのだ。

「で？　助けられたのか？」

男は彼女の髪を耳にかけると白い頬に口付ける。その頬に少し朱が差した。

彼女が失敗することなど疑ってもいない口調に、ティナーシャは切なげな目になった。目に見えて小さな両肩を落とす。

「発動しなかったんです。過去に戻れませんでした」

「発動しなかった？　壊れていたのか？」

「いえ……そんな感じではなかったんですが……何か発動条件があるのかもしれません」

話はそれで終わりだった。ティナーシャは目を閉じる。

哀惜を帯びた細い体を、オスカーはそっと抱きしめた。

彼女が揺らぐのは「自分が時間遡行で助けられた」経験があるからだろう。助けてくれた相手は消えてしまった。一人になった彼女は、感謝の言葉もそれ以外も自身が抱えて生きるしかない。どれほど深い傷がそこにあろうとも、彼女と過去を共有しない彼に取り除くことはできない。

ただ……できるだけ支えてやろうと思う。手を離さずにいようと決めている。

どんなに迷っても、彼女が最後には自身の道を選び取れるように。

そしてその道が自分のものと並ぶのなら、それを幸福と呼ぶのかもしれないのだ。


しなやかな体を抱きしめていたオスカーは、ふとその体が重くなったことに気づいた。

重いといっても本当に重いわけではない。ただ普段は魔法で軽減されている体重が感じられるようになっただけだ。

怪訝に思ってオスカーは、ティナーシャのうつむいた顔を覗きこむ。

見ると彼女は、少し眉を寄せた悲しげな顔のまま眠っていた。

「お、お前……」

呆れを通り越して疲労感が襲ってくる。脱力しかける体を何とか動かすと、オスカーは彼女を寝台に横たえた。

気を張って疲れたのか眠りが深い性質なのか、ティナーシャはぴくりとも起きる様子がない。無防備な肢体を見やって彼は溜息をついた。指を伸ばして眉間をほぐしてやる。幾分穏やかな顔になった彼女を眺めて、彼はぽつりと呟いた。

「本当にどうしようもないやつだな」

警戒心皆無の寝姿に、オスカーは頬をつねりたいのを何とか我慢した。

彼は自分も横になると黒い髪を梳く。指を滑る感触が実に蠱惑《こわく》的だ。柔らかな肌に触れたくなって、しかし代わりに髪に通していた指を離すと掛布をかけてやる。

小さな寝息が規則的に響く。

ささやかなその音に安堵すると、オスカーは自分も目を閉じた。

せめてこの寝台には悲しい夢が入りこまなければいい。そして安寧が、いつしか彼女にとって当たり前のことになればいい。——そうなるように守ってやろうと、思う。

オスカーは彼女の小さな手を握る。

その感触を頼りに、彼もまた夢の中に下りていくのだ。

6. 無血の傷跡

朝の光が瞼をくすぐる。自分が寝台にいる間に窓が開けられたのか、風が長い黒髪を揺らした。しかし柔らかな白い光は、彼女にとっては邪魔者でしかない。反射的に身をよじって枕に顔を押しつける。そのまま再び意識を手放そうとした時、だが後頭部を軽く叩かれた。

「ティナーシャ、起きろ」

男の言葉は、聞こえたのだが意味が分からない。

彼女はいやいやをするように、枕に埋もれたままかぶりを振った。男の声が無情に降ってくる。

「起きろ起きろ。お前は寝起きが悪すぎる」

男は強引に細い腕を掴んで彼女を引き起こした。肩と腰を支えて寝台に座らせようとするが、彼女はそのまま突っ伏してしまう。

崩れ落ちた彼女の体を男は呆れたように見やった。彼は溜息をつくと華奢な体を抱き上げる。

「風呂にこのまま放りこむぞ」

「うー……」

闇色の目がうっすらと開く。男はそれを見逃さず覗きこんだ。

「寝るなよ？　目を閉じたらこめかみ締め上げるぞ」

「うん……オスカー、おはよう」

「毎日毎日世話を焼かせるな」

厳しい口調。だがそこには深い親愛がある。

少女はぼんやりと微笑んだ。男の肩に手をかけながらそろそろと床に下りると、時間をかけて何とか伸びをする。窓の外を見ると青空が広がっていた。

「いい天気ですね」

「どこか遊びに連れていってやろうか？　ナークがいるからすぐだぞ」

ティナーシャは目を瞠った。小さな胸に期待が満ちる。

だが彼女はすぐにそれを押し隠して苦笑した。

「いなくなったってばれたら大変。でもありがとう」

「子供なんだから、たまには息抜けよ」

男は少女の黒髪を撫でる。彼女は猫のように目を細めて微笑んだ。

※

目を開けると部屋は既に明るかった。ティナーシャは顔を覆っていた腕をはずす。

起きたと思ったのに何故また寝台にいるのだろう。彼女は上手く動かない体を引きずって上半身を起こした。そこに穏やかな男の声がかかる。

「起きたか？」

声がした方を彼女が見ると、寝台に背を向けて男が着替えていた。よく知る広い背中に、彼女は寝ぼけた声を返す。

「うん、おはよう。ご飯今作る……」

「は？」

素っ頓狂な声を上げて男は振り返った。ティナーシャは首を傾げて、怪訝な顔の男を見つめる。

「どうかした？　オスカー」

「お前がどうした」

「え？」

ティナーシャは眠気に蕩《とろ》ける頭を振った。辺りを見回すが、そこは彼女の部屋ではない。次いで自分の体を見下ろしたが、それも細すぎた少女の体ではなかった。ほぼ大人の、柔らかな肢体がそこにはある。

ティナーシャはもう一度顔を上げると、服の袖を留めている男を見た。急激に記憶が戻ってくる。

「あれ……ね、寝惚《ねぼ》けてたみたいです。すみません」

「ちゃんと起きろ。寝起き悪いぞ」

ティナーシャは赤面して自分の頬を叩いた。子供の頃の夢と現実を混同してしまっていたのだ。かつて暮らしたあの部屋はもう存在しない。今彼女がいるのはファルサス王の寝室だ。

改めて自分を見ると、昨晩訪れた時の服のままだ。

「私、寝ちゃったんですか？」

「思いきり寝てたぞ。寝つきはいいのに寝起きが悪いって、どれだけ寝るつもりなんだ」

「う……すみません……」

ティナーシャは寝台の縁に座りなおす。時計を見やって青ざめた。

「ち、遅刻かも……会議が……」

「一応俺は起こしたぞ。まったく起きなかったけどな」

すっかり支度を終えたオスカーは人の悪い笑顔で女を見やった。ティナーシャは怒られた子供のように首を竦める。

トゥルダールにいる時も寝起きが悪いので、いつも無理矢理体を引きずって風呂に入るのだ。彼女付きの女官などは女王の寝起きの悪さを知っているが、他の者はほとんど知らない。急いで帰って支度をしてぎりぎりというところだろう。

「帰りますね、ごめんなさい」

「ん」

頭を下げるティナーシャに、男は軽く手を振った。彼女は柔らかく微笑むとそのまま部屋から消え失せる。唐突にいなくなった婚約者にオスカーは苦笑した。

少しは気が紛れたのだろうか。少なくとも今笑った彼女はいつも通りに見えた。

時計を見る。彼自身いつもはもっと早く出るのだが、今日は眠っていた彼女についていたため一時間ほど遅い。

それにしても――とオスカーは寝惚けた彼女の言葉を思い出す。

「どんな料理を作るんだ。怖いな」

笑いながら独りごちて、彼は自身も仕事をするため部屋を出て行った。

※

その石室は、大きな屋敷がまるごと一つ入りそうなほど巨大なものだった。壁や天井は掘り抜かれた岩肌のままで、中はひんやりと涼しい。

だが単なる涼しさだけではなく、辺りには異様な冷気が漂っている。冷気の出所は中央に穿たれた大きな穴だ。

ヴァルトはその縁に立って穴の中を覗きこんでいる。

底は果てしなく深く、先が見えない。だが目を凝らせば暗闇で何かが蠢《うごめ》いている気がした。

悪意の気配がそこにはある。

「ヴァルト、そろそろいいだろう？　これ以上置いておけば我らも食らい尽くしかねんぞ」

後ろからかけられた声にヴァルトは振り返る。穴に近づきたくないのか、壁際には十数人の男が立っていた。そのうちの一人からの苦言に、青年は肩を竦める。

「そうだね。いいんじゃないかな」

それを聞いて一同はざわめく。今まで何度同じことを聞いても制止されるばかりだったのだ。高揚が波のように広がっていくのを感じてヴァルトは苦笑した。

「外に現出させるまでは僕がやるよ。他にできる人間もいないしね。後は好きにするといい。制御の面倒は見ないよ」

「構わん。こちらで何とかする」

自信たっぷりの男をヴァルトは内心で嘲った。

力の強大さに目が眩《くら》んで、それを自分たちが扱えるかどうかさえまともに判断できない。

だが、彼らはすぐに身を以て知ることになるだろう。過ぎた力を持つとはどういうことなのかを。

ただそこまで親切に忠告してやる気はない。ヴァルトの望みはもっと別のところにあるのだ。

受け継がれてきた周到な準備の上に、一つの転換が始まろうとしていた。

※

会議にぎりぎりで間に合ったティナーシャは、会議後の昼食をレジスと共に取っていた。

自然と話題は昨日の事件のことになる。

「魔法士の血肉で魔力召喚とは、忌まわしいことをしますね」

珍しく苛立《いらだ》ちも顕《あらわ》なレジスの言葉に、ティナーシャは顔を曇らせる。

「昔からよく試みられる禁呪ですが、犠牲になった人間の多さに見合う効果が得られているとは思いません。せいぜい少し強い魔法士程度です」

結局、その程度の力のために七人が殺されてしまった。

本当に知識と力がある者ならば、そして触媒自体が強力ならば、たった一人の血肉ですさまじい魔力を召喚することも可能なのだ。彼女自身が望んだわけではないが、禁呪によって膨大な魔力を得た女は、ほろ苦くもそのことを思い出す。

レジスが溜息交じりに呟いた。

「やはり禁呪の使用を完全に抑えることはできないのでしょうか」

「残念ながら難しいでしょうね。危険を侵せば必ず強力な結果が得られる、って印象が強いんでしょう。実際のところ、私が知る限り禁呪で目的が上手く達成されたって例はないんですけどね」

トゥルダールの記録では、使われた禁呪のほとんどが術者を滅ぼし、意図しない形で暴走するか打ち砕かれるかしてきたのだ。――だがその事実を知っている人間は少ない。

知らせようにも抑止を狙って実情を公表すれば、どのような禁呪が存在したか、少なからず人々へ明らかにすることになる。それには無視できぬ危険性がつきまとうし、またどれほど声高に禁呪の無意味さを唱えても、禁忌に手を染める人間は結局染めるのだ。

――ならば、それを粉砕する力のほうが有用になってくる。

ティナーシャは精霊の契約解消を考え始めてから、同時にトゥルダールの魔法士を対象として、対禁呪を想定した魔法戦の構想を練ってきた。そしてそれは即位と前後して、適任者を選抜し戦いに特化した指導を行うことで実際に動き始めている。

レジスがそれについて問うてくると、ティナーシャは微笑んだ。

「いい調子ですよ。優秀な人ばかりで飲みこみがいいです」

「そうですか……。実際問題、彼らで禁呪に対抗できそうですか？」

「できますよ。魔法戦って純粋な火力のみで決するわけじゃないですから。どちらかと言えばどう力を使うか……つまりどんな策を練ってそこに相手を落としこむかの方が意味があります。この辺は普通の戦争と変わりませんし、むしろ周到な準備がより効果的だったりしますね。予《あらかじ》め構成を引いて置く場合なんて特にそうです」

複数の術者で力を練り上げ、それを押さえるべき場所に使えば充分禁呪と相対できる。「何も正面から対抗することもないだろう」とは、ドルーザ戦の時にオスカーが言った言葉だが、彼女もそれについては同感だった。

そしてそのための技術と知識を今教えこんでいる。意志の疎通が暗黙に取れる精鋭集団になれば、一人の強大な術者が戦うより柔軟に構成を動かせるだろう。

「大規模な禁呪を使うのって大抵相手も集団ですし、しかも禁呪に頼りきりですからね。制するのは難しくないと思いますよ」

自信を持った女王の言葉にレジスは頷いた。しかしふと彼はもう一つの可能性を呈する。

「魔女が相手ならばどうですか？」

何気なくも重い問いに、ティナーシャは困惑を面に出した。彼女は唇だけで笑う。

「正直、分かりません。かなり厳しいとは思いますよ。戦闘経験が違いますから。周到に用意して罠を張って……それでも直接対決を避けて何とかした方がいいですね」

レジスはその答えを予想していたのか、軽く息をのんだ。

――大規模禁呪よりも、やはり魔女の方が手強いのだ。

強大な魔力と経験、そして意志を持った人間を相手取る怖さを、魔女殺しの女王である彼女は誰よりもよく知っている。だからこそたった四人しかいなかった女たちは「魔女」と呼ばれるようになったのだ。

※

部屋には珍しく日の光が差しこんでいた。帰ってきたヴァルトは意外に思って辺りを見回す。ミラリスは自分の椅子に膝を抱えて座っていた。午後の白日が照らす肌は雪のように浮き立っている。淡い緑の瞳が彼を捉えた。

「おかえり。疲れた？」

「結構ね。一人で現出させたから仕方ない。それよりどうしたの。日を浴びるなんて」

「もうすぐ外に出ないといけないから……慣らしてる」

「ああ、なるほど」

ヴァルトは律儀な少女の健気《けなげ》さに顔をほころばせた。何だか疲れも癒える気がする。だが表面上は、聞かなければならないことを確認した。

「構成の準備はいいの？」

「もうできてるわ。結構時間かかったけど大丈夫」

「任せるよ」

ミラリスの構成力はかなり優れている。その点の心配は無用だろう。

むしろ心配なのは相手側の勢力配置だ。懸念が自然と言葉になる。

「精霊がどう置かれるかが一番心配だな。分かってはいたけど十二体は辛《つら》い」

「私の方は誤魔化せるほどの魔力だからまず平気だと思うけど……あなたは気をつけてね」

「うん。そのためにも彼らには頑張ってもらわないとね」

小さく欠伸をしながらヴァルトは窓の外を見やる。硝子越しでも異様な魔力が外に漂っているのが分かった。おそらくは一晩で国が一変することになるだろう。

だがこれもささやかな始まりに過ぎない。男は自嘲的な微笑みを浮かべる。

「ちょっと明日まで寝るよ。魔力を回復させないといけない」

「分かった。おやすみなさい」

少女は小さく手を振った。あどけない笑顔はしかしどこか毒を孕んでいる。

全ては明日。そこからようやく彼らの物語は上演されるのだ。

※

昼頃になると太陽が盛んに地上を照らし出す。

ファルサスの最北に位置するイヌレード砦は、標高も高く比較的涼しい土地に建っているが、それでも日差しはきつかった。

「それ」に一早く気づいたのは、砦の城壁にいた魔法士だ。

砦の建物部分は、建築専門の魔法士を総動員して六割がたが再建されており、同時進行で職人たちが内部を作っている。更に城壁では魔法士たちが防御紋様付けの作業をしていたのだが、そのうちの一人が異様な魔力の流れに顔を上げた。国境にいくつか張ってある感知用結界に、何かが引っかかったのだ。

目を凝らすと地平に黒いものが蠢いている気がする。

遠目で何だか分からないそれは、しかし明らかに異様な空気を放っていた。彼は城壁を駆け出して将軍の元へ向かう。


あわてて為された報告は、五分後には城都にいた王へ届けられた。

話を聞いたオスカーは眉を跳ね上げる。

「ついにセザルが動いたか」

セザルがファルサスに敵愾心《てきがいしん》を抱いているのは今に始まったことではない。発端はおそらくファルサスが恵まれた強国であることへの逆恨みだろう。だがセザルは今まで何百年も実力行使をしてこなかった。それがここになって動いたのは、同じ立場だったドルーザが禁呪を得てファルサス侵攻を決めたように、「邪神」とやらの存在が侵攻の後押しをしたからだろうか。

とは言え、ティナーシャの調査を聞いた時から心積もりはできている。オスカーはすばやく臣下たちに命令を下すと、自身も出陣するために部屋を出た。

そうして一時間後には、編成された軍が転移陣を使ってイヌレードに到着していた。

「どんな様子だ？」

王の問いに、砦の将軍は畏《かしこ》まる。

「敵の大半が徒歩のため進軍速度は遅く、ここに到達するまではあと一時間はかかるようです。数はおよそ四万。ですがあの……」

「どうした」

「魔法士曰《いわ》く異様な魔力が感じられる、とのことです」

周囲にいた臣下たちが息をのむ。そんなことを聞くと、否が応でもドルーザの禁呪のことを思い出してしまうのだ。

オスカーは彼らの緊張を感じ取って苦々しく笑った。

「どいつもこいつも正面から勝てないと思って、おかしなものを引っ張り出すな……」

ドルーザの一件で、国家間戦争における禁呪使用禁止が条約として締結されたばかりだが、はたしてセザルは何を持ち出してきたのだろう。まさか本当に邪神がいるわけでもあるまい、とオスカーは首を捻った。

「これは賭けだな」

相手の切り札が分からないのは痛い。

だが要はおかしなものを使われる前に撃破してしまえばいいのだ。

オスカーはそのための指示を臣下にいくつか出すと、皮肉げな笑みを浮かべた。

※

建築中のイヌレード砦が視界の中で徐々に大きくなる。セザル軍の先陣を率いる将軍タルヴォは笑いを堪《こら》えてそれを見やった。先だって禁呪に頼り敗北したドルーザのことを思う。

「ドルーザもあんなやり方では負けて当然だろう。禁呪で砦や軍を破砕したとして、それが尽きた時どうするつもりだったのか」

弾数が少ない火力で国土の広いファルサスを屈させることは、どのみち不可能だったろう。

——だがセザルは違う。そんな愚は犯さない。

この時のために長い年月をかけて「軍隊」を作ってきたのだ。そして更には「あれ」がいる。負ける要素は一つも見当たらないはずだ。

ただ一つ、不確定要素があるとすれば——それはファルサス国王の婚約者であるトゥルダールの女王だ。彼女が自国の国を率いて介入すれば少し厄介なことになるかもしれない。そうなる前にある程度の決着はつけておきたかった。

「まだファルサスは勘づいていないのか……？」

砦には未《いま》だ変化がない。

タルヴォは馬上から周囲の歩兵を見回した。進軍を早めさせようと口を開く。

だが彼が言葉を発するより早く、突如周囲に霧が立ちこめ始めた。晴天の平野に、視界を覆うほどの霧が湧き立つ。

「なんだ!?　何が起きた！」

タルヴォはあわてて後ろを確認したが、兵たちは無反応に歩き続けている。今のところ進軍に支障はないと分かって安心するが、同時に不安にもなった。

――方角も分からなくなりそうな霧の中、このまま進んでもいいのだろうか。

自然に発生した霧とは思えない。おそらく魔法が関与しているのだろうが、魔法士でないタルヴォに詳しいことは分からない。彼は本陣に判断を仰ごうか振り返る。しかし背後にも霧が立ちこめて何も見えなかった。

進むべきか止まるべきか、迷いながらもそのまま進軍して約五分、ついに彼らは霧の中を抜けた。

嘘のように晴れ渡った視界で、砦が先程よりも近づいて見える。

「進路は間違えてなかったか……」

魔法で進路を捻《ね》じ曲《ま》げられていたらどうしようと思っていたが、どうやら問題なかったようだ。

タルヴォは胸を撫で下ろし、手綱を握る。

――だがその時、風を切って何かが飛来した。

タルヴォの体はびくりと強張り、そのまま馬上から転落する。兜《かぶと》を被っていなかった頭部の、右耳から左耳へと貫通するように矢が突き刺さっている。鞍上《あんじょう》からいなくなった主人を探すように、馬が足を緩めて頭を振った。そこにすぐ後ろを歩いていた兵士がぶつかる。

明らかな攻撃にもかかわらず、セザル軍は指揮官を失ってすぐには止まれない。

彼らの右側面にファルサス軍が襲いかかったのは、次の瞬間のことだった。

※

「この魔法ってかなり強力だな……」

砦に残って魔法の構成を行っていた魔法士のカーヴは呟く。

遠目に見える平原ではファルサスとセザルの両軍が激突していた。同じものを見ているシルヴィアも隣で頷く。

――平地に霧を起こす魔法は強力な精霊魔法の一つで、本来なら普通の魔法士には使えない。だがティナーシャがそれを十人程の魔法士で扱えるよう、構成を組み替えてファルサスの親しい人間たちに伝えてあったのだ。以前、ヤルダ王女絡みの一件の際、実際にティナーシャが使ったものだが、戦争に用いるとその効果は絶大だ。

霧で相手の視界を奪っている間に、ファルサス軍は何度かに分けてセザル軍の側面に転移した。そして霧を消すと同時に死角からの攻勢を開始したのだ。

カーヴはファルサス軍に突撃され、たわんだセザルの陣形を見やる。

「何もないといいけど……」

そう呟いて、彼は嫌な予感に身を震わせた。


四万のセザル軍は、その大半が歩兵で構成されている。

側面からその只中に切りこんだファルサス騎兵は、手ごたえのなさに首を傾げた。敵はまるで動きが鈍く、草を刈るように斬り払うことができる。

——だが彼らはすぐにその異常さに気づいた。

確かに致命傷を与えたはずの敵が、何事もなかったように剣を振るってくるのだ。

ゆっくりと、しかし確実に突き出された剣が馬の腹に食いこむ。いななきを上げて崩れ落ちた馬の背から放り出された兵士は、自分を取り囲むセザル兵の顔を見て絶叫を上げた。

「こ、こいつら……！」

濁った白い目と腐りかけた頬。どす黒いその顔は、まぎれもなく死人のものだった。


「陛下！」

「分かってる」

自ら前線に立っていたオスカーは、すぐ後ろについているドアンの声に渋面で返した。

異様な魔力が感じられるとは、このことだったのだろうか。中には普通の人間も混じっているがセザル軍を構成している兵士は、ほとんどが動く死体だ。

「セザルの城に連れていかれた者は帰ってこない、か……」

確かにティナーシャの報告にはそうあったのだ。知りたかったわけではないのに明らかになった彼らの末路に、オスカーは舌打ちした。

今のところファルサス軍は、恐慌に陥りかけるところをなんとか踏《ふ》み止《とど》まっている。何しろ敵はもともと死んでいるので殺しようがないのだ。それでも死体に回復能力はないらしく、四肢を切断すれば地面で気味悪く蠢いているだけだ。これを幸いとは言えないが、最悪よりはマシだ。

「魔法を主軸にするか……柄じゃないが頼む」

オスカーの命令にファルサスの陣形が変わる。

騎兵たちによる隊列を保ちながら、その後ろに配された魔法士が死体を焼き始める。死体は何らかの魔力で動いているらしく、魔法で焼けばそれ以上動くことはない。それはアカーシアで斬った場合も同様だった。

本来の大きさに戻ったナークが、上空から死体の軍列に炎を吐き出す。あまりの高熱に消し炭となる死体たちを見て、オスカーは嘆息した。

「……きりがないな」

今はまだいい。だがこのやり方で四万の軍を押し切れるか、オスカーには自信がなかった。

ファルサスはトゥルダールと違ってそう多くの魔法士を擁している訳ではない。砦や城に残っている者も多く、本軍にいるのは二十人強だ。

オスカーは眉を寄せると盛大に溜息をついた。王は死体を斬り捨てながら、背後で詠唱する魔法士に声をかける。

「ドアン、ちょっと俺に向かって魔法を打て」

「は!?」

あまりといえばあまりな命令にドアンは目を丸くした。王はそんな彼を真顔で急《せ》かす。

「早くしろ。そうすればティナーシャが気づく。背に腹は代えられん」

彼の体には対魔法用の結界がかけられている。もし魔法の攻撃が加えられれば、遺跡の時と同じく彼女の知るところになるだろう。

ドアンは王の意図をのみこむと、簡単な攻撃構成を組む。

だがそれが形になる前に、嫌そうな声が空中から降ってきた。

「そういう呼び出し方はやめてくださいよ……」

よく通る女の声。

二人がその主を見上げようとした時、一帯をすさまじい轟音《ごうおん》が揺るがした。

眩《まばゆ》い光が前線に溢れる。ファルサス兵たちは突然の閃光《せんこう》に思わず目を閉じた。

そして彼らは恐る恐る目を開いて……愕然と凍りつく。ファルサス軍の前線に接していたはずの死人兵たちは、まるで糸の切れた人形のように地に倒れ伏していた。

「こ、これは……」

千人あまりの死体が敷きつめられた空隙にファルサス軍は息をのむ。残るセザル軍の死人兵は、突如戦場に開いた空白に気づいたらしく、ファルサス軍に向けてゆっくりと動き出した。

オスカーは苦笑して、空中に立つ女に声をかける。

「やることが派手だな」

「少しお話する時間が欲しかったので」

高度を下げた彼女は、儀礼用ではない魔法着を着ていた。体の曲線にぴったりと沿った白い魔法着には魔法の紋様が入っている。動き易《やす》さを重視しているのか、両脇に入った深い切れこみからは白い足が覗いていた。

細い四肢のあちこちには複数の魔法具が装備されている。魔法のものと思《おぼ》しき短剣を腰に佩《は》いた彼女は、明らかに戦闘用の姿だ。彼女の両脇には若い男女が控えている。見覚えがある彼らは女王に使役される精霊だった。

初めて見る彼女の戦闘姿にオスカーは目を瞠る。

「凄《すご》いな」

男の言葉にティナーシャは目を閉じて微笑んだ。

そして次にその目が彼を捉えた時、闇色の深淵《しんえん》にはまぎれもなく女王としての威厳があった。

「トゥルダール女王、ティナーシャ・アス・メイヤー・ウル・アエテルナ・トゥルダールでございます。此度の戦争、禁じられし術の存在を感知いたしました。よって今この時よりトゥルダールが介入を行います。我らが行いしは『在ってはならぬ存在』の排除につき、両国の利害には一切関わらないことをご了承ください」

朗々とした宣言にオスカーは不敵な笑みを浮かべる。彼は言葉だけは真面目くさって返した。

「承知した。迅速な行い、感謝する」

その返事にティナーシャは相好を崩すと、具体的な話に移る。

「精霊を四人置いていきますね。あと彼らは今育成中なんでこき使ってやってください」

そう言って彼女はファルサス軍の左後方を示した。少し離れたところに、二十人ほどの魔法士が馬を引いて立っている。彼らはファルサス王の視線を受けて頭を下げた。

「トゥルダールの魔法士か。助かる」

「対禁呪用の部隊になる予定なんですけど、正直実戦がこんなに早く来るとは思ってなかったんで、対禁呪用見習いって感じです。でも魔法士としては優秀なんで」

「どう評価すればいいか迷う説明をするな。置いていくってことは、お前は何か用事があるのか？」

「私は死体の大元を叩いてきますよ」

「邪神か？」

「です」

あっさりした答えは質《たち》の悪い嘘のようで、オスカーは顔を顰めた。彼は空中にいる女を手招きする。寄ってきたティナーシャの手を引いて膝上に抱き取ると、彼女は黒い目をまん丸にした。うっすらと顔を紅潮させながら、女王は苦言を呈す。

「オスカー……戦争中なんですけど……」

「それより邪神ってなんだ。そんなものが実在したのか？」

いくらなんでも本当にそんなものがいるとは思っていなかった。ティナーシャは困り顔で返す。

「さすがにアイテア神のような神話時代の存在じゃないと思いますよ。ただ魔力や魂が凝り固まった何かがいるみたいですね。中々骨が折れそうな相手なので、多分私が一番適任でしょう」

「大変そうなら、ちょっと待ってれば手伝うぞ」

「平気です」

微笑んだ彼女が妙に儚げに見えてオスカーは不安になった。白い腕を強く握る。

「ちゃんと勝てるんだろうな」

「無論」

即答に彼は闇色の目を覗きこむ。

深い夜の中に自分の顔が映っていた。華奢な体には確かに自信が感じられる。強大な魔力と意志、その二つを兼ね備えた女は稚い顔で男を見上げていた。オスカーはつられて微笑む。

「……時間切れか」

彼女の頭越しに敵が迫ってきているのが見える。話していられる時間はもうない。

それを感じ取って浮かび上がろうとするティナーシャの体を、オスカーはアカーシアを持ったままの右腕で抱きしめた。左手で白い顎を捕らえる。

「必ず帰ってこいよ」

「お任せください。先に砦に戻ってお待ちしてますよ」

たおやかな笑顔。その表情を見る度惹きつけられていく。愛しいと迷いなく言える。

オスカーは黙って顔を寄せると彼女の小さな唇に口付けた。

軽く触れるだけの温度。けれどそれは、彼女の心に触れるのと同じだ。

顔を離すとティナーシャは白い貌を真っ赤に染めていた。彼女は片手で顔を覆いながら横を向く。

「何するんです……戦争中だって言ってるじゃないですか……」

「ん、頑張ってこい」

彼が腕を放してやると女王は空に浮かび上がる。彼女は赤味が引かない頬のまま、二人の精霊に声をかけた。

「セン、リリア、頼みますね」

「承知」

「かしこまりました」

「クナイとサイハも」

新しく呼ばれた精霊はその場には現れなかった。しかしティナーシャが笑い出したことから、主人だけにその返事が聞こえたことが分かる。

彼女はそうしてもう一度男を見つめた。水のように清冽な目にオスカーは見入る。

「では、ご武運を」

「お前もな」

ティナーシャは空中で踵を返す。彼に小さな背を向けると同時にその場から消え去った。

オスカーは一瞬笑ったが、すぐに真顔で王剣を握りなおす。死体の軍勢がすぐ傍に迫っている。

トゥルダールの魔法士たちが騎乗すると軍の中に加わった。精霊の二人は思い思いの場所に散る。

それらを確認したオスカーは鋭く息を吐きながら姿勢を正した。

「行くか」

涼やかな声は、戦争の再開を示すものだった。

※

ファルサスとセザルがぶつかり合う戦場から、馬で三十分程セザル方面へ移動したところ、平原が少し窪《くぼ》んだ茂みに「それ」は鎮座していた。

魔力を追って目的のものに辿り着いたティナーシャは、上空から「それ」を嫌な顔で見下ろす。

「何か……凄いですね。嫌な形してるなあ」

女王の両脇には、精霊のカルとミラが立っている。赤い少女は大人びた笑顔を見せた。

「ティナーシャ様、ああいうの苦手なの?」

「だって足がないじゃないですか。大きいし」

「足をつければいいの?」

「そういう問題じゃないです」

のんき気に会話する彼らの眼下には、制御をしている魔法士が十数人と邪神「シミラ」がいる。

――それは黒い巨大な蛇の形をしていた。

だがそうと分かるのは、彼ら三人が上空に立っているからだろう。近くから見たなら大きすぎる

がゆえに、それが何であるかさっぱり分からないのかもしれない。長さは家十数軒を一巻きにできるほどで、太さは大人の身長二人分もある。自然界には存在しない巨大な蛇は、緩やかにとぐろを巻いて目を閉じていた。

蛇の尾は地面に空いた暗い穴に繋がっている。

しかしその穴はよく見ると実際に地面に開いているのではなく、魔法的に開かれた穴で、そこから蛇が現出していた。ティナーシャは穴の先を睨む。

「あれってどこに通じてるんでしょうね」

その疑問に、男の姿をしたカルが答える。

「概念的なものじゃないか？　どこか根源があるとしたらそこに繋がってるだろうけど」

「根源ですか……邪神自体はおおよそ魔力と人の魂でできてるみたいですね。それを人の血肉で固めて……定義によって現出させたのかな。中々腕の立つ術者がいるようです」

「趣味悪いけどな」

率直な精霊の感想に、ティナーシャは同意を示す。

──あの蛇が死体の軍勢を操る魔力の大元であり、現出した邪神そのものだ。

自然発生する魔族とは違う、禁呪の結晶とも言うべき存在。人の悪意に満ちたその巨体は、そこにいるだけで周囲の空気を確実に蝕みつつあった。

ティナーシャは左右の二人を見ると軽く指を鳴らす。

「じゃあ……小手調べといきますか」

主人の命に応えて、二人の精霊はそれぞれシミラを中心に三角形を描く位置へ転移した。

ティナーシャは、掌を上に右手を宙に差し伸べる。

「眠りを拒絶せし絶望は夜の中を飛ぶ。月が照らすは空の裏側、越えられぬ祈り」

「定義せよ現出せよ。力は力としてその線を求む。消え行く時は空に置いて零なり」

「我が命じし列は終わりなく繰り返す。隠されし言葉は形相を臨む」

女王の詠唱と同時に、二人の精霊も詠唱を始めた。

上空に巨大な構成が組まれる。

それぞれを頂点として広がる構成は、他の二人のものと絡み合い、緻密な紋様を描いていった。

類を見ない魔力に、制御に加わっていた魔法士たちが気づいて空を仰ぐ。

最初こそ偵察も兼ねて姿を消していた三人は、今や圧倒的な力の体現者としてそこに君臨していた。網の目のように張り巡らされた構成を見て取り、魔法士たちは慄く。

「お、おい！　結界を……」

「駄目だ……間に合わん……！」

その言葉は正しかった。次の瞬間、完成した構成に魔力が走る。

構成は銀鎖となって現出し、輝きながらシミラに向かって降下した。

銀の網はそのまま蛇の巨体に覆いかぶさる。黒い全身を覆うと同時に力が弾けた。

——閃光が世界を焼いた。遅れて爆発音が響き渡る。

傍にいたセザルの魔法士は、頭を抱えてその場にしゃがみこんだ。熱風が小石を巻き上げ全身にぶつかる。肉片が飛び散る嫌な音がした。

数秒後、辺りが静かになると彼はそっと顔を上げる。砂煙の向こうにシミラの黒い体が見えた。

彼は様子を探ろうと立ち上がる。——その時、不思議な感触に体を震わせた。

足元を見る。

飛び散ったと思しき黒い残滓《ざんし》が、彼の足を絡め取っていた。

それはゆっくりと蠢きながら足を登ってくる。

「ひッ……！」

魔法士は恐怖に悲鳴を上げかける。しかしその必要はなかった。

シミラの残滓は反動をつけて飛び上がり、彼の喉に張りつくとそのまま肉を食い破ったのだ。

「あー……これは酷《ひど》い」

上空から様子を窺っていたティナーシャは、眼下の惨劇に顔を歪める。

今の攻撃によって蛇の巨体は半分ほど吹き飛んだが、その残滓は周囲の魔法士を食らいながらまたたく間に再生していった。たった数秒で十数人の死体ができあがり、邪神は元の姿を取り戻していく。加えて尻尾が繋がる穴からも力が吸い出されているのが分かった。

シミラは上空に立つ敵へ、ゆっくりと頭をもたげる。

血のように赤い眼がティナーシャを捉えた。獲物を定めるようにちろちろと紅い舌が揺れる。その忌まわしい姿はまさしく邪神だ。常人ならあまりの恐怖に萎縮してしまっただろう。だがティナーシャは平然と赤い両眼を見返した。

彼女の視界の中で、蛇はゆっくりと頭を引く。

そして次の刹那、撥条《ばね》仕掛けのような鋭さでティナーシャに襲いかかった。

空を切る音。目に見えない速度での攻撃は、だが予測していたものだ。

ティナーシャは防御構成を展開しながら蛇の顎門《あぎと》を左に逸らす。しかしそれに気づいたシミラは空中で体を捩《よじ》った。女の体を絡め取るように宙を旋回する。

女王は眉を顰めると、防御構成を維持したまま新たな構成を組み始めた。

「えい、っと」

彼女は結界ごと宙を跳ぶとシミラの頭を両足で蹴った。反動をつけて距離を取る。

そうしてティナーシャは、両手を揃え構成を放った。無形の圧力がシミラの首を捻じ曲げる。空気が洩れるような強烈な悲鳴が上がった。

「うわっ、うるさ……」

苦痛を感じるのか、のたうちまわる蛇を避けて、ティナーシャはカルの隣に転移する。シミラの体には圧力がかかったままだが、それで相手が弱る気配はない。

「参りましたね。小手先で抑えられてもこれじゃ解決になりません」

少なくともあれを消滅させられなければ、平原では死体が動き続けるだろう。

だが相手は強大な存在だ。普通に倒せる相手ではない。カルは空中に立つ主人を見下ろした。

「お嬢ちゃん、どうする？」

「そうですね……。んー……あの穴からの力の供給を止められますか？」

女王の問いに、精霊の男は大蛇が這い出ている元の穴と、少し離れたところにいるミラを見やった。大蛇は首にかけられた圧力から逃れようとまだもがいている。

「二人じゃ無理だな。五人くらいいればいけると思う」

「じゃあそれでお願いします」

「供給を絶ってどうするんだ？」

怪訝そうなカルにティナーシャは微笑んだ。闇色の両眼が遠くを見るように細められる。

「私が『こうなった』時のこと、覚えてます？」

カルは息をのんだ。彼だけは、それがいつのことを指すのかよく分かっている。四百年前、彼女が強大な魔力を身につけるに至った、あの事件のことだ。当時、王の精霊だったカルは、その場にこそ居合わせなかったが、何が起こっているのか魔力の流れで大体を察していた。

「お嬢ちゃん……まさかあれを取りこむつもり？」

「魔力でできている部分はそう多くはないですよ。魂と血肉を昇華しながら魔力分だけ取りわけて吸収します。現出を維持するのに必要な力の最低限を下回れば、自然と自壊するはずです」

さらりと言ってはいるが、その内容はとんでもない。カルは一応指摘してみる。

「理屈を言えばそうだろうけど危ないぞ。それ以上魔力を取り入れて体が壊れたらどうするんだ」

「無理そうだったら外に流しちゃいますよ」

彼女はそう言うと安心させるように微笑んだ。

――まったくどちらが主人か分からない。いつも彼女は、自身を一番危険なところに置くのだ。

精霊は一度命令を受けて現出すれば、その命に従いながらも自由に裁量する。しかしそれは逆に言えば、呼び出されない限り何もできないということだ。

彼女は無闇に人に頼らない。まず自分で何とかしようとする。幼い頃からその姿を知っていたカルには、彼女の頑なさが時に歯痒《はがゆ》いくらいだ。時を経ても小柄な主人と、その向こうで腕組みをするミラを見て、彼は声を立てずに笑った。

「それしかないか……」

あの穴から供給される力に上限があるのか分からない。

分からない中で正面から戦い続けるのはこちらが不利だ。供給を絶った状態で解体するのが一番確実だろう。了承する彼の隣でティナーシャは頷く。

「じゃあ、お願いします」

彼女はそう言って新たに三人の精霊を呼び出すと、ようやく頸木《くびき》を逃れたシミラを相手取るため、再び赤い両眼の前に立った。

※

ファルサスとセザル両軍のぶつかり合いは、前線を保ったまま徐々にファルサスが押し始めていた。魔法の爆音が間断なくセザルの陣中を打ち据える。その威力を目の当たりにしながらオスカーは最前線で苦笑した。隣に浮かぶ女の精霊に問う。

「凄いな。四百年前のタァイーリ戦もこうだったのか？」

「そうでもないわ。死体の方が動きが鈍いし燃えやすいから、あの時よりずっと楽ね。トゥルダールの魔法士はそう数が多くないし……多数の、特に騎馬兵を相手取るのは大変なのよ」

「なるほど」

リリアは白い手を一閃させた。電撃が走り、死体たちが吹き飛ぶ。それを確認しないまま彼女は戦場を移動した。

女王が残していった四人の精霊は、先程から前線を転々としつつ戦闘を支えている。その力は絶大で、ファルサス軍の中にも先程までとは違う安心感が漂っていた。

「終わりが見えないってのが難点だけどな」

オスカーは死体の群れを斬り払いながら徐々に戦列を押し上げていく。

——その時、横合いから彼に鋭い殺気が突き刺さった。

見ると死体の中に騎馬兵の一団がいる。彼らの先頭にいる男が、燃えるような目でオスカーを睨んでいた。鎧《よろい》を着こみ長剣を佩いた男を、若き王は顔を傾けて見やる。

無気力な死体たちの只中にあって、異質なほどの戦意を見せる騎馬兵たちは、咆哮《ほうこう》するとおもむろに前線へ出てきた。先頭の男が真っ直ぐにオスカーへと向かってくる。

裂帛《れっぱく》の声を上げて振り上げられる剣。自身へと打ちこまれるそれを、オスカーは馬首を巡らせながら王剣で受けた。男は低く通る声で名乗りを上げる。

「セザル将軍が一人、タウマと申す。ファルサス国王とお見受けする。お相手願おう」

「構わんが……ちゃんと生きてる人間か？」

辛辣な問いに、タウマは苦々しくも笑った。

「ご自分で確かめられるがよかろう！」

強烈な斬撃が襲ってくる。だがオスカーはそれを難なく受けた。相手の剣を受け流し、打ち返す。周囲では両軍の騎馬兵たちが苛烈な白兵戦に突入していた。魔法士たちはその中に紛れこむ死体を排除していく。血と鉄の臭いが混ざり合い、精神を麻痺《まひ》させる高揚が立ちこめた。

オスカーは、想像以上とも言えるタウマの剣技に内心驚く。強さと正しさを兼ね備えた剣筋はまともな戦争であっても一軍を率いるにふさわしいものだっただろう。――だが、それだけだ。

規則的とも言える間隔で続いていた打ち合い。その中でオスカーは、突如剣の速度を速めた。タウマはかろうじて一撃目を防ぐ。だが二撃目を凌《しの》ぐことはできなかった。左肩、鎧の継ぎ目からアカーシアが食いこむ。

そのままオスカーは膂力《りょりょく》と速度を以て、タウマを馬上から斬り捨てた。

※

シミラの顎門が空中のティナーシャに向かって肉迫する。

彼女はそれをすれすれで右に逃れた。蛇の体表から黒い棘《とげ》が生まれ、彼女を追う。

ティナーシャは腰から短剣を引き抜くと、向かってくる鋭い棘に向けて振るった。その穂先を切断し、更に後ろへ跳ぶ。

「っ……」

ティナーシャが左足を見ると、いつ食らったのか太股《ふともも》に鋭い裂傷が走っている。血の滴が宙に舞ったが、彼女はそれに拘泥せず新たに構成を組んだ。

「上がれ、飛沫よ――」

牽制を込めて、ティナーシャは光球を五つ放つ。それらがシミラへ着弾すると同時に、鈍い音を上げ黒い染みが飛び散った。染みはゆっくりと空中を這いながら、また蛇の体へと戻っていく。

まったく攻撃が効いていないかのように、シミラはティナーシャに向かって首をもたげた。

「これはきりがない泥遊びですね。――っと、準備ができましたか」

空中を駆けていた女王は、精霊からの連絡を受けて穴を見やった。尻尾と繋がる穴の上には、五人の精霊が円になって浮いている。既にそこには複雑な構成が組まれていた。

ティナーシャは彼らが組んだ構成を確認して頷く。

「では、始めましょう……」

女王の命に応えて構成に魔力が通される。シミラの尾を断ち切るように、穴の上に赤い線でできた紋様が浮かび上がった。物が焼ける音がする。外周に当たる円環がゆっくりと回転し始める。己の体を襲った異変に、シミラが穴を振り返った。赤い目が五人の精霊を焼き尽くすように煌く。だがその悪意が攻撃へと繋がる前に、冷ややかな女の声が響いた。

「私を見てください……？」

彼女は優美な仕草で手を差し伸べる。シミラは探るように首を動かし、女を視界に入れた。

女王は鮮烈に笑う。歌に似た声を紡いだ。

「あなたが出会う最初で最後の絶望が私です。——さぁ、踊りましょう」

二者の間に交錯したものは、殺意と憐憫《れんびん》だ。

ティナーシャは白く細い両腕を広げると、そこに巨大な構成を組んだ。柔らかな体を噛み砕こうと迫る蛇に向けて構成を放つ。銀糸の構成はヴェールのように広がると、黒く淀《よど》む体に触れた。たちまち蛇の体から黒煙が上がり、嫌な臭いがし始める。腐った血肉の臭いがよく晴れた空に広がった。ティナーシャは細い指を動かすと、更に蛇の中へと構成をもぐりこませていく。

ちりちりと、細い鎖が引かれるような音が上がった。

銀糸の構成はシミラの体を、血肉と人の魂、そして魔力に分解していく。

黒く変色した血肉はぼたぼたと地面に落ち、人の魂は淡い光となる。ティナーシャはそれを昇華しながら残る魔力を手繰り寄せた。繊細で大胆な術を指の動きだけで操っていく。

徐々に存在が削り取られていることに気づいたのか、シミラは一層の憎しみを滾《たぎ》らせ、ティナーシャを睨んだ。

黒い頭がわずかに後ろへ引かれる。

次の瞬間蛇の頭は、宙を飛ぶティナーシャへ襲いかかった。限界まで開かれた口が彼女をのみこもうとする。恐ろしい速度の一撃を、けれど女王は強固な防壁で受け止めた。

言葉はない。

手繰り寄せ、取りこんだ魔力が彼女の体を駆け巡る。

血が熱くなるのが分かる。苦痛か快楽か、判然としない感覚が全身を震わせた。

時折体を掠《かす》っていく攻撃に血を撒き散らせながら、しかし確実に蛇の体を解いていく女王を、精霊たちはそれぞれの表情で見守る。彼らの組んだ構成は、穴から這い出でようとする禍々《まがまが》しい力を巧みに押し留めていた。精霊の一人が暗い穴を覗きこむ。

「あの蛇が消えればこれもなくなるのかな」

「多分な。蛇の方に現出定義がかかってるみたいだし。こっちの穴も後処理が必要だろうが、蛇さえいなくなればそう大変じゃないだろう」

「女王様平気かな」

安否を問う声にカルは苦笑しただけだ。脆《もろ》い体を持つ主人、しかしその力は彼らを凌駕するのだ。

魔女もそうだが、ああいう存在を生み出す人間という種が不思議だ。それとも不安定な命だからこそ、時に恐るべき輝きを放つのかもしれない。

舞うように空を飛ぶ肢体。

蛇の体を食い破る銀糸が、魔力を帯びて光を増す。紅く澄んだ血が彼女の軌跡に飛び散った。

ティナーシャは襲いかかるシミラの頭を上にかわす。そのまま両手で蛇の体に触れると、彼女はふわりと自身を一回転させた。

接触した掌から魔力を注ぐ。存在を解体する。もはやシミラは、その半分以上が形を保っていられなくなっていた。

「融《と》けてしまいなさい……」

ティナーシャは十指で構成を繰る。

殺意を宿す赤い目を残して、巨大な頭部が徐々に輪郭を失っていく。

そうして力を減ずるシミラとは対照的に、彼女の魔力は時を追うごとに強大になっていった。

その差が歴然となり、ティナーシャの勝利が揺るがないものと思われた時——シミラは不意に四散する。巨大な体は黒い染みとなって飛び散った。

空に広がる黒い残滓に、精霊たちは顔を上げる。

「終わった？」

「いや……」

カルは息をのんだ。

飛散した黒い染みが、次々ティナーシャに向かって飛びかかったのだ。

彼女は舌打ちして逃れようとするが、それより早く足に染みが絡みつく。振り払おうとした一瞬の硬直は、残る染みが華奢な体を飲みこむに充分な時間だった。

「嘘……」

女王の姿は見えない。ただ空には、ぶよぶよと揺れる黒い球体が漂っている。

自失から素早く立ち直ったミラが、宙に飛び上がろうとした。

「ミラ！　離れるな！」

しかしそこにすかさずカルの制止が飛んだ。赤い髪の少女は怒りも顕に男を睨む。

「早く引きはがさないと！　取りこんだ魔力を媒介に乗っ取られるわ！」

「今お前が構成を離れたら、お嬢ちゃんは完全に勝てなくなる。もっと信じろ！」

正論にミラは押し黙る。ここで彼らが抑えている力がシミラに流れれば、ティナーシャは力を増した染みにそのまま取りこまれるしかない。口惜《くや》しさにミラは唇を噛みながら構成に戻った。

精霊たちは上空を仰ぐ。

青空の下、微かに脈打つ球体は、まるで悪夢の一風景のように忌まわしい姿を曝け出していた。

※

『アエテルナ様、世界は私たちが見ているものだけではないのです。もっと数多の透明な膜が重なるように存在している——それらは位階構造と言われています。天上の美徳から負の海まで、この世界はそれら全てを孕んで一つなのです』

そんなことをいつか聞いた。

いつか、とは何か分からない。

ここはとても暗い。何も見えない。

何故こんなところにいるのか。名前を持たない意識は時のない空間を漂う。

言葉にならない囁きが辺りには満ちていた。怨嗟や諦観、悲嘆が淀んだ水のように揺蕩《たゆた》っている。

人の血肉が、魂が、開いた先。底のない穴の中。

とてもとても昏《くら》い。どこにも行けない。


眠ってしまえばいいよ、と諦観が言う。

終わりは全て悲劇だ、と悲嘆が言う。


そうなのだろうかと、彼女は首を傾げる。

誰かを恨んだことがないはずがない、と怨嗟が言う。

彼女はほろ苦く笑った。そう、恨んだことはある。だが今は思い出せない。

彼女は暗闇の中沈んでいく。

否、沈んではいない。ただゆっくりと自分の中を位階が通り過ぎていく。

穴の底に広がるのは混沌《こんとん》の海だ。

人の世界は実に脆く、危うい。床板一枚下はこんなものが満ちているのだ。まるで夜の嵐の中、海を漂う小船のようだ。その果てしない下を知ったなら、人は恐怖で笑うこともできないだろう。

彼女は沈んでいく自分の存在を他人事のように眺める。

何だかとても眠かった。彼女はうっすらと微笑む。――そしてそれに気づいて苦笑した。

笑えるではないか。

どんな時にあっても、どんな悲しみの中でも、笑おうと思えば笑えるのだ。

怖くてしかたない、と何かが言う。

怖くはない、と彼女は答える。白い手を差し伸べた。

「私が欲しいの？」

欲しいのだ、と答えが返ってきた。一つになりたいのだと。そこには確かな安寧がある。無二の安らぎだ。人の魂が届く最下層。そこはあらゆる滴りを受け止めるものだ。

「別に構わない。でも、あなたは私と同じ」

――同じ。

言葉が、こだまのように概念に響く。彼女は続ける。

「あなたが私を得る時、私もあなたを得る。私たちはいつでも、最初から繋がっている。ただ名前が違うだけ」

闇は沈黙する。惑いが生まれる。たゆたう淀みの中、しばしの後に答えが返ってきた。

――だがやはり違う。

闇は問う。彼女の名を。

彼女は少し考える。闇を見回し、小さな唇を動かした。

「私の名前は未定義」

存在を表す名は、未だない。まだ何にも辿りついていない。変質してもいない。

ただ、分かるものはある。

「そして属性は――『変革』」

生まれながらに人々が持ち、そして存在を知らぬ己の属性。

だが今ならばそれも分かる。

言葉が本質を呼び起こす。変遷が始まり、闇が揺れる。

彼女は上昇を始める。否、動いてはいない。無数の位階が彼女の中を通り過ぎていく。それら全てが世界だ。全ての位階を彼女は知っている。魂が知っている。

だから彼女は世界に触れ、そして識《し》る。この世界に置かれた異物と、そこに注がれる視線を。

彼女は過ぎていく位階を振り返った。

「――待っている？」

全ては急速に遠ざかる。理解したものも消え失せる。

彼女は、決して初めから特別な欠片ではない。

ただ与えられた運命と選び取る運命の中で、彼女は自ら異質に成るのだ。

※

黒い球体をまばたきもせず睨んでいたミラは、その大きさが徐々に縮んでいることに気づいた。気のせいかと思ったがそうではない。球体は中心へ吸いこまれるように一気にその大きさを縮めると硬直した。次の瞬間、中から鈍い音を立てて破裂する。

魔力と魂、そして肉の残滓が飛び散る中に浮いているのは、一人の女だ。

艶やかな黒髪が魔力の反動で舞い上がる。濡れたような闇色の目が憂いを帯びて伏せられていた。

彼女は右手を前に差し伸べる。そこから力が溢れ出した。辺りの空気がみるみる澄んでいく。

同時に現出の核が消えた穴もまた縮んでいった。周囲に漂う淀みが薄らぐとミラが叫ぶ。

「ティナーシャ様！」

彼女は精霊たちを見ると、微笑んで手を振ろうとした。だがその表情はすぐ凍りつく。

「い、痛い……体中が……四百年ぶり……」

「当たり前だろ。魔力が飽和してる」

呆れた顔でカルは主人のすぐ隣に転移した。細い体を抱き上げる。

「後始末は俺たちがやるから、先に休んでるといい」

「う……すみません……」

辺り一帯には取りこみきれなかった魔力が飛び散っている。穴も縮んだとは言え完全には閉じきっていない。魔法的な処理を施さねば、この場所自体に固着してしまうだろう。

カルは小柄な主人に問う。

「トゥルダールでいい？」

「あ……いえ、イヌレード砦にお願いします」

「分かった」

「お願いします」

ティナーシャの挨拶はその場にいる精霊たち全員に向けられたものだ。彼らは黙して礼をする。

美しい女王は花のような笑顔を見せると、精霊に付き添われその場から消え去った。

※

その時、戦場に風が吹いた。

実際は吹いていなかったのかもしれない。しかしオスカーは確かにそう感じた。

目の前の死体が何もせぬまま崩れ落ちる。そしてそれは一体だけに留まらなかった。

次々波のように倒れていく死体にファルサス軍は啞然とする。当初の半数ほどに減じていたセザルの軍勢は、あっという間にその数を減らしていった。

無数の死体が倒れ伏す戦場で、セザルの騎馬兵たちが顔色を変える。今まで劣勢ではあったが、死体の壁が彼らとファルサス軍を隔てていたのだ。それを突然失い、彼らは顔を引《ひ》き攣《つ》らせていた。

オスカーは皮肉げな笑みでセザルの兵たちを眺める。

「つまりこれは……あいつが勝ったってことか」

答える者はいないが変化は明らかだ。オスカーは臣下たちに声をかける。

「じゃあさっさと掃討して帰るか。死体を見るのもいい加減うんざりだ」

晴れわたる空の下、陽光が地表に降り注いでいる。平野を埋め尽くす死体のほとんどには傷跡がなく、流れた血もない。

悪い夢に似たその光景が、決しつつある今回の戦争の異様さを物語っていた。

※

イヌレード砦に転移したカルとティナーシャは、ちょうど城壁にいたシルヴィアの案内を受けて客室に通された。装飾はほとんどないが、広い寝台に主人を横たえるとカルは溜息をつく。彼は血の気のないティナーシャの顔を覗きこんだ。

「お嬢ちゃん、どう？　大丈夫？」

「少し眠れば戻りますよ。ありがとうございます」

「ん。ならよかった」

カルは真面目くさった顔でティナーシャの頭をがしがし撫でた。主人にすることではない気もするが、彼にとっては未だティナーシャは離宮で暮らしていた子供と大差ないのだろう。

「じゃ、俺はミラが怖いから後処理手伝ってくる。美人さん、お嬢ちゃんをよろしく」

「お任せください！」

後を頼まれたシルヴィアは両拳を握って答える。彼女はすぐに清潔な布を取ってくると、ティナーシャの額に浮く汗を拭った。

「何があったんですか？」

「それが、私もよく覚えていないんですよね、記憶が曖昧で……。何か変なところにいて、全部が分かってたんですけど……今は何故か思い出せません」

「ああ、夢とかよくそうですよね。起きてすぐは覚えてるのにっていう」

「そうそう。そんな感じ。でもまぁセザル軍は半壊したと思いますよ。死体が死んだんで」

「なら陛下ももうすぐお戻りになりますね！」

にっこり笑うシルヴィアにつられて、ティナーシャは微笑んだ。

オスカーに会ったら無茶をしたことを叱られるかもしれない。邪神を構成していた魔力を取りこむなど、まともな人間のやることではない。四百年前のあの一件でも激痛に一週間は寝こんだのだ。

それでも彼に会っていきたかった。ティナーシャは重い眠気に瞼を閉じる。

――その時、部屋に男の声が響いた。

「じゃあ急がないと。アカーシアの剣士には会いたくない」

突然割りこんできた声に二人は目を見開いた。反射的に構成を組む。

だが構成が完成する直前、ティナーシャの左手に冷たいものが触れた。途端、構成が霧散する。

「は？」

シルヴィアの体がその場から弾き飛ばされる。彼女は壁に当たってずるずると崩れ落ちた。

「シルヴィア！」

ティナーシャは激痛も忘れ、友人に駆けよろうと寝台から飛び降りかけた。けれどその左腕を後ろから摑まれる。耳元で柔らかい男の声が囁いた。

「着いてからゆっくり休むといいよ。それくらいの時間はあるから」

意識が暗転する。再び闇に落ちていく中、ティナーシャは手を伸ばす。

だがその手は、誰も、何も、摑むことができぬまま、力を失った。

※

セザル軍の残党はほとんどが討伐され、一部はシミラの消失と同時に自国内へと逃げ去った。

捕らえた捕虜から簡単に聞いた話では、ずいぶん昔からセザルは、シミラとそれを信奉する教団によって支配されていたのだという。特に今の王は教祖の言いなりで、他の王族にも重臣にも力はなく、教祖の方針に異を唱える者は暗黙の内に命を奪われ死人となった。同時に教祖は、国中から集めた人間で不死の軍隊を作りながら、生きた人間の何割かは捧《ささ》げ物としてシミラの力を育て、いわば、満を持して今回の開戦に至ったというのだ。

悪い冗談にしか思えない陰惨な内情に、オスカーは嫌な顔をした。

「教祖を殺した方がよかったか？」

戦場で見かけた人間の中にはそれらしき人物はいなかった。元々来ていなかったのかもしれない。だがティナーシャがシミラを撃破した以上、教祖が生きていたとしても、これ以上どうにもできないだろう。セザル国内は悲惨なことになっているだろうが、そこまではオスカーの責任範囲外だ。

彼は後処理の手配をしつつ、功労者である女に会うために砦に戻った。

そして予想外の事態に愕然とする。

「どういうことだ？」

萎縮するカーヴに王の明確な怒気が向けられた。彼は青ざめながらも事の次第を説明する。

――つまり、部屋で休んでいたティナーシャが何者かに攫われたらしいということを。

その場に居合わせたシルヴィアは男の攻撃を受け重傷を負った。彼女に治癒をかけながら詳しいことを聞いたカーヴが、それをオスカーに報告してきたのだ。

王は激しい感情を青眼に燻《くゆ》らせながら問う。

「銀髪の男だったか？」

彼が真っ先に思い出したのは、最上位魔族の男だ。あの男ならこれくらいの嫌がらせはやってのけかねない。しかし答えは違った。

「いえ、顔はよく見えなかったそうですが、黒い魔法士のローブを着ていたそうです」

その答えを咀嚼《そしゃく》したオスカーは、すぐにあることを思い出した。

「まさか……ヴァルトか？」

ティナーシャの即位前、彼女の毒殺やデリラの潜入の影に、一人の魔法士の男がいたという情報があった。その男とよく似ていたと言われているのが、ヤルダの宮廷魔法士としてファルサスを訪ね、いつの間にか消えてしまったヴァルトだ。

——そもそもデリラを送りこんできたのは、シミラを崇《あが》めていた教団だったのだ。

全てが一本に繋がる。ヴァルトの狙いは初めからティナーシャだった。彼女をファルサスから引き離して得ようとしていたのだろう。

オスカーは今更それに気づいて歯嚙《はが》みした。話を聞いていたミラが激昂する。

「カル！　あんたのせいよ！　何でティナーシャ様についてなかったの!?」

「……悪い」

言い返しもせずカルはうなだれた。なおも言い募ろうとするミラを、オスカーが留める。

「責任があるのは、俺とあいつ自身だ。どこにいるのか追えるか？」

「それが……ティナーシャ様の魔力がまったく感じられない。自分で閉じてるか、よほど強力に封じられてるかのどちらかだと思う」

これは、打つ手がない状況だ。

苛立ちがオスカーの全身を支配する。気分の悪さに、彼は周囲の視線も気にせず顔を顰めた。

「とりあえずレジスに連絡を取る。相手方からの要求が来るかもしれない」

前に彼女が攫われた時はすぐに取り戻せた。ちゃんと腕の中に帰ってきたのだ。

だから今回も何とかなると思いたかった。彼女を害せる人間などいないのだと。

だが不安はいつまでも沈殿する。

最後に見た彼女の透明な笑顔を思い出し、オスカーは目を閉じた。

※

ファルサスから連絡を受けたレジスは愕然とした。

女王が育成中の魔法士たちと精霊を連れて国を発《た》ったのは数時間前のことだ。どれほどの相手であろうと彼女の敗北は疑っていなかった。ましてや彼女が姿を消してしまうなどということも。

密談用の広間に、すぐに戦場から戻ったばかりのオスカーが訪ねてくる。ファルサス国王はレジスを見るなり頭を下げて謝罪した。

「この度のことは全て私の責任です。申し訳ありません」

「頭を上げてください。多分、あの方にも油断があったのでしょう」

周到な準備こそが魔法士には一番肝要であるとは、彼女自身が言っていたことだ。そして今回彼女は周到に張られた罠にはまった。敵の方が上手だったのだ。

レジスは椅子に座りながら苦々しく考えを巡らす。

「何か取引を持ちかけてくるかもしれませんが……そうでなかった場合が厄介ですね」

何しろ特異な女王のことだ。彼女自身の身柄、或いは殺害こそが目的かもしれない。そうであるなら犯人の尻尾を摑むことは困難になる。

思考の迷路に踏みこみかけたレジスに、オスカーは口を開いた。

「ファルサスは、セザル本国への侵攻も考えています。あの国は今、邪教集団に支配されているそうで、そこに関わる男がティナーシャを攫った可能性が高いです」

「それは……。ですが彼らがとうにセザルから逃げ去っているという可能性もありませんか？　その場合踏みこんだ貴国が不利を被るかもしれません」

「承知の上です」

オスカーが他国侵略に興味がないことは、ドルーザの一件で追撃しなかったことからも明らかだ。にもかかわらず今回セザルに侵攻すれば、他国からの警戒の目を向けられるのは必然だろう。

もちろんどちらが悪いかといったら先に兵を挙げ、しかも禁呪を用いたセザルの方だ。だがそれはそれとして、有数の大国であり、もうすぐトゥルダールと婚姻を結ぶ予定のファルサスは常に動向が注目されていると言っていいのだ。レジスはそのことを心配していた。

オスカーは、彼の苦言をありがたく思う。

しかしそれを押したとしても、彼女の身柄には代えられなかった。できるだけ早く手を打ちたい。その決意を感じ取ったらしいレジスは、立ち上がると神妙な顔で頭を下げる。

「あの方のこと……我が国の女王ですが、貴方のご判断にお任せします。元々トゥルダールや私にとって、彼女は降って湧いた幸運です。その幸運は本来貴方だけに向けられたものでした。ですから、あの方に関することについて、我が国が貴国を批難するということはございません。協力ならいくらでもさせて頂きますので、どうぞあの方をよろしくお願い致します」

オスカーは嘆息をのみこむ。

レジスも、何故彼女がこの時代に来たか知っているのだ。彼女本人の言葉ではないが、まったく「重い」と思う。四百年の時を越えて、絶大な力と権威を持つ女が会いに来たのだ。これでは引いてしまう男もいるだろう。

だがオスカーはその重さを了解した上で、彼女の豪胆さも稚さも得がたいものだと思っている。その存在を手に入れたい。手放したくない。ましてや不当な手段を用いるような誰かにくれてやるつもりは毛頭なかった。

「ご厚意感謝致します。必ずや彼女は取り戻しますので」

オスカーは礼をするとトゥルダールを辞した。

先は見えない。だが必ず望む未来を引き寄せると信じて、彼は戦線に立つのだ。

※

「残存兵力はほぼないみたい。蹂躙《じゅうりん》できそうだね」

ミラの報告に、イヌレードに戻ったオスカーは頷いた。

主人が行方不明になった精霊たちは、異例ではあるが主人の婚約者である男に協力する旨を申し出てきた。そして彼らはまず、もっとも怪しいセザル本国の城都へと偵察に向かったのだ。

赤い髪の少女は報告を終えると、嫌そうな顔で首を傾ぐ。

「でも軍を使ったとしたら大事になる上に、その間に逃げられない？」

「そうだな。だからいわば最終手段だ。ただ時間をかけてはいられない」

敵がどれだけいてどういう人間たちなのかは分からない。

ただティナーシャを攫った手際の良さを考えると、仮にセザルにいたとしても、ファルサスの侵攻を知ればすぐに逃げられるだろうことは明らかだ。下手をしたら事情を知る者の口封じまで行っていくかもしれない。

「確実な手段が欲しいな……」

オスカーの呟きに、部屋にいたカルとミラは黙する。王は二人の精霊と、ファルサスの臣下たちを順に見回した。最後にドアンを見て、オスカーは不意にあることを思い出す。

「そうだ……。俺にはあいつの結界がかかってる。これから追えないか？」

「え？　うっわ、本当だ。言われないと気づかないよこれ」

「確かに……。お嬢ちゃんに繋がってるのかな」

「いけそうか？」

その問いにミラとカルは顔を見合わせる。カルが難しそうな顔で腕組みをした。

「今は無理だな。魔力の先が見えない。ただお嬢ちゃんの近くにいけば分かるかもしれないな」

「俺が探知の鍵になれるわけか」

王は考えこむ。彼の青い瞳に剣呑《けんのん》な光が浮かぶのを、その場にいた全員が見て取った。

※

闇は何も語らない。

人の死に意味づけするのは生きている人間だけなのだと、子供の頃どこかで読んだ。

そこに求めるものは救済なのか懺悔《ざんげ》なのか。いずれにせよそれは死者には関係ない。彼らはもうどこにもいない。

人の思惟《しい》は貴いと、彼女は思っている。

ただ、そのことを知った時、人は人の死を純粋に悲しめない気がして、とても……悲しかった。


目覚めると知らない部屋だった。

頭がぼんやりする。記憶が定かでない。ティナーシャは仰向けになったまま、両腕をゆっくりと上に伸ばし――――そこにおかしなものを見出した。

左手に銀色の腕輪がつけられている。幅の厚い、年代がかった腕輪だ。

ただそれがおかしいのは色形ではない。彼女の手首はその腕輪に通されていなかったのだ。代わりに細い鎖が、腕輪と彼女の手首を密着させるように何重にも拘束している。

「何これ……」

ティナーシャは右手でその腕輪に触れてみる。硬質な感触に違和感はない。

彼女は腕を下ろすと欠伸をした。何だかとても体がだるい。もう少し眠りたい。そのまま目を閉じて眠りに落ちる寸前——ある記憶が彼女の頭を掠める。

「……！」

声に鳴らない叫びと共にティナーシャは一気に覚醒した。寝台の上に飛び起きる。

簡素だが広い部屋には誰もいない。痛む頭を押さえながらティナーシャは立ち上がった。

「ミラ？」

精霊の名を呼んで、その異常に気づく。言葉に魔力が乗らない。これでは精霊を呼び出せない。

それだけではなかった。構成を組もうとしても魔力が拡散してしまう。ここまで完璧に魔法を封じられた経験は過去二回しかない。すなわちアカーシアと無言の湖に接触した時だ。

ティナーシャは呆然とつけられた腕輪を眺める。

「攫われた……んだよね」

砦のシルヴィアは無事だろうか。攻撃を食らった友人が気にかかる。

加えて一体ここはどこなのか、ティナーシャは露台に繋がる窓に寄った。二階に位置しているらしい部屋からは、緑の庭が見下ろせる。お世辞にも手入れが行き届いているとは言えない広いだけの庭を、彼女は首を傾げて見つめた。

硝子窓にはうっすら自分の姿が映っている。彼女が着ているのは戦闘用の魔法着のままだ。服のあちこちに自身の血がついており、だが短剣を始め魔法具は全て外されていた。

ティナーシャはこめかみをかきながら部屋の中ほどに戻ると、そこに置いてあった木の椅子を持ち上げた。勢いをつけて弧を描きながら椅子を振り回すと、窓に向けて放る。

しかし半ば予想していたことだが、椅子がぶつかっても窓にはヒビ一つ入らない。固いものに当たったような音がして椅子が床に転がっただけだ。見ると足が一本曲がってしまっていた。

「うーん……頑丈な結界ですね」

「ずいぶん乱暴なことをするなぁ」

呆れた男の声が部屋に響く。

部屋に一つしかない扉、その戸口にいつの間にか男が立っていた。明るい茶色の髪に同じ色の瞳。知性を窺わせる容姿には、穏やかな笑みが浮かんでいる。ティナーシャは男の名を口にした。

「……ヴァルト？」

「久しぶりだね。無事即位が終わってよかったよ」

精神魔法を使いヤルダの宮廷に潜りこんでいた魔法士。幾度となく自分へ陰謀をしかけてきたらしい相手がそこには立っている。ティナーシャは警戒しながら男に向き直った。

「こんなことをしてどういうつもりですか？　貴方は何者なんです？」

ヴァルトはただ笑っている。だがその眼の奥に、瞬間異様な光がちらついたのをティナーシャは見逃さなかった。

魔法は使えない。誰も彼女を探せない。孤立無援な状況で、ティナーシャはしかし姿勢を正して男を見据える。

そんな彼女にヴァルトは笑った。

「傷つける気はないよ。話をしたいだけだ。来ればいい。お茶を淹れるから」

彼はそう言うと踵を返す。開けられたままの扉にティナーシャは逡巡したが、結局ヴァルトの後をついていった。広い食卓に移動すると、ヴァルトは自らお茶を淹れ始める。

「ちょっとそこに座ってて。すぐだから」

広い屋敷だが、貴族が暮らすような作りではない。厨房《ちゅうぼう》と食卓が繋がった普通の人間の暮らす家だ。辺りを見回しながらティナーシャがテーブルにつくと、たいして間を置かずお茶のカップが出される。彼女が口をつけると、向かいに座ったヴァルトが微笑んだ。

「どう？　お味は」

「私が淹れた方が美味しいです」

「それは残念」

ヴァルトは声を上げて笑った。ティナーシャは冷ややかな目で彼を見返すと、先を促す。

「で？　お話とは？」

「そう急かないで欲しいな。体は大丈夫？　丸一日近く眠ってたけど」

「貴方が余計なことをしなければ、もうちょっと眠りたかったんですけどね」

「まさかシミラの現出要素を取りこむとは思わなかった。さすがだね。苦労したんだからもうちょっと持って欲しい気もしたけど、結果は上々だった」

思わせぶりな言葉が意味することを理解して、ティナーシャは思わず立ち上がった。

「貴方がシミラを現出させたんですか⁉」

「そうだよ」

「どういうことをしたのか分かってます？　あれは――」

「分かってるよ。でもこう言っては何だけど、僕はあの件に関してはただの道具だ。言われた通りのことをやっただけだよ。この国の人間を犠牲にすると決めたのは、あくまでこの国の人間なんだ」

穏やかにさえ言ってのける男に、ティナーシャは怒気を滲ませる。

「上手くない言い訳ですね」

「言い訳じゃない。本当にそう思っている。それに、この国がこんな風になった原因を遡るなら、貴女や……貴女の婚約者にも一因があるんだけどな」

「それは……どういう意味です？」

ティナーシャは美しい眉を顰めた。皮肉な笑みを浮かべた男を注視する。

二人の視線が空中でぶつかった。ティナーシャが魔法を封じられていなかったら、魔力の余波が辺りに飛び散ったかもしれない。それくらい苛烈な眼光が男を見据える。

先に目を逸らしたのはヴァルトの方だった。男は芝居がかった動作で軽く肩をすくめる。

「座るといい。疲れるだろう。ああ……着替えがしたかったら服を用意するよ」

気勢を削《そ》がれてティナーシャは唇を曲げた。しばらく逡巡したが、結局黙って椅子に座りなおす。

「用意して頂いてもこれじゃ着られませんよ」

彼女は言いながら、腕輪を付けられた手首を上げて見せた。これでは袖に手が通らない。

「何でこんなつけ方なんですか」

「ああ、ごめん。それファルサス王族じゃないと開閉できないんだよね」

「へ!?」

「アカーシアと同じ材質の封飾でセクタって言って、古くからあの国に伝わる宝物だよ。まぁ当のファルサスはその存在を忘れてるみたいだけど。四十年くらい前に僕の祖父がファルサスの宝物庫から拝借したんだ。この時代に来るだろう貴女のためにね」

「……え?」

ティナーシャは最後の一言に、背筋がぞっと震えるのを止められなかった。

男の言葉が本当だとしたら、一体どれほど前からこの計画が練られていたというのだろう。遥か昔の、それもこの時代に来るかどうか分からぬ彼女を、本当に彼らは狙っていたというのか。

青ざめた彼女を見やって、ヴァルトは苦笑した。

「まぁじゃあ、用心してもらったところで本題に入ろうか。この前にはできなかった本当の話だ。僕はね……いや僕たちは、エルテリアが欲しい。知ってるだろう? 赤と青の、過去に戻れる魔法球だ。あれを二つとも用意してもらいたいんだよね」

闇色の両眼が凍りつく。

この時彼女は初めて、運命の舞台が何を中心に回っているのかを知った。

「何故それを……」

「知っているかって？　それとも何に使うかってこと？　知っているだけなら充分知ってるさ。貴女以上にね」

ヴァルトは唇の両端を上げて笑った。だがそこには何の感情も読めない。

「一つはトゥルダールに。もう一つはファルサスに。手に入れるためには貴女が一番適役だ。本当はファルサスの分はデリラに持ってこさせようとしたんだけど、貴女には敵わなかったね。でも、即位したなら上等だ」

——不意に全てが腑に落ちる。

ファルサスの宝物庫とトゥルダールの宝物庫。その両方に立ち入るのは難しい。ファルサスは王族の性格が大雑把なせいか宝物庫の扱いもいい加減だが、トゥルダールは貴重な魔法具の宝庫だ。相応の立場でなければ入れない。たとえばティナーシャが即位せぬままオスカーの妻となったなら、トゥルダールの宝物庫には立ち入れなかっただろう。

だからヴァルトは、ティナーシャをファルサスから引き離したかった。その上で交渉の場に彼女をつかせたのだ。

「……あれを集めて何を改竄しようというんです？」

「それはまだ言えない。貴女が協力してくれるなら、そして二つとも手に入ったら教えるよ」

「私が協力するとでも？」

「してくれたら嬉しい」

――眩暈《めまい》がしそうだ。

ヴァルトが何に球を使おうとしているのかは分からない。ただあれを彼に渡してはいけない。あの球によって、どのように世界が書き換えられてしまうか分からないのだ。誰かが悪意を以て時の流れに干渉しようとする時、二つの魔法具は絶大な意味を持つことになるだろう。それだけは避けねばならない。たとえ自分がそのことで害されるとしてもだ。

ティナーシャは深く息を吸う。精神を整え、顔から感情を消した。

だが、彼女が拒絶の言葉を口に上そうとしたその時、外の廊下から騒がしい声が響いてくる。

「ヴァルト！　いるんだろう！」

粗野な男の怒声にヴァルトは顔を顰める。けれど彼が何かするより先に、扉が乱暴に開かれた。

「シミラが消されたぞ！　どうしてくれる！」

「そこまで面倒見ないと僕は言ったよ」

豪奢なローブ姿の男は顔を真っ赤にした。罵声を浴びせようとし――自分に背を向けて座っている女に気づく。男はテーブルの横に回りこむと、彼女の顔を確認した。

「お前……まさかトゥルダールの女王か！　ヴァルト、こいつと内通してたのか！」

「してませんよ。失礼な」

突然の闖入《ちんにゅう》者にティナーシャは呆れて返した。腕輪がついた左手首をひらひらと振る。男はそれを見やると、状況を理解したのか喜色を浮かべた。

「でかしたぞヴァルト！　これでまだ勝ち目がある……」

そう言うと男は無造作にティナーシャに手を伸ばした。白い左腕を掴んで椅子から立たせる。顔を背ける彼女の体を抱えこむように抑えながら、男は耳元で囁いた。

「近くで見ると本当に美しいな。ファルサス国王が篭絡されたのも頷ける」

「気色悪いんで放してください」

「ふん。気が強いな。まぁいい。お前を人質にファルサスに脅しをかける」

野心に舌舐《したな》めずりする男の息を間近に感じながら、ティナーシャは舌打ちした。

おそらくセザルの関係者なのだろう。ヴァルトの言葉を信じるなら「この国の人間を犠牲にすることを決めた」人間だ。とりあえず脛《すね》を蹴りつけてやろうと、彼女は足を引く。

だがそれより早く、ヴァルトの冷ややかな声が響いた。

「放してくれないかな。彼女は大事な客人だ」

「客人だと？　シミラが消されたのはこの女の仕業じゃないのか？」

「だとしても、もう貴方の出番は終わったよ」

ヴァルトは右手を軽くあげた。構成が組まれる気配を感じ取ったのか男がティナーシャを盾にする。物扱いされた彼女は、男の腕の中で嫌悪感たっぷりに唇を歪めた。

「ちょっと……」

「――放してもらおう。俺の女だ」

ありえない声に三人は瞬間固まる。だが扉の方を向いて座っていたヴァルトは、すぐに顔色を変えた。構成を組み替えると瞬く間にその場から転移して消え去る。

残された男は彼女を捕らえたまま恐る恐る振り返った。その視線が扉のところに立つ男を捉える。そこには殺意をむき出しにアカーシアを携えたファルサス国王が立っていた。


オスカーの左右にはミラとカルが、そして背後にはドアンとアルスが立っている。

ティナーシャは闇色の目を丸くした。

「オスカー！」

「ちょっと待ってろ」

一転して窮地に陥った男は青ざめた。腕の中の女を見下ろす。期待していたのとは異なる意味で彼女が命綱となってしまったのだ。

男はあわてて腰に佩いていた短剣を引き抜くと、彼女の喉に押し当てた。

「近寄ればこの女は死ぬぞ」

「ふむ。近寄らなければいいのか？」

その言葉と同時に、短剣が砕け散った。

精霊のどちらかが干渉したのだろう。男は驚愕し、ティナーシャを束縛する腕が緩んだ。

彼女はその機を見逃さず腰を落とす。華奢な体が男の腕をすり抜けた。

同時に一足で踏みこんだオスカーが、左手で男の顔面を殴りつける。人形のように後方に吹き飛んだ男を、ティナーシャは床に座ったまま振り返った。

「あれ、生かしておいた方がいい人間なんですか？」

「この体勢で斬ったらお前が血塗れになるだろ」

オスカーは王剣を鞘に収めるとティナーシャを立たせた。確かめるように細い躰《からだ》をきつく抱く。

「本当にお前は目が離せないな」

その声音は、安堵を隠しもしない優しいものだった。


アルスとドアンは屋敷内を捜索したが、目ぼしいものは何も見つからなかった。ただ部屋や持ち物の様子から、この屋敷には主に男と若い女の二人が住んでいたらしいと分かっただけだ。

彼らが捜索作業にかかっている間、オスカーはティナーシャを膝上に乗せながら、先程殴った男を簡単に尋問した。その結果、男はシミラを崇める教団の教祖であり、今回の戦争の首謀者と言っていい人間であることが分かる。オスカーは侮蔑を隠さない目で男を見やった。

「とりあえずファルサスに連れてくか。詳しいことは後でゆっくり聞こう」

「じゃあミラ、連行をお願いします」

「了解でっす」

主人の命に、精霊と男はその場から消え去る。

ティナーシャは深く息をつくと、自分を抱き上げている男を見上げた。

「あの、そろそろ下ろして欲しいんですが……」

「嫌だ」

「…………」

怒っているのかいないのか、彼の左腕はずっと彼女を抱いたままだ。彼女を拉致されたことが結構堪えているのかもしれない。

ティナーシャは赤面しながらも申し訳なさに項垂《うなだ》れる。代わりに左手を上げて見せた。

「じゃあこれはずしてください」

「何だそれ。お前が好きでつけてるのかと思ったぞ。新しさを求めてるのかと」

「貴方の国の封飾具ですよ！」

オスカーは不審げな顔になった。ティナーシャはヴァルトから聞いたことを説明する。

話を聞いた王が訝しげに腕輪に指を滑らせると、腕輪はカシャンという音を立てて開いた。鎖から腕輪を抜き取ると、オスカーは目の上にかざす。

「ふぅん？　これが四十年前盗まれたものか」

「らしいですね。なんでファルサスってそんなにいい加減なんですか」

「お前が嫁入り後に整理すればいいんじゃないか？　それよりこの腕輪がそれほど強力なのか？」

言いながらオスカーはそれを女の手首に触れさせる。開いた時と同じ音を立てて腕輪が閉じた。

「つけないでくださいよ！」

「これは面白い。どういう仕組みなんだ」

「面白くない！」

オスカーは腕輪を外すとそれを懐にしまう。

ティナーシャは確かめるように手の平に構成を生んで消すと、男を見上げた。

「どうやってここを見つけたんですか？」

「俺にかけられた結界を頼りにセザル中を回った。ここは城都近くの町だな」

「回ったって貴方が？　戦争直後なのに？」

「じゃないと分からないだろう。精霊とあの二人も一緒だけどな」

「……ありがとうございます」

「ん。見つかってよかった」

ティナーシャは自分の不甲斐《ふがい》なさに頭を垂れる。だがそれ以上に周囲の人間への感謝もあった。どれほど力があっても、一人では見えないこともできないこともたくさんあるのだ。

「あの、シルヴィアは……？」

「無事。怪我は治ったぞ。二、三日すれば普通の生活に戻れるだろう」

ティナーシャはほっと息をつく。巻き添えを食らった友人がずっと気にかかっていたのだ。

その時アルスとドアンが戻ってくる。彼らから目立った収穫がない旨を聞くと、オスカーはティナーシャを抱き上げたまま立ち上がった。

「じゃあ帰るか。待ってる者が心配する」

男の視線を受けてティナーシャは微笑んだ。

少し遅れてはしまったが、これが彼女のセザル戦の終わりで、そして新しい局面の始まりなのだ。

7. 幸せな悲しみ

「結婚して欲しい」

男の言葉に彼女は目を丸くした。思わず辺りを見回してしまう。

だが小さな森の広場には他に誰もいない。やはり自分が言われているのだ。

彼女は困ったように男を見返した。明らかに貴人と分かる彼に問う。

「ちゃんと考えて言ってる？」

心配する母親のような言葉に、男は苦笑する。

「考えたよ。僕のことや君のこともみんな。君の母上に殺されるかもなってのは特に考えた。でもそれでも、結婚して欲しい。他には考えられない」

率直で迷いのない言葉だった。

彼女は紅い唇をわずかに開く。言葉にならない吐息が零れ落ちた。

男の目を見つめると、彼の青い瞳は、空のような広さを持って彼女を見返していた。

オスカーはファルサスに戻ると、ティナーシャを自分の部屋で休ませた。ファルサスのティナーシャの部屋は彼女の即位前に引き払われてしまっていたし、警備の都合上そこが一番安全だ。

彼女自身はトゥルダールに帰ると言ったが、見るからに疲労している彼女を玉座に戻せば、女王の威信が揺らいでしまう。そのため今回の件の聞き取りという名目で、一旦ファルサスに滞在するようオスカーとレジスが手配したのだ。

オスカーは部屋の前に厳重な見張りを置くと、膨大な事後処理を始める。戦時だったため通常執務のほとんどは先王の父が処理してくれていた。帰ってきた息子の顔を見て、父は「よかったね」と軽く言ったものである。

一時間程かかって雑務を終え、オスカーが部屋に戻ってきた時、ティナーシャは彼の寝台で小さな寝息を立てて眠っていた。入浴し着替えたらしく白い部屋着を着ている。

オスカーは寝台に腰掛けるとその髪を梳いた。ここ二日ほど戦後処理や彼女の捜索でほとんど眠っていなかったが、不思議と眠気は感じない。もともとティナーシャと違って、彼は四、五時間眠れば充分動けるのだ。疲労よりも、今はただ無事彼女を取り戻せたことに安堵していた。

彼は女の手を取ると、白い甲に口付ける。それで気づいたのか彼女は目を開けた。

「あれ……寝ちゃってましたか……すみません」

「構わん。疲れてるなら寝とけ」

「平気です」

言いながら上体を起こした女を、オスカーは抱き上げて隣に座らせる。

「で、そろそろ聞いてもいいか？　あの男の目的は何だった？」

屋敷にいた時もオスカーは一度同じことを尋ねたが、その時は他の者の目を意識してか、彼女ははっきりと答えなかったのだ。

二人きりになったことで、ティナーシャは困惑顔ながらもヴァルトからの要望を明らかにした。

——つまり、二つの球がエルテリアという名であることと、彼がそれを欲しているということを。

「やっぱりあの球か……」

何故その存在を知っているのか分からないが、おそらく何かしらの過去を改竄したいのだろう。

件《くだん》の魔法球がファルサスとトゥルダールのそれぞれにあると知っていることといい、かなりの情報が把握されている。それだけでなく、敵が奪取のために年月をかけて準備してきたらしいことを知って、オスカーは不快さに顔を顰めた。

「どこまでが本当でどこからはったりか分からんな」

「でも、球一つでも過去に戻れるみたいなんですが、何で二つ要るんでしょうね」

「さぁな。二つともあると別の使い方ができるのかもしれん」

「未来に跳べるとかですか？　さすがにそれをされると勝てませんよ」

「まあ、ものはやりようだろ」

憶測を並べても限界はある。まず球を奪われないことが肝心で、だがもう一つ鍵はある。

「あの球のこと、親父に聞いてみようかと思う。トゥルダールの方にある球は四百年間封じられてたんだろう？　なら誰か情報を持っているとしたらファルサスにある方だ」

「お父様は、あの球についてご存じだと？」

「少なくとも宝物庫に入れるくらいには重要なものだと分かってる。他にある母の形見は母の部屋に置かれたままだからな。いくらあの当時忙しかったからって、間違えるようなものじゃ――」

そこまで言ってオスカーはふとあることに思い当たった。隣の女をまじまじと見やる。

ティナーシャは突然凝視され、びくりと身を引いた。

「な、なんですか」

「いや、お前この間子供が死んだ事件の時、あの球を使おうとしただろ」

「使えませんでしたけどね。お説教の時間ですか……？」

「違う。――ファルサスも十五年前、子供が行方不明になる事件があったんだ」

城都で起きた連続誘拐事件。いなくなった子供は結局、三十人を超えた。そしてある日突然ぱたりとやんだのだ。ティナーシャは黒い目を瞠る。

「十五年前、私と同じことをしようとした人がいたってことですか？」

「可能性はある。いなくなった子供たちは今でも見つかってないから、おそらく失敗したんだろう」

もしそうだとしたら同時期にある母の病死も関係しているのかもしれない。オスカーは早急に父に確認しようと決定事項に加える。だがそれはそれとして今起きていることへの対策も急務だ。

「こっちはこっちで調べておくが、当分お前は気をつけろよ。目をつけられてる」

「すみません……」

しょんぼりと小さくなった彼女にオスカーは笑い出す。彼は小さな頭を撫でると、自分を見上げる闇色の目を見つめた。

「あと邪神だが、助かった。ありがとう」

ティナーシャは首を傾げると、蕩けるような笑みを見せた。オスカーは我知らず息を止める。

——無私の愛情を隠さないまなざし。その微笑に魅了される。魂を囚われる。

彼女はきっと完全によく似た不完全だ。稀有にして遠い存在を引き寄せたくて、オスカーは彼女の顎を捕らえた。当然のように顔を寄せる。

ティナーシャは一瞬目を丸くしたが、黒い睫毛を揺らして両眼を閉じた。素直に口付けを受ける。

頬を赤らめた女は、顔を離すと恥ずかしそうに視線を逸らした。

「近いです……」

「慣れろと言ったろう。前は無防備だったくせに」

「貴方は私に無関心だと思ってたからです」

「さすがに無関心はないだろ」

それを言うなら「女として見ていない」だろうし、それも正確には違う。

だがオスカーは思ったことを口に出さなかった。代わりに彼女の耳朶に唇を落とし、腕の中に華奢な体を閉じこめる。耳元から白い首筋にかけて口付けていく。滑らかな胸元に顔をうずめると、彼女の体が溶けていくように熱を帯びて震えるのが分かった。

——この折れそうな体に、どれほどの意志と迷いが内包されているのだろう。

柔らかな肌とその下に隠された血。彼女を構成する全てに、ただ触れたい、と思う。

けれど触れれば触れるほど、近づけば近づくほど、その果てしなさが身に染みる。どんなに切望しようとも彼女の魂は手に入らない。それは彼女自身の境界を越えない。できることは肌を重ね、隣りあうことだけだ。

超えられない差異を思い知りながら、それでも彼は愛しい女に手を伸ばす。

自分たちは、この絶望をも分かち合うのだと知りながら。


目頭が熱くなる。泣いてしまいそうだ、とティナーシャは思った。

悲しいわけではない。ただ、自分がどこにいるのか分からなくなる感覚の中で、それでも確かに許されているのだという安寧が、彼女を満たしていた。

ティナーシャは潤んだ瞳でまばたきをする。男の頭を見下ろして、愛しさに気が遠くなった。その存在を無性に抱き締めたくなる。

だが彼女は両手で男の体を押しのけた。

「ちょっと待ってください……」

「何で」

オスカーは、本当に不思議そうに婚約者の顔を見返した。その目を直視できずに、ティナーシャは横を向く。

「結婚してませんよ！」

「でもするんだろう？」

「そ、それはそうですが……」

「なら問題ない」

ティナーシャは反論する間もなく抱き上げられた。そのまま寝台の中央に下ろされる。

オスカーはあわてる彼女の手を自分の手で押さえながら、美しい女の姿を眺めた。

「……トゥルダールに帰したくなくなるな」

「待ってください。実力行使しますよ」

柔らかな肢体に魔力が凝る。オスカーは小さく笑うと、右手を離し懐から何かを取り出した。それをティナーシャの左手首に嵌める。

「じゃあ俺も実力行使だな」

「な、何考えてるんですか！」

彼女に嵌められたのは四十年前にファルサスから盗まれた封飾具だ。最悪の人間に最悪の魔法具が渡ってしまったと知って、ティナーシャは戦慄する。

だがオスカーは彼女をじっと見下ろしたまま尋ねた。

「何が嫌だ？」

それは真摯な目だった。

そして力のある目だ。ティナーシャはその目に無条件に従いたくなる熱情を堪えた。

頭がくらくらする。全身が震えた。それでも彼女は口を開く。

「それは──」

その時、部屋の外からラザルのあわてた叫び声がかかる。

「陛下！　よろしいですか！」

「……よくないだろ」

だが脱力した王の呟きは、当然ながら部屋の外までは聞こえない。

オスカーはティナーシャを解放すると渋々立ち上がった。ほっとしたような顔になる彼女に、男は苦笑する。彼は指を伸ばすと腕輪を外した。

「じゃあちょっと出てくる。レジスには今日はこっちにいると連絡しておいたから大人しくしてろ」

「す、すみません」

「気にするな」

オスカーは笑いながら彼女の頭をぽんと叩いた。変わらぬ親愛にティナーシャは申し訳なくなる。

彼が部屋を出て行くと、彼女は眉を寄せて深い溜息をついた。

「で、何の用だって？」

「痛い痛い！　つねらないでくださいよ！」

「いいからつねらせろ」

「イタタタ」

つままれた頬を引き摺《ひず》られるようにして王の後を歩いていたラザルは、ようやく解放されると赤い頬を押さえた。心なしか涙目になった両眼をしばたたかせる。

「陛下にお会いしたいって女性がいらっしゃってるんですよ」

「誰だ？」

「それが……」

ラザルは言葉を途切れさせた。口ごもったのではない。まるで記憶から抜け落ちてしまったように、続きが分からなくなってしまったのだ。

「申し訳ございません、分かりません……」

ラザルは口をぱくぱくと二、三度開閉させたが、やがて呆然と頭を落とす。

それを聞いて、当然ながらオスカーは嫌な顔になった。

「何だそれは。何でそんなのでいきなり俺を呼ぶんだ」

「何ででしょう……でもすぐにお呼びしなくてはいけないかと思いまして……」

「訳分からんな。まぁいい。どこだ？」

「謁見の広間です」

オスカーは、ラザルの様子とまだ見ぬ客に不審を覚えながらも広間に足を向けた。

そこで立ったまま待っていたのは、濃い茶色の髪を一つに縛った女だ。女は平服で、とても城にいるような気負いは見られない。また、不思議なことに部屋には彼女以外誰もいなかった。

いつもならいるはずの警備兵の不在を怪訝に思いながら、オスカーは女を見やる。

三十代半ばだろうか、少し険のある容姿は、だが充分に美しい。

女はオスカーが入ってきたことに気づくと、礼をするわけでもなくその姿を直視してきた。不《ぶ》躾《しつけ》で鋭い視線にオスカーは口を開こうとして、しかし不思議な違和感に襲われる。

——何かおかしい。どこかで会った気がする。

女は不愉快そうに吐き捨てた。

「婚約したと聞いたからどういうつもりかと思ったら……ものの見事に解かれているな。やったのは魔女殺しの女王か？」

「その声……」

頭が鈍く痛んだ。あるはずのない記憶が、雷光に照らされたように浮かび上がる。

白い爪
月
深い夜
赤い

血が引き裂かれて

オスカーは一歩よろめいた。

足下が分からなくなるような錯覚に、だが彼は瞬時に踏み止まる。全身の力を振り絞るとアカーシアを抜いた。彼は女に向かって剣を構える。

その声、そして姿には覚えがある。月に照らされ窓に映る影。

拭えない記憶の中に、彼女は立っている。

「お前……『沈黙の魔女』だな！」

「そう。久しぶりだな。大きくなった」

「戯言《ざれごと》を言う。何しに来た」

ラザルが王の背後で蒼白になる。

威圧に満ちたオスカーの言葉を、しかし魔女は平然と受け止めた。彼女は唇を上げて笑う。

「呪いだけで済ませてやったのに、まったく度し難いな。だが解かれたのなら仕方ない」

魔女は王に向けて右手を上げた。白い人差し指がまっすぐ彼の顔を指す。

「お前の運命を閉じこめてやろう」

指先に魔力が集まる。魔女はそれをそのまま打ち出してきた。

オスカーは短く息を吐きながら不可視の槍《やり》をアカーシアで弾く。槍は構成を切り裂かれ霧散した。

「ラザル！　逃げろ！」

後ろを見ぬままそう叫ぶと、オスカーは魔女に向かって床を蹴った。

魔女は無詠唱で次々空気の槍を生み出す。息つく暇を与えない攻勢は、ティナーシャとの訓練を思い出させた。彼は四方から襲いかかる槍を一つ残らず斬り落とす。

そうして距離を詰めたオスカーが、魔女をアカーシアの範囲内に入れた時、けれど彼女は不意に転移した。広い部屋の右隅に現れる。

「面白い守護を纏ってるな……お前の花嫁の仕業か？　だが、こんな手もある」

魔女は白い指を鳴らす。オスカーは本能的に危険を察知した。

上体を伏せると、頭上を何かが通過していく。跳ね起きて確認すると、宙に浮いているのは何の変哲もない剣だ。

「なるほど。結界が魔法を弾くなら剣を、というわけか」

オスカーの言葉に応えるように、剣は空中で切っ先の方向を変えると、再び彼を狙って飛来した。

オスカーはそれをアカーシアで弾く。間をおかず、彼のすぐ左にもう一本の剣が現れる。

体を貫こうするその剣を、オスカーは何とか身をよじって避けた。魔女の涼やかな声が聞こえる。

「中々いい反射神経だ。さて、何本まで避けられるかな」

魔法で作ったのではない、ただの剣を操りながら魔女は笑う。

その笑いが一瞬、自嘲気味なものに見えたのはオスカーの気のせいかもしれない。足元を狙うように現れた三本目の剣の刃を、彼はアカーシアで打ち砕いた。

オスカーは、そのまま左右から襲いかかる剣を避けて前に跳んだ。着地すると同時にまっすぐ魔女に駆け出す。その正面に新たな剣が転移してきた。

だがオスカーは走る速度を緩めぬまま、向かってくる剣の腹を左手で外に叩いて逸らす。

魔女の冷徹な顔が、あと少しのところに迫った。

彼は更に速度を上げかけ、しかし左脇腹近くに新たな剣が現れる。とても避けきれない距離だ。

オスカーは咄嗟に左手で剣の刃を摑んだ。指に痛みが走るがそのまま投げ捨てる。

だが切り抜けたと思った瞬間——右脹脛《ふくらはぎ》に激痛が走った。追ってきた剣に後ろから貫かれたのだ。

わずかに動きが遅れたところを逃さず、左肩からも別の剣が食いこむ。

痛みに瞬間気が遠くなる。

だが彼はそのまま魔女に向かって踏みこんだ。恐るべき速度でアカーシアを振るう。

「これで、終わりだ」

——時が、ひどくゆっくりと流れている気がする。

魔女は苦笑した。その目に浮かぶのは諦めだろうか。オスカーには分からない。

王剣が彼女の首を薙ごうとする長い一瞬、だが広間の入口から空気を引き裂いて怒声が響く。

「殺すな、オスカー！　彼女はお前の祖母だ！」

時が止まる。

意志が失われる。

アカーシアを振り切る力が抜け、王の青い目が見開いた。

静止した世界の中、ただ一人動く魔女は、感情のない目で彼を見つめる。

「子供の夢に堕《お》ちるがいい」

その呟きは、オスカーの耳には届かなかった。

※

母親のことはほとんど覚えていない。

母が死んだ時、オスカーは五歳だった。それくらいの年齢なら記憶があってもいいはずだ。

だが彼は何一つ覚えていない。

母は病気で亡くなったのだと聞いていた。それを寂しいと思ったことはほとんどない。

何故なら母の死後すぐ、彼には呪いがかけられたからだ。解呪のため、将来のため、勉学と剣の修行に明け暮れる子供時代を送った彼には、母の不在を悲しむ余裕もなかった。

だからそこは、ずっと空白のままだった。

※

気づいた時、彼は長い廊下に立っていた。

前後を見回す。他に誰もいない。彼一人だ。

見覚えのある場所を彼は眺める。それは慣れ親しんだファルサス城の廊下だった。

廊下の右手側は窓が並び、左側には扉が並んでいる。窓の外を見ると薄紫色の空が広がっていた。

真っ直ぐに伸びる先は見えない。ただずっと奥にまで続いている。それは振り返っても同じことだった。彼は並んだ扉を眺める。

——こんなにたくさん部屋があっただろうか。

彼は怪訝に思いながらも、一番近くにあった扉に手をかけた。中に入る。


そこは城の中庭だった。
七、八歳だろうか、一人の少年が彼に背を向けて立っている。歩み寄ると少年は振り返った。
「殿下、こんなところにいらっしゃったのですか？　陛下が探していらっしゃいましたよ」

よく知る顔は彼の幼馴染のものだ。自然と返事が口をついて出る。

「ちょっと出てただけだ、ラザル。すぐ行くさ」

その時になって初めて彼は、自分が少年より少し背が高いだけの子供であることに気づいた。

だが別段そのことを不思議には思わない。年が近いのだから当然だ。

「それより殿下ってのはやめろ。何か変な感じ」

「殿下は殿下以外の何者でもないですよ」

少年は、年に似合わぬ真面目ぶった口調で答える。つい最近まで名前で呼んでいたくせに、何だか距離が開いたようでつまらない。彼はぶすっとした顔になった。

腰に佩いた練習用の剣は、彼の背丈に合わせ若干短く作られている。

彼はそれを置いていくべきか迷ったが、結局そのままで中庭を後にした。


扉を出る。

そこは再び長い廊下になっていた。

何故ここにいるのか、どこにいくのか分からない。彼は迷いながらも次の扉を押し開く。

そこは、城の講義室だった。机に向かって本を開いていた男が顔を上げる。

「これは殿下……どうなさいましたか」

「解呪について何か手がかりはあったか？」

「……申し訳ございません。未だ手がかりは……」

魔法士長であるクムは、綺麗に剃《そ》った頭を撫でながら沈痛な顔をした。その表情に彼は笑う。

「気にすることはない。そのうち何とかなるさ」

内心の不安を隠してわざと明るく言うと、男は頭を下げた。

彼に呪いがかけられてから、早五年余りが経過しているが未だに何の手がかりもない。事が王家の存亡に関わるだけに国外の人間にも相談できず、ただ内密に手がかりを探すだけの日々だ。

彼はふと顎に指をかけて考える。

「そうだ。アカーシアで体を斬ってみたらどうだろう。で、すぐ治す」

「で、殿下それは余りにも……」

「ちょっと借りられないか聞いてくる」

「お待ちください！」

男の制止に背を向けると、彼は部屋を駆け出した。


廊下に出る。左右を見回す。振り返ったが、男が彼を追ってくる気配はない。

世界は静寂に満ちていた。

何も変わりがない。新しいものは生まれない。

彼は次の扉の前に立つ。何の疑問もなく、その扉を開いた。

中は、城の外周にある訓練場だ。白髪の将軍が彼を見て頭を下げた。彼は腰に佩いた訓練用の剣を確認しながら将軍に歩み寄る。その剣はもう大人のものと同じ大きさだった。

「エッタード、今日も稽古を頼む」

「もう私めがお教えできることはほとんどございませんよ」

「謙遜を言うな。相手してくれ」

「承知しました」

将軍は深く頭を下げると距離を取り剣を構えた。彼に向かって微笑む。

「来年か再来年辺り、一人生きのいい私の弟子が来ると思います。アルスと言いまして、殿下より四歳上です……なかなかの腕ですよ」

「それは楽しみだ」

幼馴染のラザルは剣が苦手だ。年が近くて腕の立つ者は大歓迎だ。

だが今はまず稽古に集中したい。彼は剣を構えると息を深く吐いて集中した。


いくつの部屋に入ったのか分からない。

その中では彼はいつも、子供であり少年であった。

部屋の中に入れば全てを忘れる。そこが自分の居場所だと思う。

だがその場を離れ廊下に戻ると、不思議な焦燥感が彼を襲った。

——先がない。

どんな部屋に入っても、彼は十五歳以上には進めない。大人の時間に戻ることができない。

抜け出したい、と心のどこかで警鐘が鳴る。しかしその警鐘は、はっきりと意識上にまでは響かない。何よりただ部屋を開け続ける以外にできることもなかった。

次の扉を開ける。

その中を見て、彼は一瞬凍りついた。

城の部屋と思しきそこは、一面血の海だ。床にも壁にも血が飛び散り、家具は嵐でも来たかのように散乱していた。

だが何より目を引いたのは、部屋の中央付近の床だ。

深い血溜《ちだ》まりの真ん中に、女が一人うつ伏せに倒れていた。

顔は見えない。濃い茶色の長い髪が血の中に広がって浸されている。

それを見下ろす彼を、言いようのない恐怖が襲った。

――確かめなければいけない。

彼は一歩を踏み出す。

だが何故かそこはもう元の廊下だった。

部屋を出てもいないのに、廊下に戻ってきたことを彼は訝しく思う。

けれど次の瞬間には既に、彼は血塗れの部屋のことも、倒れ伏していた女のことも思い出せなくなっていた。


次の扉に触れる。微かに手に痺れが走った。

だが彼はそのまま扉を押し開ける。中は見知らぬ部屋だ。まったく覚えがない。

無人の部屋には広い寝台と勉強机と大きな本棚、それに長椅子とテーブルがあるだけだった。

机の上には分厚い本が何冊も置かれている。歩み寄り開いてみると、それは魔法の本のようだ。

不意に背後から声が掛けられる。

「オスカー？　どうしたの？」

透き通った少女の声。

振り返ると、長い黒髪の美しい少女がそこに立っていた。

細すぎる体に可憐《かれん》な容姿。溜息を禁じえない繊細な美貌が怪訝そうに彼を見つめている。

だが彼は、彼女の名も、何と声をかけるべきかも分からない。

少女は彼のすぐ傍まで来ると、彼を見上げた。

「もう稽古の時間でしょ？　私、遅れちゃった？」

「稽古」の言葉に自分の腰を確認すると、確かに練習用の剣を佩いている。

再び少女を見ると、彼女は背伸びして彼に触れようとしているところだった。

伸ばされる白い手は、しかし彼の顔には届かない。少女はふわりと空中に浮かび上がった。彼より少し上から顔を覗きこんでくる。

深い闇色の目が彼を捉えた。彼女は小さな白い顔を耳元に寄せる。

「オスカー……隣の部屋を開けて……」

背筋がぞっと震える。

艶を帯びた声だ。明らかに女のものであるその声に、彼は驚いて一歩退いた。

けれど少女はまるで何も言わなかったかのように、不思議そうに彼を見ている。

「私、先行ってるね」

笑いながら手を振ると、彼女はその場からいなくなった。

見知らぬ部屋を出た彼は、隣の扉の前に立った。

前の部屋で何か不可解なことがあった気がするが、よく思い出せない。

扉を開ける。手に走る痺れに既視感を覚えた。中には石造りのだだっ広い空間が広がっていた。

夜なのか辺りは暗い。壁はすり鉢状の階段になっており、人が座れるようになっている。空間の中央には上り階段があって、その先が一階分高く盛り上がっていた。階段の上は角度的に見えないが、そこからは微かに人の声が聞こえてきている。

彼はとりあえず、階段に向かって歩き出す。しかしその時、耳元で女の声がした。

「オスカー……アカーシアを……」

振り返るが誰もいない。

彼は右手で腰の辺りを探った。馴染み深い柄に指が触れる。世界に一振りしかない彼の愛剣だ。

――何だか久しくこの剣を持っていなかったような気がする。

彼は王剣を抜きかけ、だが柄を握った時、壇上から少女の悲鳴が上がった。尋常ではないその叫びに、彼は階段に向かって駆け出す。

耳元で再び声が囁いた。

「待って……アカーシアを抜いて……」

「だが……」

「大丈夫、アカーシアを抜いて、オスカー」

微かだが強い声。その声に押されて彼は足を止める。

わずかな躊躇の間にも、壇上からは悲鳴と嗚咽《おえつ》の入り混じった少女の声が聞こえてきていた。悲痛な泣き声に複数の人間の詠唱が重なる。

しかし、それら全てを打ち消すように女の声が彼を支えた。

「大丈夫、信じて」

迷いのない言葉だ。そこには確かな力がある。彼は思わず息をのむ。

そして、その声を信じて彼は剣を抜き放った。

※

彼が目を開けた時、間近には女の顔があった。

すぐには名前が出てこない。だがよく知るその顔は、彼が目覚めたのを見てほっと表情を緩めた。女の頬には血が飛び散っている。彼はその血痕を指を伸ばして拭った。自然とその名が口をつく。

「ティナーシャ……」

「起きました？」

悪戯っぽい口調に、別の女の声が重なった。

「――馬鹿な。誰も私の呪縛を書き換えることなどできないはずだ」

愕然としたその声に頭が痛む。オスカーは彼女の膝上からゆっくりと上体を起こした。

辺りを見回すと、そこは先程まで彼が魔女と戦っていた広間だ。いつの間にか部屋全体を覆うように魔法結界が張られている。結界の外、扉の向こうでは、ケヴィンとラザル、アルスら重臣たちが悲愴《ひそう》な顔で彼を見つめていた。

そして部屋の中央、彼と寄り添う女を中心にしてもう一つ半球状の結界が張られている。近くに倒れ伏している二人の精霊を見つけて、オスカーは唖然とした。よく見るとティナーシャもまた白い部屋着を自分の血に染めている。

彼女はしかし、何の痛みもないかのように艶《あで》やかに笑った。魔女の声に返す。

「書き換えることはできませんけど、利用することはできます。私の夢を混入させて頂きました」

「夢といっても子供の夢しか照射できない」

「だから、子供の夢です。あまり深く考えない方がいいですよ」

魔女は訝しげにティナーシャを見つめる。しかし女王はそれ以上答えない。黙って結界を維持しているだけだ。

オスカーはこめかみを手で押さえた。頭がひどく痛む。だが、全ての破片は既に彼の中にあった。

ティナーシャが目を閉じて微笑む。

「戦えますか？」

「もちろん」

「ではお願いします。私は動けそうにないので。貴方の傷は塞いでおきました」

「分かった」

オスカーは手の中のアカーシアを確かめながら立ち上がる。探るような目の魔女に相対した。

美しく険のある貌に、別の女の顔が重なる。

同じ緑の目、高い鼻梁《びりょう》、小さな唇に浮かぶ柔らかな微笑。今まで思い出せなかった母親の顔だ。

「祖母か……確かに似てるな」

魔女は無言を保ったままだ。オスカーは苦笑する。

王剣の感触を確かめて、彼は結界の外に歩み出た。

※

部屋は血の海だった。

壁に飛び散った赤い血が、てらてらと光りながら垂れていく。

床には大きな血溜まりができており、そこには一人の女がうつ伏せに倒れていた。

顔は見えない。

だが知っているはずだ。

それが誰なのか、彼はよく知っているのだ。

※

結界から出たオスカーを魔女は皮肉な目で眺めた。右手に構成を組む。

「ずっと眠っていれば今よりは幸せだったろうに」

「俺だけ幸せでも意味がないからな」

「よく言う」

「ラヴィニア！　待ってください！」

叫ぶ声はケヴィンのものだ。先王は見たこともない必死な形相で魔女に訴えた。

「息子に罪はない！　命ならば私のものを……」

「罪のあるなしではない。それを言うなら一番愚かなのは私の娘だ」

ラヴィニアはオスカーに視線を戻す。彼女は自分に向かって立つ青年に右手を差し伸べた。繊細で緻密な構成に魔力が通っていく。

「死すべき子だ。違えられた運命を清算する」

ラヴィニアは構成を解き放つ。高い炎の壁がオスカーを取り囲んで現出した。部屋の温度が一気に上がる。熱された空気を吸いこんで彼の肺が痛んだ。

背後から心配そうな女の声がかかる。

「オスカー……」

「大丈夫だ」

意識を集中させる。

深く吸いこんだ息をゆっくり吐ききると、炎の中に構成が見えた。オスカーは全ての構成の元となる要に向かって踏みこむ。思わず後ずさりたくなるような高熱を物ともせず、彼は炎の中にアカーシアを振るった。

糸が切れる。

オスカーは一旦剣を引くと、今度は構成を解くように横に薙いだ。熱風が髪を揺らす。

炎の壁が四散する。部屋中に飛び散った火は、ティナーシャが外周に張った結界に当たって消え去った。後には強烈な熱気だけが残る。

※

雲の多い夜だった。部屋の隅には魔法の明かりが灯っていた。

妙に寝苦しくて、子供は寝台を抜け出た。視界の隅、ふっと窓の外を何かがよぎる。

彼はそれを不思議に思って傍に寄ってみた。

『絶対窓をあけちゃだめよ』

母親の言葉が蘇る。

だが、子供は窓の外、露台の手すりに青い小鳥が止まっているのを見つけてしまった。

空の色よりも深い青は、月が翳っているにもかかわらず輝くように鮮やかだ。

――海とはこんな色だろうか。

子供は見たこともない景色に胸を躍らせながら、急いで掛け金を外すと窓を押し開いた。そろそろと露台に出ると小鳥に向かって手を伸ばす。

小鳥は首を傾げる。黒々とした小さな目は何も映し出さない。

逃げる気配はないようだ。もう少しで触《さわ》れる。

「オスカー！」

背後から聞こえてきたのは悲鳴のような呼び声だ。

子供は体をびくっと震わせた。

振り返ると戸口に母親が立っている。彼女の表情は逆光でよく見えない。

そして青い小鳥は、目の前の小さな背中を見て——声を上げて嗤《わら》った。

※

四方から襲いかかる剣を、オスカーはアカーシアを振るい砕いていく。

時折避けきれない刃が体を掠めることもあったが、致命傷になりそうなものは彼の体に触れた瞬間砕け散った。かなり疲弊しているだろうにもかかわらず最低限の干渉はしてくれる婚約者に感謝しながら、彼は徐々に魔女に向かって距離を詰める。

オスカーは、笑みさえ浮かべてラヴィニアに問いかけた。

「死すべき子？　呪いをかけたのはそのためか？」

「そうだ。恨むなら母を恨め」

冷ややかな言葉には、何の感情も窺えない。

剣の間を縫って不可視の蔓《つる》が数本襲いかかる。オスカーはアカーシアを一閃して飛来する剣を叩き落とした。残る剣を右に跳んで避けながら、足首に触れる蔓を斬り捨てる。次いで左脇腹に刺さろうとする短剣の柄を左手で摑むと、それを使って前方から飛んできた剣を受けた。

彼はなおも追ってくる残りの蔓を避けて、それらが繫がる核に向かって跳躍する。

アカーシアで蔓の根本にある構成を貫いた時、ラヴィニアの声が響いた。

「抗えば苦しいだけだぞ」

直後、オスカーの眼前に大きな白い鉤爪《かぎづめ》が現れる。

完全に懐。避けられない距離だ。

あの夜に見た時と同じ、艶《なまめ》かしささえ帯びて鉤爪はオスカーの肩に振り下ろされる。

「……違う」

だが彼は小さく断言すると、肉に食いこみかけたそれを摑んだ。

――鉤爪ではない。ただの短剣だ。

彼はそれを投げ捨てる。

あの鉤爪は、結局彼には触れなかったのだ。

代わりに、割って入った彼の母親を引き裂いたのだから。

※

白い鉤爪は母の肩に食いこみ、そのまま体の中を突き進んだ。

彼女は激痛に顔を歪めながら右手で構成を組む。無理矢理に爪から体を引き抜きつつ、それを鳥の魔族に向かって打ち出した。

紅く染まった爪が弾かれる。鮮血が壁に飛び散った。

月が、雲間から顔を出す。静謐《せいひつ》な青白い光が、部屋の中を照らし出した。

彼は呆然と足元に倒れ伏した母を見つめる。おそるおそる血濡れた背中に触れようとした。

「……母さま？」

だがその手が触れる前に、母の体はふっと消え去る。

壁に飛び散った血も全てが消え、露台には切り裂かれた青い鳥だけが落ちていた。

「っ――」

彼は部屋を飛び出す。叫び声を上げて真っ直ぐに母の部屋へと向かった。

きっと悪い夢だ。そうに違いない。

混乱しながら扉を開けて飛びこんできた彼に……本を読んでいた母は驚いた顔になった。

「どうしたの、オスカー」

穏やかな笑顔。いつもと変わらぬ母の姿。

オスカーは安堵して母の胸に飛びこむ。泣きじゃくりながら今見た夢を訴えた。

――やはり、ただの夢だった。

彼はその晩、母と一緒に眠った。それで終わるはずだった。

だが次の日の夜、彼の眼前で母は突然、悪夢の中と同じ無惨な死体になったのだ。

※

オスカーはアカーシアを引きながら魔女に向かって踏みこむ。

だがラヴィニアはその場から転移すると広間の扉近くに現れた。

彼は残る剣を避けて振り返ると苦笑する。

「母を恨むつもりはないな。俺を庇ってくれた」

その言葉にケヴィンとラヴィニアが目を瞠る。ティナーシャは精霊に治癒をかけながら、怪訝そうに彼らを見回した。先王は呆然と口を開く。

「思い出したのか……?」

「さっきの夢のおかげでな。封じたのは貴女だろう?」

ラヴィニアは否定しない。ただ黙ってオスカーを見つめている。

──凄惨すぎる記憶だ。幼い彼は、母の死に二度対面した。

ずっと抱えていたなら、彼の精神を歪めてしまったに違いないであろうその光景を、魔女は呪いと同時に封じこめていったのだ。

オスカーは十五年ぶりに蘇った苦い記憶を反芻しながら、祖母である魔女を真っ直ぐ見つめる。

血溜まりに倒れていた母。当時相次いでいた子供の行方不明事件。そして時間遡行の形見。

脳裏に散らばる断片を組み立てれば、一つの答えが浮かび上がってくる。

「母は……過去に戻って俺を助けたんだな？」

ティナーシャが息をのむのが気配で分かった。


――封じられていた記憶は、『母が魔族に引き裂かれて死んだ』というものだ。

だが今になって思えばその母は、先の時間、一日後から駆けつけてきたもう一人の母だったのだろう。あの時間、城には二人の王妃がいた。皆がそれに気づかなかっただけだ。

十五年前の夜、一日後から来た母は、オスカーが襲われるのを知っていて部屋に飛びこんできた。けれど彼女は、息子を助けようとして魔族と相打ちになったのだ。血を撒き散らして倒れ伏し、ただその血も遺体もすぐに消え去った。それは「先の時間」に属するものだからだ。

オスカーが突然消えた死体に泣いて母の部屋に駆けこむと、母は変わらずそこにいて、驚きながらも彼を迎えてくれた。彼女は何も知らない今の時間の母なのだから当然だ。

だからオスカーは凄惨な母の死を「夢を見たのだ」と思いこんだ。

けれど……それは決して夢ではなかった。

一日後、母は彼の目の前で――ひとりでに血を撒き散らして死んだのだから。

ラヴィニアは深い溜息をついた。緑色の目が遠くを見るように宙をさまよう。

「夢が本当になったと、私に言ったことを覚えているか？」

「ああ」

「死ぬはずだったのはお前の方だ。当時行方不明になった他の子供たちと同様、お前は魔物に襲われたのだろう。だがロザリアは……その事実に耐えきれなかった。過去を捻じ曲げ罪を犯した」

王妃は魔法球を使い、息子が襲われる前に戻って彼を救おうとした。

それは確かに成功したのだ。ただ彼女自身そこで死んでしまったことが事態を複雑にした。

「過去改竄に成功しても、球の使い手の死が消えるわけではない。それは『過去』ではないからだ。娘の寿命は魔物と相打ちになった時に決定し——その時が来たからこそ前触れなく死んだ。結果、娘はお前の命を助け……お前の心を殺した」

ロザリア自身も直前まで分からなかっただろう突然の死。

だがそれは、ただ時が来たというだけのことだ。エルテリアは使い手の運命までは改竄できない。定められた死の時刻に到達すれば、同じ終わりが追いついてくる。

そしてその日を境に、ファルサスを恐怖で支配していた子供の失踪はぴたりと止んだ。娘の不審な死に駆けつけたラヴィニアは、母の凄惨な死に壊れかけた孫の話とその失踪事件の終わりから、自分の娘が何をしたのかを悟ったのだ。

「お前が悪いわけでもなく憎いわけでもない。ただお前は生きているはずのない人間だ。そんな人間の血をこれ以上継がせる訳にはいかない」

ラヴィニアが彼を殺さず呪いという手段を使ったのは、せめてもの情だ。

それくらいは娘の思いに応えたいと思ったし、何より……彼が憐《あわ》れだったのだ。

だが、彼はもう子供ではない。自分の意志で立ち、剣を取っている。

母の死をも越えていける。

ならば修正を行う時だと、彼女は思っていた。


オスカーはラヴィニアを見据えた。

彼は確かに母と、そして祖母である彼女に助けられたのだ。あの記憶が封じられていなかったなら今の彼はなかっただろう。そのことを素直に感謝する。

そして母を思う。そこには単純な感謝だけに収まらない感情があった。ティナーシャもこんな思いを抱えて時を越えてきたのだろうか。

オスカーはアカーシアを構える。魔女が強大な構成を組むのが見えた。彼は唇だけで微かに笑う。

「母の行いの報いだとしても、受けて立とう。俺も同じことをしたからな」

今の自分には記憶にない。

だがティナーシャがいる。ここに来ている。

絡み合う運命の只中に、彼は立っているのだ。


ラヴィニアは怪訝そうに眉を顰めた。緑色の両眼が床に座りこんでいるティナーシャを視界に入れる。数秒の後に、魔女は目を見開いた。

「魔女殺しの……まさか……お前が夢に入れたのは……」

呪詛において、彼女に比肩する者は大陸には存在しない。

だからこそ破られるはずがないと思っていたのだ。ただ一つ、魔女を殺せる剣の存在を除いて。

夢の中であろうとも力を持つかもしれないその剣の干渉を避けるため、ラヴィニアは彼がアカーシアを持っていない子供の頃だけを夢に照射させた。

しかし結局、彼は自ら呪縛を解いてそこに立っている。――自分の夢を重ねたと言った女王の力を借りて。

「……そういう、ことか」

かつて魔女を殺した女王が、魔法の眠りについたという話はラヴィニアにも伝わっていた。そして現在、新たに即位した女王が彼女と同一人物であることも。

ならばなぜ、今目覚めたのか。彼の婚約者となったのか。

さして疑問にも思わなかった問いの答えが、期せずして明らかになったのだ。

「――愚か者どもめが」

魔女の全身が怒りに震える。彼女の眼前に圧倒的な構成が現出した。

それは鮮やかな緑に輝きながら、無数の剣を孕む巨大な網となって彼に襲いかかる。

ティナーシャが警告の声を上げた。

「オスカー！」

「覚えてる」

婚約者の叫びに簡潔に答えると、オスカーは身を斜めにしながらアカーシアで構成を薙ぐ。

以前の訓練中、ティナーシャから似たような術を食らったことがある。複数の要を同時に砕かねば修復すると、その時に聞いたのだ。

要は七つ見える。

構成が繰るいくつもの剣を砕きながら、オスカーは一閃でそれらを狙った。

息をゆっくりと吐く。

意識が、時に先んじた。

二つ、三つ、四つ……心の中で打ち砕いた数を数えていく。

五つ目を砕いた時、右腕に痛みが走った。

魔女の操る剣が体に到達したのだ。血が床に飛び散る。

六つ目には切っ先が辛《かろ》うじて届いた。彼は腕を伸ばす。だが七つ目に届かない。

砕いた要が再生を始める。剣が全方向から全身に達する。

オスカーが敗北を覚悟しかけたその時、だが七つ目の要が砕けた。ティナーシャが干渉したのだ。

網が空中に溶けて消える。全ての剣が派手な音を立てて床に落ちた。

魔女は怒りと、同じだけの空虚を抱えて自分の娘の子を見返す。

「何故罪を重ねる？　振り返る？　お前の行いが多くを左右したのかもしれないぞ」

「それは今の俺には分からない。だが……」

オスカーは背後にいる女の気配を感じ取る。愛しむ思いが、自然に彼を微笑ませた。

「あいつが苦しい思いをしたなら、手が届くなら、何があっても助けてやる。決して見捨てない。……あんなのはもう沢山だ」

オスカーの脳裏に、先程夢の中で聞いた少女の悲鳴が蘇る。

あれが本当にあった出来事なのか、それとも回避できたことなのか、彼には判断できない。

ただあの声を思い出すと、魂に爪を立てられるような苦痛を感じる。彼女がもういいのだと言ったとしても、再びあの場に立ったなら彼は無視することができないだろう。


魔女は、近づいてくるオスカーに何もしなかった。

感情の見えない緑の目で、じっと彼を見つめている。

オスカーは王剣を握りなおしながら、母に似た彼女の貌を直視した。一歩一歩距離を縮める。

「改竄されたのだとしても、したのだとしても、俺には今が今だ。だから貴女に抗う。今を損なわせる気はない」

「それが世界を歪ませるのだとしてもか？」

「だとしても、ここから前に進む。ここ以外はない」

何度も修正していたらきりがないからな、とオスカーは自嘲気味に笑う。

ラヴィニアは、どこかティナーシャを思わせる透き通った目で彼を見ていた。

過去の上に現在を重ねていく意志を込めて、彼は魔女の眼前に立つ。オスカーはアカーシアを持つ手を上げると、魔女の細い首に切っ先を突きつけた。

「こんな体勢で何だが……死んで欲しくない。まぁ俺の我儘だが」

「本当に我儘だな……そして強欲だ。呪いを解いてもらっただけでは飽き足らず、女自身も得ようというのか？」

「呪いのおかげであいつを引き寄せられたのなら、礼を言うべきだろうな」

おどけた答えに魔女は片眉をあげる。彼女はオスカーの肩越しにティナーシャに視線をやった。

「あの女も魔女と大差ない。お前との間に子が生まれれば、その子は魔女になるだろう。それを押しても娶る価値があの女に有るのか？」

「ある」

オスカーは即答した。次いで楽しそうに笑う。

「魔女の子か。上等だ。育て甲斐があるな」

ラヴィニアは冷徹な表情を崩した。代わりに心底呆れた顔になる。彼女は振り返って結界の外にいるケヴィンを見やった。

「どういう育て方をしたんだ」

「こういう息子でして……」

申し訳なさそうなケヴィンの言葉に、魔女は深く溜息をつく。

彼女はケヴィンとティナーシャを見、最後にオスカーを眺めた。唇を曲げて皮肉げに笑う。

「いつか、私を今殺しておけばよかったと思う日が来るかもしれないぞ？」

「そうしたらその時殺そう」

悠然と言い放ったオスカーに、魔女は初めて声を上げて笑った。彼女は不意に空中へ転移する。

「なら好きにすればいい。だが……」

緑の目がすっと細まる。すさまじい威圧感が広間を支配した。

「これ以上愚は重ねないことだ。帳尻を合わせねばならん時が来るかもしれんぞ」

「肝に銘じよう」

答えを聞いた魔女は、瞬間ひどく切なげな目でオスカーを見下ろした。

だがそれは目の錯覚かと思うほどの時間で、彼がまばたきをした時には既に、魔女の姿はどこにもなくなっていた。

※

ティナーシャが目覚めた時、辺りは既に真夜中だった。

彼女は闇の中、うつぶせのまま何度かまばたきをして記憶を辿る。

だがどうしても、魔女が消えた後のことが思い出せない。連戦で体が耐えきれなかったのだろう。まだ少し気持ち悪いくらいだ。

暗い部屋の中、彼女はゆっくりと体を起こす。その気配に気づいたのか、隣に寝ていたオスカーが目を開けた。

「ティナーシャ？」

「うー……おはようございます……」

「見れば分かると思うが、朝じゃない」

彼は、自身も起き上がるとティナーシャの隣に座った。彼女の顔色を確認してくる。

「具合はどうだ？」

「平気です。少し疲れただけですから……」

ティナーシャは答えながら自分の着ている部屋着を見て首を捻った。

「あれ、私着替えたんですか？　血がついちゃってましたよね。傷は塞いだ記憶があるんですけど」

「俺が風呂に入れて着替えさせた。楽しかったぞ」

「…………」

「嘘だ。女官にさせた」

「貴方の冗談は最低です」

ティナーシャは頬を膨らませる。そもそも当然のように彼の隣に寝かされていることもおかしい。きなくさいことが続いて用心しているのだろうが、結婚前なのに釈然としないものも感じる。

オスカーは可笑《おか》しそうに笑っていたが、笑い声を収めるとティナーシャの髪を撫でた。

「きつい戦いをさせたみたいだな。すまない」

男の言葉にティナーシャは微笑む。

あの時、部屋から逃がされたラザルは途中でまずケヴィンに出会って事情を説明し、さらに先王と分かれティナーシャを呼びに向かったのだ。

そうして彼女が駆けつけた時、既にオスカーは魔女の呪縛の中にいた。ティナーシャは、血を流しながら倒れている彼と、彼を黙って見下ろしている魔女の間に割って入り、結界を張って戦いながらオスカーの呪縛の中に自分の意識を滑りこませたのだ。

「彼女、私が昔殺した魔女より強かったですよ。正直、貴方を庇いながらじゃなくても負けてたかもしれません」

「そんなだったのか」

それでも、彼と戦った時の魔女は手加減しているようにも見えたのだ。強大な力を持つ魔法士の恐ろしさを改めて知る思いだ。

ティナーシャは嫌そうに肩を竦める。

「あと貴方の相手もしたくないです。あんなにぽんぽん構成を壊されちゃたまりません。組むだけ魔力の損ですよ」

「そうか？　かなり苦戦してたと思うが。お前がいなかったら死んでたぞ」

「相手は魔女ですよ。呪縛を解けたのも単なる幸運です」

呆れる彼女の言葉に、オスカーは呪縛の中で見た少女の姿を思い出した。彼はティナーシャの髪を指に巻き取りながら引く。

「あれがお前の記憶か。中々愛らしかったな」

「恥ずかしいから言わないでくださいよ」

暗くてよく見えないが赤面しているのだろう。そっぽを向いた彼女にオスカーは笑った。

そして、分かっていたことだが、やはり四百年前に彼女を助けたのは自分なのだと思い知る。でなければ呪縛の中にあって、子供の彼女の記憶に彼が入りこむことはできなかっただろう。

夢の中での悲鳴を思い出し、詳しいことを聞こうとして、しかし彼は口を噤《つぐ》んだ。

過去のことなのだ。無理に知る必要はない。必要になればいつか彼女自身が教えてくれるだろう。

「ティナーシャ、悪かったな」

「う？　何がです？」

「四百年前のことだ」

「へ!?」

彼女は素っ頓狂な声をあげた。闇色の瞳を丸くしてオスカーを見返す。

「何で貴方が謝るんですか。どうかしたんですか？」

「いや……感謝だけじゃないだろう？　恨み言もあるはずだ。何故過去を書き換えたのかとか、どうしてその後消えてしまったのかとか」

それは彼自身が思うことでもある。

母が自分を助けてくれた、そのことは何よりも感謝している。

だが、そのために禁忌を犯したこと、そして母自身の命と引き換えに為してくれたことを思うと胸が痛んで仕方ない。そうまでして助けてくれなくてもよかったとは、とても言えない。ただ生きていて欲しかった。自分のことも顧みて欲しかった。自分が相手を大切に思うように、相手もそう思っていることを大事にして欲しかったのだ。

思っても、彼にとってはもはや言う相手を持たない言葉だ。

だがティナーシャは違う。彼女には自分がいる。

「記憶がなくても、俺は俺だ。ずっと気に病んでいただろう？　悪かった」

「そんな……」

ティナーシャは困ったような目で彼を見返した。消えない傷と強い想い。そのようなものがどこまでも闇色の双眸の奥へと続いている。

彼女はゆっくりとまばたきすると、淡くはにかんだ。

「私、十三歳までずっと狭い世界で生きていたんです。生まれてすぐに城に連れてこられて、女王候補として育てられて……家族と言えたのは同じ次期王候補の一人だけで、でも兄同然だったその人も私との決別を選びました」

穏やかに綴《つづ》られる言葉は、オスカーの初めて知る話だ。ティナーシャは窓の外を見る。闇色の目が郷愁を孕んで細められる。

「そんな私に、あの人は多くのことを教えてくれました。あの人と暮らした毎日は幸せで……私は命を助けられただけでなく……そこから先を一人で歩いていけるだけの愛情をもらいました」

深い信愛の溢れる声音。それを聞けば、かつて彼女を助けた男がどれだけの想いを少女に注いでいたのか分かる。自らの全てと引き換えにして、歴史を改竄してまで彼女を救った――それはあまりにも大きすぎる感情だ。その記憶が彼女に四百年を越えさせたのだ。

「けど、恩返しをしようと思ってこの時代に来たら、肝心の貴方は私に意地悪で優しくなくて、他国の人間に冷徹だし、自分を棚に上げて口煩《くちうるさ》くて――」

「おい。なんなんだおい」

「でも、その揺るがなさが好きです。私が一緒にいたいと思うのは、やっぱり今の貴方なんですよ」

ティナーシャは彼を見つめて照れたように微笑む。その微笑にオスカーは見入った。

たとえば——全てを受け入れる王と、彼に永遠の愛と忠誠を誓う妃のような一対もあるだろう。だが自分たちはそうではない。それぞれの国を負いながら王同士として向き合い、時には一線を引いて、時にはぶつかりあいながら互いを選んだ。

そんな生き方しかないことを「不自由だ」と感じる人間もいるだろう。けれど自分たちは、それが己と切り離せないものだととっくに受け入れている。

だからただ一緒にいて、笑いあえることを貴ぶのだ。これからの月日を隣で歩んでいけるように。

ティナーシャの白い小さな手が彼の手を取る。彼女は自分の指を絡めると、彼の手を己の頬に当てた。鮮やかな、無二の笑顔を浮かべる。

「だから私、今とても幸せです。ありがとうございます」

それは温かく、無防備な愛情そのものだ。精神を絡め取る笑顔を目の当たりにして、オスカーは息を止める。

彼は頬に触れている手をそのままに、柔らかな唇にそっと口付けた。


言葉を持たない思惟が伝わればいい。

定義されない感情を理解して欲しい。

熱を帯びているのは体なのか精神なのか、彼には分からなかった。

オスカーは顔を離すと、ティナーシャの闇色の両眼を覗きこむ。

「俺はお前に救われるな」

愛しい男の呟きに、ティナーシャは稚い笑顔を見せた。

それは彼を惹きつけてやまない表情だ。オスカーは頬に触れた手で、ゆっくりと瞼から唇にかけて撫でる。目を細める彼女を抱き寄せるともう一度口付けた。力が抜ける体を支えながら、耳元に顔を寄せる。

「お前が躊躇するのは力を保つためか?」

苦笑交じりの問い。その言葉が何を指すのか、彼女はすぐ分かったらしい。ばつの悪い声が返る。

「気づいてたんですか……?」

「精霊術士だからな。そこは気になるところだろ」

オスカーは顔を離すと苦笑した。拒む理由を言い当てられ、ティナーシャは溜息をつく。


――精霊術士は純潔を失うと弱体化する。

彼女は精霊魔法だけを使うわけではないが、この特殊で強力な魔法に頼りがちなことも確かだ。

今、純潔を失えば、様々な場面において構成にかかる魔力が跳ね上がってしまう。

もっとも、彼女自身いつまでもこのままでいられないことは分かっている。自分は一年後にはファルサスに嫁ぎ、王妃となる人間なのだ。

だが、目覚めてからここ半年の失態や敗北が、彼女に力を減じることを怯ませていた。もしもの時力が及ばなかったら、と思うと身が竦む。普通の魔法士とは比較にならないほどの魔力を持っているにもかかわらず、怖気《おじけ》づく自分の心こそが弱いと思う。

だが分かっていながらも躊躇してしまうのだ。

落ちこみかけたティナーシャの思考を遮るように、オスカーは両手で彼女の頬を包みこんだ。俯きかけた顔を上に向かせる。

「散々助けられていてこんなことを言うのも何だがな。お前が弱くなっても、魔法が使えなくなっても、その分ちゃんと守ってやる。お前が失うものは俺が全部くれてやるぞ」

「オスカー……」

ティナーシャは熱い息を零す。

いつもいつも、彼といると温度を感じる。精神を焼くような熱から、泣きたくなるような温かさまで。必要とする以上の力をくれるのは彼だ。自分を信じさせてくれるのも。

オスカーは、泣き出しそうな彼女の瞼に口付けると微笑した。

「まぁだから気にするな。別に一年足らずが待てないわけじゃないし、それまでずっと付いていられるわけでもないからお前の希望を尊重する。俺はどっちでもいいぞ」

余裕に満ちた言葉だ。

ティナーシャは思わず笑い出す。

彼女は城の地下で出会った時のように、男の首に両腕を回して体を預けた。

「私が、貴方を守るんですよ」

——これから何があろうとも、自分で運命を選び取っていく。

もう二度と、誰にも何にも負けるつもりはない。彼に弱さの理由を置かない。

この思いこそが力になるのだと信じて、彼女は目を閉じた。

8. 種子に出会う

目を覚ます。

それは肉体的な意味ではない。概念としてあるだけだ。

ただ彼女は目覚めた。

息をする。生まれ落ちる。記録を取捨する。

望むのはただ一人の存在だ。

そして彼女は自らの定義と共に、その美しい姿を世界に現出させるため、意識を作り始めた。

※

朝の気配が窓越しに広い部屋へと入りこむ。

聞こえないはずの鳥の囀《さえず》りを聞いた気がしてオスカーは顔を上げた。時計を見るといつも通りの時間だ。昨日の戦いのせいか少し体に違和感があるが、これくらいなら平気だろう。

体を起こして横を見ると、ティナーシャが膝を抱えて丸くなっていた。

「どういう寝相だ……」

子供のような姿に呆れて、彼は黒髪を引く。

予想はしていたが、一、二回そっと引いたくらいではびくともしない。仕方ないので肩に手をかけて大きく揺すった。うっすらと闇色の目が開く。彼女は頭を振って男を見上げた。

「眠い…………」

「……俺はお前と結婚したら、一生お前を起こさないといけないのか？」

半分諦めながらもそう呟く間に、彼女の瞼は再び閉じられた。

もう一度起こそうとしてオスカーは、ふと彼女の額に手を当てる。

そして軽く目を瞠って舌打ちすると、彼は寝台に彼女を残したまま起き上がった。

※

王の母親について明かされた事実は、昨日の戦闘に居合わせた重臣たちを驚かせた。

幸いクムやアルスらによって人払いが徹底されていたため、この事実を知ったのは呪いのことを知っていた者ばかりだったが、それでも前王が魔女の娘を娶っていたとは予想もしなかった。

また驚きが覚めやらない彼らに、オスカーは簡単にエルテリアのことも説明し、それを狙う人間がいることも付け加えておいた。先王だけはもともと妻からエルテリアのことを聞いていたため、トゥルダールに同じものがあるということに目を丸くしただけだ。そして密かにオスカーは期待していたが、父もあの魔法球についてそれ以上は知らなかった。

エルテリアは母がラヴィニアのところから勝手に持ち出してきたものだったのだ。ラヴィニアを追いかけて詳細を聞くことも考えたが、せっかく鎮火しかけたところに油を注ぐ気がしたし、魔女の居場所も知らない。手がかりはなくなって……ただ少し過去のことが分かってすっきりした。

一晩明けてようやく落ち着いた今、オスカーは執務室に戻り日常を始める。

お茶を淹れながらラザルが嘆息した。

「何だか色々驚きですね……」

「俺もびっくりだ」

まったく驚いているようには見えない平静さで相槌を打つ王に、ラザルは苦笑した。

先王が相手の親のかなりの反対を押しきって結婚したことは、重臣であれば誰もが知っていることだが、当の親が魔女だとは思っても見なかった。

オスカーは頬杖をついてペンを取る。

「まぁ反対するだろうな。魔法士殺しの剣がある家に自分の娘を嫁がせたいとは思わんだろう」

「ティナーシャ様もご両親がご健在なら反対されたかもしれませんね」

ラザルはその後もいくつか話題を上げたが、オスカーがエルテリアを使って過去のティナーシャと接触したということについては聞いてこない。勘のいい者なら気づくだろうし、気づかなくとも不思議ではないだろう。オスカーが見たところ、ラザルなどは後者のようだ。

ラザルは書類を抱えながらふと首を傾げる。

「そう言えば、ティナーシャ様はお帰りになられたんですか？」

「いや、微熱を出してたから寝かしてきた。女官が見てる」

「陛下……貴方って人は……」

「何もしてない。何だその目は」

呆れ果てた様な視線を向けられて、オスカーは顔を顰めた。

「夜中ちょっと目を覚ましたが、すぐ寝付いたぞ。相当体にきてるみたいだな」

「ああ……無理もないでしょうね。昨日もお辛そうでしたから」

連日で禁呪や誘拐犯や魔女を相手取り、疲労も限界に近いだろう。同じ状況にありながらもファルサス国王は平然と仕事を再開しているが、華奢な体の彼女をオスカーと比べるのは酷だ。

「昼過ぎても熱が下がらなかったらトゥルダールに連絡を入れよう」

「かしこまりました。あっと、これは今年開く式典について、各国の出席状況です」

ラザルから別に差し出された書類を見て、オスカーは嫌な顔をした。

「面倒くさい……」

「無しにはできませんからね！　ご婚約発表と思って諦めてください！」

「…………」

幼馴染に先手を打たれたオスカーは、頬杖をついて天井を見上げると溜息を一つついた。

※

ティナーシャが目を覚ましたのは昼過ぎのことだ。

元々体調を崩したのも、魔力と連動した疲労のせいだ。睡眠による休息によって熱は下がり、完全復調までとはいかないが起き上がれるようにはなった。

彼女はまず、女官に助けられ入浴と着替えを済ませると寝台に戻る。そうして今度は人払いをして一人になると、座ったまま目を閉じた。そして体内の魔力を探る。

膨大な魔力は、今は凪《な》いだ海のように黙している。その隅々までが統制できることを確認し、ティナーシャは苦笑した。

「破裂しちゃわなくてよかったです」

魔力の飽和による最悪の事態も想像したが、シミラから新しく取りこんだ魔力もすっかり馴染んだ。おそらく使える力の量でいったら、もうトラヴィスやラヴィニアにも並ぶだろう。

ただそれでも彼女は、昨日の戦いを思い出して溜息を禁じえなかった。

あの時はオスカーがいたからよかったものの、彼女一人が正面から戦っていたなら勝てたかどうか分からない。精霊に頼ろうにも、呪詛において右に出る者がいない魔女は、その技術を駆使してあっという間に彼らを無力化してしまったのだ。

だが力の差を味わうことはまた、ありがたいことでもあると彼女は思っていた。

格上と戦うことで、そこから少しでも何かを汲みだしたい。トラヴィスと戦った時も意識が鋭敏になるような感覚を得たのだ。まだ自分には可能性がある。それを形にしたかった。

ティナーシャは広げた両腕の中に構成を組む。

緻密な紋様をまじまじと検分して――その時、ふと気配に気づいて顔を上げた。

見ると露台に一人の女が立っている。昨日見たばかりの顔だ。忘れるはずがない。

ティナーシャは逡巡したが、立ち上がって窓に寄ると掛け金を外した。女を中に招き入れる。

彼女は無表情に首を傾けるとティナーシャを見やった。

「昨日の今日でずいぶん無用心だな」

「そうは思いますが、お話がありそうなので」

ティナーシャは苦笑混じりに肩を竦めると、悠然と立つ沈黙の魔女を見返した。

「言わなくても分かっていると思うが、あの球は封じた方がいい」

「そうですね……進言しておきます。――そういえば何故呪いをかけた時、ファルサスからあの球を回収しなかったんですか？」

「どこにあるか分からなかったからな。探す気にもなれなかった。でもあの馬鹿が使ったってことは所在が分かるんじゃないか？」

ぞんざいにオスカーを呼ぶその言葉に、ティナーシャは噴き出しそうになった。だが、かろうじて表情を平静に保つ。

「宝物庫にあるらしいですけど、あの人が使ったのはトゥルダールにある方ですよ。ファルサスにあるのと色違いと言ってましたので。間違いありません」

「……トゥルダールに？　一つじゃないのか？」

二人の女は顔を見合わせる。

軽く瞠目《どうもく》したティナーシャは愕然とした面持ちをしていた。

――これは球について情報を得る機会かもしれない。ティナーシャは正面から切り出す。

「貴女はあの球についてどこまでご存じなんですか？」

「それはこちらも聞きたいな。私は、旅の占い師から二百年ほど前に預かった。覚悟があれば時間を遡行し過去を変えられる魔法具だと聞いている」

「覚悟ですか……」

それは言いえて妙だ。使い手は確かに覚悟を試される。過去のために今を白紙に戻さねばならないのだ。そしてその試みは成功するとは限らない。己の存在を賭けた博打《ばくち》だ。

ただ、ラヴィニアの手にエルテリアが渡ったのが二百年前だとしたら手掛かりはそこで切れかねない。彼女はどこまであの球について把握しているのか、ティナーシャはかねてから疑問に思っていたことを聞いてみる。

「球の使用によって使い手に相応の危険があることは承知しています。ただそれ以外の代償……改竄によってその反動や歪みが明確に現れるということはありますか？　つまり、自然法則や世界の維持に影響が出るようなことが、ですが」

「改竄前から考えればどんな結果も歪んでいる。だが改竄後にいる私たちにはそれを認識できない。自然法則や世界の維持に抵触するかもまた結果が出るまでは分からないだろう。少なくとも私たちは今のところ、それに気づけていないからな」

「それは……確かに」

影響が出ているのだとしても認識できないなら同じだ。魔女であってもそれは変わらない。

「ただ、球を私に預けた占い師曰く、あの球を使うことは『世界に針を刺していくようなものだ』と言っていた。本来存在しない未来を引き寄せ、そこに針を打って止める。死んだ虫の脚や翅《はね》を広げてピンを打つように世界に無数の針を刺すのだと。だから世界は本来の姿に戻ろうとし、あの球はそれに反して針を打ち続ける。その繰り返しだ」

「針、ですか……」

戻ろうとする世界と、針を打ち続ける球。おそらく今に至るまで同じことが無数に繰り返されてきたのだろう。そこまで考えて……ティナーシャは不意にぞっとした。

この攻防はいつまで続くのか。否、続けられるのか。

針を刺され続ける世界は――はたしてどこまでこの改竄に耐えられるのか。

考えても答えは出ない。それはきっと、結果が出るまで自分たちの目に見えないのだ。或いは何も知らないままある日突然全てが消えてしまうのかもしれない。少なくともエルテリアが使われた時、その世界は予告なく消し去られてしまうのだから。

恐ろしい想像の中に迷いこみかけたティナーシャはしかし、ラヴィニアの視線に気づいて顔を上げた。引き換えに自分が知っていることを話し出す。

まず問題の球が「エルテリア」という名を持つこと。エルテリアはおそらく二つあり、その片方はトゥルダールの宝物庫にあること。そしてかなり迷ったが、それを欲しがる男がいるとティナーシャが説明すると、ずっと眉を顰めていたラヴィニアは軽く舌打ちした。

「私にお前たちのことを教えたのは、おそらくその男だ。風貌が一致する」

「え……ヴァルトが？」

「時間的にはその男がお前を逃がしてすぐくらいだな。胡散《うさん》くさかったが、とりあえず裏を取ったら本当らしいからファルサスに来たんだ。殺しておけばよかったか」

苦々しげなラヴィニアに反し、ティナーシャは青ざめた。

ヴァルトは彼女を逃がしてもすぐに次の手を打っていたのだ。どこにいても陰謀が追ってくる気がする。あと何手用意されているのか。

ラヴィニアはそんな女を無表情に見つめていたが、不意に溜息をつく。その仕草は不思議と母親を感じさせた。

「せいぜい気をつけることだな。ああいう手合いはどんな手段でも使ってくる」

「……ご忠告痛み入ります」

「では、私は帰る」

魔女は背を向け転移構成を組む。ティナーシャはその背に向かって手を伸ばした。

「待ってください！」

「何だ」

首だけ振り向いて問い返す彼女に、ティナーシャは困惑の顔を向けた。

「球のことを言いにいらっしゃったのですか？」

「そうだな。念を押さないとあの馬鹿は信用できん。お前が手綱を取れ」

感情の見えない言葉だ。だがそれを聞いたティナーシャは、棘のように疼《うず》くものを覚えた。今までずっと胸につかえていたこと。誰にも聞けなかった問いが唇を滑り落ちる。

「……過去を捻じ曲げ、自分と引き換えに誰かを助けることは罪だと思われますか？」

掠れた声でもたらされた問いかけに、ラヴィニアは間をおいて体ごと振り返った。

緑色の瞳が強い光を帯びる。数瞬の沈黙の後、魔女は口を開いた。

「どれ程愛していても、あるべき姿を変えるべきではない。過去はのみこんでいくべきだ。ましてや自分と引き換えにするなど、愚かな行いでしかないだろう。助けられたお前なら分かるはずだ。体だけが生きていればいいというものではない」

――厳しい言葉だ。

だがそれも、一つの真実だろう。

相手の存在と引き換えに助けられた者たちは、ずっとその傷を抱えて生きていかねばならない。

相手を失った後悔を積み上げて、それこそ過去に戻りたいと思う者もいるだろう。

魔女はおそらく、娘に対し悲しみながらも憤っているのだ。

ロザリアは息子を助けながら、その死によって子供の心を引き裂いてしまった。ラヴィニアの介入がなければ、それは悲劇の連鎖を生んだかもしれない。

ティナーシャはそれ以上何も言えず、ただ一礼した。彼女にも抱えていかなければならない問題がある。生きている限り消えることがない問題が。

ただ、彼女は一人ではない。それはとても幸運なことだった。

ラヴィニアは、軽く眉を上げてティナーシャの沈黙に応える。

「あの解呪、見事だったぞ。定義名部分は、守護と合わせて馬鹿の記憶を封じていただけだから気にしなくていい。戦闘の構成も……お前が眠らずに年月を重ねていたら、私も及ばぬ化け物になっていただろうな」

「……ありがとうございます」

複雑な賞賛に複雑な表情で返して、ティナーシャはもう一度頭を下げた。

構成が組まれる気配がする。

そして、彼女が顔を上げた時、魔女は挨拶もなく既にその場からいなくなっていた。

※

午後になってトゥルダールに戻った女王は、心配していた一同に頭を下げた。特に不在だった三日間仕事を肩代わりしてくれていたレジスと側近たちに平謝りすると、レジスは苦笑する。

「そんなことをお気になさらないでください。お体は平気ですか？」

「ばっちりです。仕事しますよ」

「駄目です。今日はお休みになってください」

次期王の言葉にティナーシャはうなだれた。彼女は簡単に人払いをしてレジスとレナートだけを残すと、今回の誘拐犯の真意を告げる。過去を遡る魔法具とそれに纏《まつ》わる一連の話に、彼らは唖然となった。

「そんなものが存在したんですか……」

「封印しましたけどね。今まで黙っていてすみません」

「いえ、それは賢明なご判断です」

以前レジスには「オスカーが時間遡行をした」という話はしたが、その手段は伏せたままだったのだ。だが当の魔法具がトゥルダールにあるといっても、彼もすぐにはのみこめなかっただろう。ましてやその存在を知り、狙っている者もいるのだ。緊張に表情を引き締める二人を見て、ティナーシャは頷く。

「素性も分からない相手ですが、妙に手回しがいいですし、神出鬼没です。次はどんな手を打ってくるのか分からないので用心をお願いします」

「かしこまりました」

レナートが真面目くさって礼をする。レジスは険しい顔で腕組みをした。

「過去に跳べる魔法具ですか。空恐ろしいですね。何に使われるのやら」

「厳密に言えば、誰かが使った瞬間、『今』がなくなるわけですから」

ティナーシャの言葉に場の温度が下がる。たとえ使い手が些細《ささい》な修正を希望したとしても、結果はどう転ぶか分からない。瞬間を積み重ねて生まれる時は、どこでどう変わってしまうのか分からないのだ。先日の事件でエルテリアが発動しなかった理由は分からないが、やはりどれほど過去を書き直したくとも簡単に使うべきものではないとティナーシャは反省する。

難しい表情で相槌を打っていたレジスは、ふとティナーシャを見て微苦笑した。

「もし四百年前のことがなかったら、トゥルダールはどうなっていたんでしょうね」

男の疑問に、ティナーシャは軽く目を瞠る。

——もし、子供の彼女をオスカーが助けていなかったら。

そんな答えの出ない空想に捕らわれかけて、彼女はかぶりを振った。

※

剝《む》き出《だ》しの石壁が作る細い隙間を、階段は地下深くに伸びていた。

男はそこを慎重に、だが急いて下りていく。左手は時折壁に添えながら、右手には白い布で包んだものを大事に抱えこんでいる。等間隔にある明かりが男の黒々とした影を長く生み出していた。

果てしなく深みへと下りていく階段の終わり。

その先には誰もいない。ただ冷ややかな空気が満ちているだけだ。

つい数日前までここには、この世の全ての穢れを集めたような空気が満ちていた。多くの人間を生贄《いけにえ》として打ち捨て、全てをのみこむ邪悪を引き出そうとしていたのだ。

だが今は何もない。それは地上へと現出し……そして負けてしまった。

だからここに残るものは、ただの搾りかすだけだ。

男は広い空間の入り口に立つ。そして彼は憑かれたような妄執の目を辺りにさまよわせながら
……腕の中の温かい包みを抱きしめた。


セザルの宮廷は暗澹《あんたん》たる空気に包まれていた。

先日の敗北で、城の権力を掌握していたほとんどの人間が死亡したのだ。逃げ帰ってきた教祖も行方知れずで、ファルサスに捕らえられたという話もあるくらいだ。

しかし、邪神の支持者がいなくなったということは、残る正気の人間たちにとってはようやく見えた活路だ。そう思いながら、けれど彼らは残った人間の少なさに暗い気持ちを拭えないでいた。

今動くことができるのは、虚脱した王とその一人息子ロムカ、そしてわずかな文官たちだけだ。他に国を率いることができるほど覇気のある者はいない。そういう人間は全て、教団によって葬られてしまった。

このままセザルはゆっくりと滅びていくのかもしれない――――そんな諦観が満ちた王宮の廊下を、二人の男が早足で歩いていく。

一人は若い文官の男であり、もう一人はこの国の王子だ。城に残った人間の中でもっとも若かっ

た二人は、教団の支配が明ける日を息を潜めて待っていたのだ。

「ともかく殿下、急いで建て直しをしませんと」

「民に申し開きができないな。多くの人間が喪われた」

「国の政務はほとんど動いておりません。商人も我が国を避けており、このままでは……」

以前から他国の商人たちは、どんどん荒廃していくセザルを敬遠するようになっていたのだ。それでも今までは教団に属する人間たちが独裁で国民を支配し、何とか国の形式を保っていた。

だが今やその箍《たが》もはずれ、全てが脆くも崩れ去ろうとしている。

ここを踏み止まりたい――そう強く思う二人は先の見えない廊下を歩いていた。

王子であるロムカは、手元の書類を捲《めく》る。

「資金が圧倒的に足りないな……。奴らがほとんど使っていった。だがこんな情勢では税を上げるどころか下げたいくらいだ。むしろ援助をしてやりたい」

徴兵によって父を失った母子、息子を奪われた老人、そんな人間が国内には大勢いる。彼らを助けられなくてはどのみち未来はない。ロムカは使命感に唇をきつく結ぶ。

その意志は高潔だが、具体的手段は見当もつかないままだ。文官が渋面を見せた。

「どこかに援助を頼めるでしょうか」

「必要ならば宝物庫に残っているものを処分してもいい。何とかしよう」

気ばかりが急く二人の進路を、しかし突如三人の男が遮った。ロムカは妨害者たちの顔を見て息をのむ。彼らはつい先日までこの国を支配していた教団の残党だ。

「面白い話をお聞きしましたよ、殿下。宝物を処分なさるのなら私たちも立ち合わせて頂きたい」

「ふざけるな！　誰がこの国をこんなにしたと思っている！」

「教祖様がいらっしゃった頃には何も言えなかった殿下が仰っても、説得力はございませんな」

たちまち上がる嘲笑に、ロムカは顔を紅潮させた。だが同時に背中には冷や汗が浮く。教団に属する彼らは全員魔法士だ。そして、自分には対抗できる力はない。隣の文官を見やると、彼は青ざめた顔でロムカを見返してきた。

――ようやく前に歩き出そうとしているのに、その道が再び閉ざされるのか。

絶望にうなだれかけたロムカの耳に、しかし場違いに涼やかな声が響いた。

「セザルの国政を預かる方にお話があって参りましたが……。その者たちは排除してもよいのですか？　ロムカ殿下」

若い男の声。見ると教団の魔法士たちの後ろに一人の男が立っている。

誰だか知らないが突然の助けに、ロムカは声を上げた。

「そうだ、傾国の輩《やから》だ！　できるなら排除願いたい！」

「ならば遠慮なく」

見知らぬ男の行動は素早かった。

三人の魔法士が憤りながら振り返ろうとした矢先、男の手から生み出された構成が三人を絡め取る。薄青く光る魔法の縄は、組まれかけた三人の構成を相殺しながら男たちの喉を締め上げた。

嫌な音がして首の骨が折られる。だらりと力を失った体が床に打ち捨てられた。

思わず顔を背けたロムカに、先程とまったく変わらぬ涼しい声がかけられる。

「これでお話ができますね。死体の処分はそちらでお願い致します」

「あ、ああ……助かった」

ロムカは改めて三つの死体ごしに男へ視線を送る。

彼は王子の視線に気づくと、腕につけたトゥルダールの紋章を上げて見せた。


場所を変えると、レナートと名乗る男は簡単に用件を告げた。

すなわち、セザル北にある巨大な水晶窟の権利を、トゥルダールが買い取りたいという旨を。

北に良質な水晶が採れる地域があるらしいとはロムカも知っていたが、タァイーリとの国境が近いことと過去に落盤があったため、現在はほぼ放置されている。魔法国家であるトゥルダールが魔法具の材料として水晶を欲しがるのは当然のことだが、何故今なのかロムカは訝しんだ。

その疑問は、具体的な金額の提示に至ってより一層増すことになる。およそ一年分の国家予算にあたるほどの金額が、書類には示されていたのだ。

ロムカは素直な感想を漏らした。

「ありがたいお話だが、これは……多すぎるのでは?」

「実際の買い取り金額はこの四分の一です。残りは、タァイーリ国境近くですから採掘の間の保証金とさせて頂きます。採掘終了後、お返し頂きたい。もちろん何年かかっても構いませんよ」

トゥルダールとタァイーリは決して友好関係にあるわけではない。魔法大国と魔法を忌避する国家という間柄なのだから当然だ。ようは採掘の間、タァイーリ国境近くにトゥルダールの人間が出入りすることを、セザルがタァイーリにとりなせというのだろう。

だがそれにしては金額が多い。おまけに返却期限を定めないとは妙な話だ。

ロムカは真っ直ぐレナートを見る。その視線の意図を汲み取ってレナートは苦笑した。

――全ては単にトゥルダールの厚意だ。

表立ってではないが、セザルの復興を援助するための手段だ。帰還した女王がおずおずと切り出した援助案に、レジスは笑いながら了承を出したのだ。これは単なる人道支援だけでなく、セザルに恩を売っておけばいつかタァイーリとの関係が悪化した時に役に立つかもしれない、という意味も持っている。そのためならさほど高い投資ではないとレジスは判断していた。

「ご納得くださったのなら後ほど正式に書状をお持ちします」

トゥルダールの言外の意図を悟ったロムカは、立ち上がると頭を下げた。

「よろしくお願いする……感謝の言葉もないと、女王にお伝え頂きたい」

「確かに申し伝えます」

細かい話をいくつか確認してしまうと、レナートはすっと目を細める。或いはこちらこそが本題かもしれない問いを口に出した。

「それで……例の邪神がどこを根城にしていたのかご存知ですか？　できれば後顧の憂いを断つためにも調査をしておきたいのですが」

その問いにセザルの二人は息をのむ。何百年もかけて国を蝕んできた邪神の残滓がまだ残っているのか、彼らには見当もつかなかったのだ。


帰ってきたレナートは、女王のいる執務室を訪れた。

いつもは机に向かっている彼女は、部屋の隅に置かれた長椅子で転寝をしており、代わりにレジスが執務を処理している。軽く目を瞠るレナートに、レジスは笑った。

「お疲れのようだ。本当は寝室に運びたいんだけどね」

昨日帰還した女王は、平気だと言うわりに微熱を出したり体調が安定していない。休養を勧めるレジスと、仕事をすると言い張る彼女の妥協点がこの状態なのだろう。レジスは軽く首を傾ける。

「で、セザルはどうだった？」

「快諾されました。当然でしょうが、ずいぶん苦しかったようですね」

「そう。それはよかった」

レジスは具体的な報告を受けると、正式な書状を起こすための草稿を書き始めた。手元に目を落としたまま重ねて尋ねる。

「もう一つの方は？」

「見てきました。国境近くの森に地下洞窟が掘られていまして、中が広い空間になっているのですが、中央に深い穴が空いていました。おそらくそこに人間を放りこんでいたんでしょう」

「何か残っていた？」

「綺麗さっぱり何も残っていませんでした。多少瘴気を感じるくらいで……。精霊にも見てもらいましたが、何もなしです」

「そうか……」

禁呪がまた一つ打ち砕かれた。この事実はすぐに大陸中へ知れ渡るだろう。トゥルダールが禁呪の対抗勢力として結果を残していけば、いずれ禁呪自体が過去の遺物となるかもしれない。

そんな夢のような理想を一瞬思い描いて、レジスはふっと微笑んだ。

レナートはそこで、もう一つの報告を付け加える。

「ただ……綺麗過ぎて違和感もあります。あれほどの魔法存在を現出させた場合、まったく残滓がないというのは異常です。何者かがあえて拭っていった可能性もあります」

「禁呪の残滓を拭う、か。何の目的なんだろうね」

「これが階段部分に落ちていました。まだ新しいものだと」

レナートが書類袋から取り出したのは白い布だ。広げれば外套《がいとう》くらいの大きさになるそれに、レジスは首を捻った。

「何だか分からないね。一応魔法薬分析に出しておいてくれ」

「かしこまりました」

レナートは一礼して執務室を出ていく。残る王子は得体の知れない報告に、しばらく机に頬杖をついて考えこんでいた。

※

大陸にある四つの大国のうち、ファルサスとガンドナは年一回、諸国の人間を招いて外交の場を設けている。ファルサスであれば国王の誕生日、ガンドナは建国日を記念する祝典という名目だ。その内実は諸国の人間が集まって他国の様子を探り、関係を持とうとする暗黙の交渉の日だ。

魔女との戦いから十日あまり、すっかり復調したティナーシャは、二週間後にあたるファルサスの式典について送られてきた書類に目を通す。そしてあからさまに嫌な顔になった。

「何かこれ、私、ほとんど招待客じゃないですよね。ファルサス側の人員みたいな」

「婚約してるし、お披露目もあるんじゃない？」

テーブルでお茶を飲みながらミラが相槌を打つ。

ファルサスからティナーシャ宛に届いた書類には当日の予定が記されていたが、それによると彼女は半ばオスカーの同伴者として接待に回るようにとの依頼である。退位と共にファルサスに嫁ぐことが明らかになっている彼女は、トゥルダールの女王でありながら半分はファルサスの人間でもあるのだ。その立場の複雑さにティナーシャは頭を抱えた。

「別に外交はいいんですけどね……仕事だし。でもそれ以外で針のむしろの予感がします」

「公私共にもててたからね、あの男。妬まれるよ、きっと」

「いーやーだーなぁー」

ティナーシャは、書類をもう一度見返す。その最後には走り書きで「ドレスは用意しておくから
そのまま来るといい」と書かれていた。婚約者の筆跡に彼女は小さく笑ってしまう。

「うれしい……」

ぽつりと漏れた呟きは自覚ないものだ。ティナーシャは書類を持ったまま立ち上がると、足取りを弾ませて窓辺に歩みよる。勢いをつけて開いたままの窓枠に腰かけた。

柔らかく吹く風が彼女の黒髪を揺らす。くすぐったさに目を細めながら女王は外を眺めた。

――この時代に目覚めてから七ヶ月あまり。振り返ればずいぶんあっという間だ。

それはとても充実した日々で、子供の頃オスカーと過ごした一ヶ月と同じか、それ以上に幸せだ。

ただ時折、ティナーシャは自分が幸せであることに罪悪感を覚える。多くの人の犠牲と善意の上に今の自分は存在しているのだ。過去を思う度にそれを忘れてはならないと思う。

しかし彼女は、だからといって厭世《えんせい》的に、また自虐的になろうとは思わなかった。

生きている者たちが胸を張らねば、世界はどうやって回っていくのか。

残された人間は真っ直ぐ前へと歩いていく。そうすべきだと、今の彼女は思っていた。

何度目かに書類を読み返していたティナーシャは、その時不意に不思議な匂いに外を見やった。

首を傾げる仕草に精霊が気づく。

「ティナーシャ様、どうしたの？」

「いえなんか……不思議な魔力の匂いがした気がして」

「そう？　私感じなかったよ」

「気のせいですかね。誰か魔法でも練習してるのかも」

ティナーシャは軽く反動をつけて窓枠から下りた。留守をしていた三日間、精霊を城に残していたが「特に変わったことはなかった」と報告を受けている。魔法士が多い城内では研究や訓練で魔法を使う者も多い。気にするほどのことでもないか、とティナーシャは思いなおした。

彼女は椅子を引くと執務机に戻る。そうして笑顔を収め女王の貌になると、積み重なる懸案に手を伸ばした。

※

「――いい？　くれぐれも問題を起こさないでね」

「分かってる」

青年と少女の二人は言い合いながら屋敷を出た。強気の少女に対し、青年は真意の分からぬ笑顔を見せて応える。しかし美しい笑顔は少女の疑心を煽《あお》るだけだ。

「本当に分かってるのかしら……」

「信用ないな」

「あるわけないでしょ。自分の行いを省みてよ」

ばっさりと切り捨てられた男は、けれどまったくこたえていない。少女の背を前に押し出した。

「ほら、行くぞ」

「はいはい」

正装した少女は、男に薄い背中を向けて歩き出した。

その小さな背中を見つめる彼は、不意に剣呑な光を目に宿す。笑顔どころか忌々しげな感情を隠さないその貌は、世界を切り裂くほどの殺気さえ纏っていた。

だがそれを見る人間は誰もいない。わずかな予兆も感じられない。今のところ男以外には。

「どうしたの？　早く来てよ、トラヴィス」

「今行く。それより背中のリボンが曲がってるぞ」

「ええ？」

少女はあわてて背に手を回すと自分で何とかしようとする。そんな彼女にトラヴィスは笑顔を見せると、大きなリボンに手を伸ばした。少女よりもずっと器用に結びなおしてやる。

「ほら、これでいい。お前が一番綺麗だよ、オーレリア」

「馬鹿なこと言ってないでいいから、馬鹿なことしないでね」

とりつくしまのない少女を鼻で笑って、魔族の王は歩き出す。

その笑顔の下にはしかし、消せない殺気が残ったままだった。

※

式典の当日、空は綺麗に晴れていた。

陽気も温かいが、暑いというほどではない。城内であわただしく準備が行われる中、ティナーシャは朝からファルサスに来ていた。指示されていた部屋に向かうと、シルヴィアと女官たちがてぐすねを引いて待っている。この魔法士の友人は、ティナーシャを着飾らせることを趣味にしているらしく、ことあるごとに必要以上の手をかけてくるのだ。

「お待ちしてましたよ、ティナーシャ様！　それはもう初めてお目にかかった時からこの日をお待ちしてました！」

「長い……重い……」

シルヴィアの激しい意気ごみにティナーシャは脱力する。だが、逃げてはいけないし抵抗する時間もない。彼女はシルヴィアの指示で沐浴《もくよく》を始めた。まだ眠気が残っていたからちょうどいいと言えばちょうどいい。浴槽に入れられた香油の香りを吸いこみながら、ティナーシャは細い四肢を伸ばした。

「シルヴィア、怪我はもういいんですか？」

「すっかり平気です！　ご心配ありがとうございます」

長い黒髪に櫛《くし》を通しながらシルヴィアは笑う。先日の負傷から回復した彼女は、今日のお披露目が嬉しくて仕方がないらしい。気合のあらわれか、いつもの倍以上の瓶を浴室に並べている。

「今日のドレスですけど、陛下がティナーシャ様の誕生日の贈り物として、って仰ってましたよ」

「え！」

予想もしなかった話を聞いて、ティナーシャは浴槽の縁にかけていた両足をお湯の中に落としてしまった。水飛沫が顔にかかる。そういえば一月ほど前、式典の話になった時に誕生日を聞かれたのだ。その時に「一ヶ月くらい前」と答えたら何故か頬をつねられた。

婚約者の不意打ちに、ティナーシャは頬を赤らめる。

「誕生日なんて、祝う年齢でもないのですっかり失念してましたよ」

「おいくつになられたんでしたっけ」

「えーと……四百三十二？　四百三十三かな……」

「……途方もないですね」

ティナーシャの肉体年齢は二十歳とは言え、実年齢は一時代越えている。よく考えたらオスカーの二十倍は優に生きているということだ。もっともそのほとんどは眠っていたため、人生経験は彼女の方が少ない。

「年だけ取っても単なる若輩ですからね。学ぶことは尽きません」

ティナーシャは苦笑しながら足を組むと、再び足を縁にかけて目を閉じる。

温かいお湯が、まるで守られているかのような安心に彼女を浸していた。

沐浴を済ませてから、全ての支度が完了するまでに二時間半がかかった。

その間ティナーシャは、ああでもないこうでもないと髪や化粧を散々調整されたのだ。

シルヴィアや女官たちは、最初こそはティナーシャに意見を求めていたが、生返事が返ってくるだけと分かると、自分たちで全てを決めることにしたようだ。

王の贈り物という生成り色のドレスは、手織りのレースを贅沢《ぜいたく》に使って作られている。裾が広がった短い袖には若草色の蔓薔薇《つるばら》が刺繍《ししゅう》されていた。開いた胸元から腰にかけての正面にはくるみ釦《ボタン》が並んでいる。レースを何重も重ねた裾は、前面は緩やかに円を描き、後ろは長く伸びていた。

腰のサッシュを後ろで大きなリボンに結びながら、シルヴィアが笑う。

「陛下はティナーシャ様の魅せ方をよく分かっていらっしゃいますね」

「うん。さっぱり分かりません」

間の抜けた返事に、シルヴィアはがっくりと頭を垂れた。

長い髪を半ば下ろし、頭の後ろだけ生花の飾りをふんだんに使って結い上げたティナーシャは、清楚《せいそ》なドレスと相まって実に可憐な美しさを醸し出している。普段正式な場で彼女が見せる威圧感や人を寄せつけない雰囲気はほとんど感じられない。柔らかく愛らしい姿は、婚約者として男の隣によく似合うだろう。

シルヴィアは一歩離れてティナーシャの姿を確認した。髪の花飾りを少し直す。

「よし、完璧です！」

「ありがとうございます」

ティナーシャは微笑んで礼を言うと姿見を見た。そこにはまるで、これから式に出る花嫁の少女のような自分が映っている。何だか見慣れなくて気恥ずかしい。

彼女が時計を確認すると、式典の始まりまでまだ三十分ほどあった。ティナーシャは片付けをしているシルヴィアに問う。

「少し出てきてもいいですか？」

「構いませんよー。崩れたら直しますので仰ってください」

快諾をもらって彼女は部屋の外に出た。ドレスの裾を引きながら廊下を歩き出す。

式典間近とあって、あちこちを文官や女官たちがあわただしく行き来していた。彼らはティナーシャに気づくと次々頭を下げていく。それが何だか申し訳なくて、ティナーシャは少しずつ人気のない方へと歩いて行った。ぶらぶらと廊下を歩いていた彼女は、窓の外を見下ろして足を止める。

見ると中庭を一人の少女が歩いている。

正装に身を包んでいるということは招待客だろうか。日の光を受けて輝く銀色の髪が空色のドレスにかかっていた。上からのため顔はよく見えないが、彼女は何かを探しているらしくきょろきょろと辺りを見回している。

ティナーシャは首を傾げると窓に手を当てた。短距離転移の構成を組む。

中庭を一人うろうろしていた少女は、急に目の前に現れたティナーシャに目を瞠った。だがすぐに転移で現れたと理解したのだろう。お互い正装であることを見て取ると、頭を下げてくる。

「あ、失礼しました……」

「何かお探しですか？　お手伝いしましょうか？」

もし何か困っているのなら、一人でやるよりも二人の方が式典に間に合うだろう。

そう思ってティナーシャが尋ねると、少女は動転したようにきょろきょろと辺りを見回した。

「え、あの、赤ん坊の泣き声が聞こえたので気になって……」

「赤ん坊？」

ティナーシャは怪訝に思って首を捻った。

普段のファルサス城内に赤子はいないはずだ。それとも招待客が連れてきたのだろうか。

だが、そうなのだとしてもわざわざ城内に伴ってくるとは考えにくい。今日は式典の日なのだ。

ティナーシャは自分も耳を澄ませてみたが、今はもう何も聞こえない。そのことに少女も気がついたのか赤面して頭を下げる。

「すみません、お騒がせして」

「いえ、それは気になりますよね。私も気をつけておきます」

ティナーシャが言うと、少女は愛らしい微笑を見せた。灰青色の瞳が澄んだ光を湛えている。その目の光にティナーシャは見入った。

――整った美しい顔の少女だが、それだけではなくどこか神秘的な雰囲気を感じる。

おそらく魔法士か、その素質がある人間だろう。強い魔力を嗅ぎ取ってティナーシャは感心した。

少女は遠慮がちにティナーシャを見ていたが、その目が何故か一瞬痛ましげに翳る。

それに気づいたティナーシャが問いかけるより先に、しかし少女は再び頭を下げた。そうして彼女が顔を上げた時、その両眼には既に何の翳りも見えない。少女ははにかんだ。

「連れが待っているので失礼致します。お気にかけてくださってありがとうございました」

「あ、じゃあ、また後でお会いしましょう」

少女はにっこり頷くと一礼して去っていった。その姿がすっかり見えなくなってしまってから、ようやくティナーシャは、自分も相手も名乗らなかったことに気づく。

「……名前聞けばよかった」

妙に人を惹く少女だった。ティナーシャはそう思いなおすと、式典に出るために自分も城内に戻った。

そうして誰もいなくなった中庭に、微かに赤子の泣き声が響き始める。

けれど、もう誰もその声を聞き、追ってくる人間はいなかった。

※

最終的な確認をしながら自身も正装に着替えたオスカーは、控えの部屋にやってきたティナーシャを見て目を細めた。手招きで彼女を呼び寄せると抱き上げて膝の上に座らせる。

「似合ってるな」

「ドレス、ありがとうございます」

「ん、満足」

オスカーは結われている髪を崩さぬように気をつけながら、下ろされた一房を軽く引いた。

「今日は面倒かけるが頑張れよ」

「覚悟して来ましたよ」

悪戯っぽい笑みを浮かべた女は、右掌を彼に差し出した。そこに銀の指輪が現れる。細い指輪には女の瞳を連想させる小さな黒曜石が嵌められており、銀の表面にはうっすらと魔法の紋様が彫られている。

「手、出してください」

「どっちだ」

「どっちでも。ああ、左手の方が邪魔にならないですね」

言われた通りにオスカーは左手を出す。ティナーシャは指輪を手に取ると、その大きさと男の指を比べた。

「もうちょっと大きくしないと駄目かな？」

小さく詠唱すると指輪が一回り大きくなる。彼女はそれをオスカーの左手の中指に嵌めた。更に詠唱をかけて大きさを合わせる。まるで金属ではないように伸縮自在に動くそれを、オスカーは面白そうに眺めた。

「これ、素材は何だ？」

「銀ですよ。精製時に魔法をかけてあるだけです」

ティナーシャは指ぴったりになった指輪を確認すると、別の詠唱をかけた。だが、詠唱が終わっても見た目には変化がない。不思議に思う男に彼女は笑った。

「これで、貴方以外にはこの指輪は見えません」

「ふむ。くれるのか？」

「もちろん。これは魔法具です。中に構成を詰めておきました。この石をずらせば発動します。一回限りですが、発動すると貴方を中心に一区画くらいは転移魔法が使えなくなります。出て行くのも入ってくるのも物を移動させるのも無理です」

婚約者の説明に男は目を丸くした。まじまじと嵌められた指輪を眺める。

「それはすごいな……この前の戦いのせいか？」

「まぁそうです。貴方が魔法士を相手にする際、転移と飛行は厄介ですからね。飛行はナークがいるからまだマシですが、転移は封じられたらその方がいいです。効果時間は十分間。使っちゃったらまた構成を詰めますよ」

「かなり助かる。ありがとう」

礼を言われてティナーシャははにかんだ。だがすぐに真面目な顔になると念を押してくる。

「転移封じは敵味方関係なくかかっちゃうので、使いどころは気をつけてくださいね」

「お前も転移できなくなるのか？」

「なります。私だけ免れるように作ると、どうしても弱くなっちゃうんですよ。それでは意味がないですからね。魔女並の力があっても阻害できるように作ったつもりです」

「分かった。気をつける」

オスカーは指輪を確認しながら頷いた。

先日ラヴィニアと戦った際には、次々刃物を転移されてかなりてこずったのだ。もし今後、強敵とまみえることがあるとすれば、この魔法具は強力な武器になるだろう。細かいことかもしれないが、過去を無駄にしない彼女の気配りがありがたかった。

ティナーシャは男を見上げると、蕩けるように微笑む。

「お誕生日おめでとうございます」

どこか幼さを感じさせる言葉。つまりこの魔法具が彼女からの贈り物なのだろう。彼女へ贈ったものとは対照的に実用を極めたそれに、オスカーは噴き出した。喉を鳴らして笑い出す王を、彼女は猫のような丸い目で見やる。

「え、どうしたんですか。何かおかしかったですか？」

「いや。お前は本当に面白いな。ありがとう」

オスカーは白い頬に手を添えて顔を寄せると、紅の塗られた唇に口付ける。

顔を離した時、ティナーシャは耳まで真っ赤になっていたが、それでも何が面白いと言われたのか怪訝そうなまま部屋を出ていった。


式典は定刻通りに始まった。

オスカーの隣に立つティナーシャは、彼の婚約者であると同時にトゥルダールの現女王でもある。次々と挨拶にくる諸国の招待客に対し、ティナーシャは柔らかな笑顔を浮かべたまま、いくつか確認するべき探りを入れていった。

トゥルダールは現在、制度変更の真っ最中であり、また先日禁呪への対抗勢力としてファルサスとセザルの戦争に介入したばかりだ。今の状況で諸国がトゥルダールにどういう態度を示してくるのか一通り確認せねばならなかった。

だが蓋を開けてみると、ファルサスでの式典とあって彼女とその国にかけられる言葉はほとんどが賞賛か祝福だ。さすがのタァイーリでさえも、王子が儀礼的な挨拶を述べてくるだけだった。

ティナーシャは人の波が切れると、隣の男に囁く。

「牽制の一言もないとは拍子抜けしますね」

「婚約してよかっただろ？」

「何というか……まぁ、はい」

小声で首肯するティナーシャは、けれど自分の姿がそれに一役買っていることには気づいていない。もし彼女が女王然とした姿であったなら、あるいは諸国の警戒を買ったかもしれない。だが、今日の彼女は可愛《かわい》らしいと言ってもいいくらい、外見年齢相応の可憐さを纏っているのだ。

婚約後、彼女が初めて公的な場に姿を現すということで様子を探りにきた人間たちは、男の隣でたおやかに微笑む彼女を見て一気に毒気を抜かれてしまっていた。中には本当に彼女が精霊継承時の女王と同一人物か疑った者もいたくらいだ。予想以上の効果に、計算してドレスを作らせたオスカーも笑いたくなる。彼は自分に向けられる視線に羨望が多く混じっているのを感じ取り、ささやかな優越感に苦笑した。

ティナーシャなどは女性陣からの嫉妬の目を嫌がっていたようだが、少なくともそれと同じくらいは自分も睨まれているとオスカーは思う。類稀な力と美貌を持つ女王を、あっという間に手中に収めたことで、彼を羨む人間は少なくなかったのだ。

「中身は爆発玉なんだけどな」

「え、なんですか急に。今日は窓を破壊したりしてませんよ」

「今日に限らず割るな。お前を御せるのは俺くらいだからな」

「事実ですけど、どうかしたんですか？」

ティナーシャはきょとんとした顔で彼を見上げる。

ちょうどその時、二人の前に一人の少女が歩み出た。ティナーシャは少女の顔を見て、小さく声を漏らす。先程中庭で会ったあの少女だ。銀髪の彼女は微笑みながら一礼する。

「お初にお目にかかります、両陛下。わたくし、オーレリア・カナウ・ナイシャ・フォルシアと申します。この度はガンドナより王の代理としてお祝いを申し上げに参りました」

「ご丁寧な挨拶、痛み入る。王にもよろしくお伝え頂きたい」

「もちろんでございます」

膝を折ってオスカーに答えた少女に、ティナーシャは艶やかに笑った。

「ティナーシャ・アス・メイヤー・ウル・アエテルナ・トゥルダールでございます。先程は失礼しました」

「こちらこそ。名乗りもせずに申し訳ございません」

怪訝そうなオスカーに、ティナーシャはついさっき彼女と中庭で出会ったことを教えた。説明しながら彼女は、あることを思い出す。

「そう言えば、お連れ様がいらっしゃるのですよね？」

「はい。わたくしの後見人が一緒に来ております。……トラヴィス？」

オーレリアが振り返って呼んだ名に、ティナーシャはあんぐりと口を開けた。驚きのあまり何か飲んでいたら噴き出してしまったかもしれない。隣ではオスカーがやはり唖然としている。

半分自失した二人の前に現れた輝くような銀髪の男は、優美な仕草で一礼した。


トラヴィスは顔を上げると、にやにやと笑う。

からかうようなその笑みに、ティナーシャより早く我に返ったオスカーは腰のアカーシアに手をかけた。いつでもそれを抜けるように意識しながら、トラヴィスを睨みつける。

殺気混じりの威圧にオーレリアがぎょっとした。オスカーは恫喝《どうかつ》に近い、低い声で言う。

「俺の前に再び現れようとはいい度胸だな」

「時と場所を弁《わきま》えた方がいいんじゃねーの？」

「ちょ、ちょっと待ってください。オスカー」

一触即発な空気にあわててティナーシャは間に入った。両手で二人の男を押し留める。

「そこをどけ、ティナーシャ」

「いや、不味《まず》いですって」

近くにいた招待客の二、三人が、異様な雰囲気を感じてか怪訝そうな視線を向ける。

ティナーシャは、笑っているトラヴィスと、その隣で目を丸くしているオーレリアを見やった。

少女は彼女の困り果てた視線にはっと気づくと、トラヴィスの腕を引く。

「トラヴィス！　悪さしないでって言ったでしょう！」

「今日はしてない」

「同じことよ馬鹿！」

オーレリアは男の耳を摑むと、思いきり引っ張って頭を下げさせた。自分も深く頭を下げる。

「彼が何をしたかは存じませんが、私の責任も同様でございます。申し訳ございません」
十五、六歳の少女に頭を下げさせられている最上位魔族。
そのあんまりな光景に、オスカーとティナーシャの二人は顔を見合わせた。当のトラヴィスは
「痛い、放せ」と毒づいているが、その度にオーレリアは指の力を強めているようだ。

どう反応すべきか困惑したファルサス王は、隣の婚約者に腕を引っ張られて半歩下がった。ティナーシャは顔の前で両手を合わせて懇願する。

「気持ちは分かりますが収めてください。お願いします」

彼女の心底困った顔に、オスカーはようやく冷静さを取り戻した。感情を統御して押し殺すと、オーレリアに向かって声をかける。

「こちらも失礼した。問題はないので頭を上げて頂きたい」

「ご寛恕《かんじょ》頂きありがとうございます」

少女は頭を上げると、灰青の瞳を揺るがせながら王とティナーシャを見た。だが彼ら二人共が既に感情の見えない目をしている。

王は澄ました顔のトラヴィスを一瞥すると、形式的な礼をしてその場を立ち去った。ティナー

シャは一瞬何か言いたげにオーレリアを見たが、何も言わず苦笑するとその後を追う。

二人の背を見送ると、オーレリアは他の人間からは見えないように隣の男の脇腹を肘でついた。

「一体何したのよ！」

「あの女とは旧知なんだよ。少し苛《いじ》めてやったことがある」

「……最悪」

オーレリアは深く溜息をついた。彼女の後見人であるこの男は、その美貌と性格のせいで女性関係の揉めごとが絶えないのだ。あの美しい女王もその中の一人だったのだろうか——オーレリアは心配と怒り、そしてわずかな嫉妬の入り混じった目を男に向けた。

「恋人だったの？」

「まさか。ああいう自己完結した女は好みじゃない」

トラヴィスはそう軽く返して、しかし何かに気づいたように眉を上げた。じっと少女を見つめる。

その視線に居心地の悪さを感じてオーレリアは身じろぎした。

「な、何？」

「まぁ気に入ってると言えば気に入ってるな」

「……ふぅん」

面白くなさに、彼女は声を沈ませる。

別段不思議なことではない。あれほどの美人ならば気にならないはずがないだろう。

オーレリアは、中庭で出会った時の女王の様子を思い出す。ティナーシャは、見知らぬ自分が何かを探していたからというだけで下りてきてくれたのだ。

温かい優しさ、完成された大人の貌。きっと、皆が彼女を好きになるのだろう。

オーレリアは目を閉じた。埒もない考えに胸が痛む。だが彼女は既に婚約者がいる身なのだ。うつむきかけた少女の頭をトラヴィスは軽く撫でた。

「いい子にしてろよ」

「子供扱いしないでよ」

「まだ子供だろ。いい子にしてれば守ってやる。絶対だ」

強い声。男がどんな表情をしているのか、見上げる気にはなれない。

それでも彼女は男の言葉を信じて、ただ頷いた。

※

式典が一段落つき客が帰り始めた頃、ファルサス城の遥か上空では二人の男女が向かい合って浮いていた。女が美しい眉を顰めて苦言を呈する。

「ああいう悪趣味な悪戯はやめてくださいよ……」

「俺は王位継承者の後見として来ただけだ。いちゃもんつけるなよ」

「すごい言い草……さすが人外……」

白々と言ってのける男に、ティナーシャは盛大に溜息をついた。痛むこめかみを押さえる。

「あの後私もかなり絞られたんですよ。勘弁してください」

「心が狭い男が結婚相手でよかったな。それよりお前に用事があるんだよ」

「何ですか」

投げやりなティナーシャに、トラヴィスは人の悪い笑みを浮かべた。まっすぐ彼女を指差す。

「――お前の命の貸しを清算してもらう」

その言葉の意味を頭で理解するより先に、ティナーシャは戦慄した。

今まで彼女は二度、彼に殺されかけたところを見逃してもらっているのだ。その清算が今求められている。ティナーシャは素早く構成を組みかけた。

しかしトラヴィスは、手を振ってそれを遮る。

「はやるな。俺は殺さねーよ。それより頼みがある」

男の言葉にティナーシャは眉を顰めた。構築途中の構成を消しながら首を傾げる。

「何ですか？」

「お前には俺の女の身代わりになってもらう」

「はぁ!?」

まったく意味がのみこめない。ティナーシャは、先程会った可憐な少女を思い出す。おそらく彼女が「俺の女」なのだろう。まだ幼さが残っているが、確かに不思議な魅力のある少女だった。芯は強そうだし利発さが感じられる。

だがそれがどうして突拍子もない話に繋がるのか。ティナーシャは首を捻った。

「何ですか身代わりって」

「どうやら厄介な女が起きたみたいでな。その女がオーレリアを殺しに来る可能性がある。その前に俺がそいつを殺しに行くが、俺がいない間そいつの手下が来るとまずい。護衛はつけとくが安心できないからな。だからお前を俺の女ってことにしとく」

「……ええー」

限りなく迷惑で身勝手な話だ。巻きこまれるオーレリアも気の毒だ。頭痛がし始めて、ティナーシャは再びこめかみを押さえた。

「厄介な女ってどんな人なんですか」

「俺と同じだな」

「性格が歪んでるんですか？」

「ちげーよ。俺と同じ位だってこと」

「って……最上位魔族!?」

「まぁな。結構粘着質で困る」

「……貴方の女性関係ってどうなってるんですか」

かつてティナーシャが殺した魔女も、この男のかつての恋人であったらしいのだ。ひどい捨て方をされたのか魔女は彼を毛嫌いしていたようだし、彼も召喚された時の契約で魔女を殺せなかったのだという。だからティナーシャが魔女を殺したのは、彼にとってはちょっとした幸運だったのだ。

頭を抱える彼女に、トラヴィスは当然のように言い放った。

「つーわけでお前に拒否権はないから」

「待って待って待って」

ティナーシャは両手を前に出して押し留める。よりにもよって別の最上位魔族の標的になれと言われているのだ。はい、そうですかと即答できるはずがない。

しかし反論は許されなかった。トラヴィスは呆れた目でティナーシャをねめつける。

「阿呆《あほう》かお前。これで貸しをちゃらにしてやろうってってんだから安いもんだろ」

「そうかもしれませんけど……」

「それにお前、ファルサスに嫁ぐとか面白いことをやってくれるじゃねーか。トゥルダールとファルサス、どっちがお前の国だ？　言ってみろ」

その言葉の意味を悟ってティナーシャは青ざめた。

トラヴィスは以前、魔女を殺した礼として、「彼女の国には手を出さない」と約束したのだ。ずいぶん上からの物言いだが、それが魔族の王というものだ。だが彼女がファルサスに嫁いだ時、彼女がどちらを自分の国として選ぶのか、選ばれなかった方には何かしてやると、トラヴィスは暗に脅しをかけているのだ。

ファルサスはガンドナと国境を接している。できるならトラヴィスの介入は阻止したい。だがそれでトゥルダールに手を出されるのも避けたかった。

「お前が引き受けるなら二国ともお前の血が続く限り不可侵ってことにしてやってもいいぞ？　俺

にとっては国の一つも二つも変わらねーからな」

「うう……」

トラヴィスから出されたにしては破格の条件だ。もっともそれは彼自身が災厄という前提が問題なのだが。

ティナーシャは腕組みをする。ふとトラヴィスを見やると、彼はいつもの余裕たっぷりな笑みを浮かべていた。ただそれはどこか意識してそう見せているようにも感じられる。

「――貴方にとってオーレリアって何なんですか？」

「何だよ、いきなり」

「いや、参考までに」

聞かれた男は至極嫌そうな顔をした。つっぱねようとして、しかしティナーシャの真っ直ぐな目に舌打ちする。

「別に。気に入ってるからついてるだけだ。まだ子供だし死なせるのは惜しい」

「ふむ」

「やるのかやらねーのかどっちだ」

「やりますよ」

ティナーシャは首を竦めながら即答した。

面倒な案件とは言え、この男から出る中では最高の条件と言っていいだろう。肝心の最上位魔族自身はトラヴィスが相手取ってくれるし、ティナーシャには精霊もいる。悪い取引ではない。

それに、彼女もオーレリアを死なせるのは惜しいと思い始めている。かつて自分が助けられた子供であったように、あの少女の力になってやりたい。何より、この男が少女に執着を見せているのも気になるのだ。あるいはオーレリアこそが彼を変えていく人間なのかもしれない。

トラヴィスはティナーシャの了承を聞いて、一瞬だけ黒い目に安堵を浮かべた。しかしすぐにいつもの嘲笑に戻る。

「じゃちょっと胸元開けろ」

「何でですか」

「服で隠せる場所の方がいいだろ。ぐだぐだ言ってると破くぞ」

「そ、それは困ります」

何しろオスカーからもらったドレスのままなのだ。ティナーシャは躊躇しながらも素直に前の釦を三つほどはずした。白い肌の中でも取り分け白い胸の間をトラヴィスは指差す。

「――咲け」

一言だけの詠唱と共にそれは現れた。子供の手の平ほどの紋章。滑らかな肌に赤い痣《あざ》となって浮かび上がったそれは、浮き立つように毒々しく鮮やかで、薔薇の花のようにも見えた。

「これでいいな。俺のものだっていう印だ。魔族にはすぐ分かる」

「うわぁ……後で消えるんでしょうね」

「終わったら消してやるよ。せいぜい死なないように頑張れ」

「はいはい。これ、オーレリアにもあるんですか？」

「あるわけねーだろ」

男はぶっきらぼうに言い残すと姿を消した。彼女は目を丸くして、男のいた場所を見つめる。

「何というか……意外の極み」

今まで人間を遊び相手の虫程度にしか思っていなかった男が、一人の少女をまるで宝物のように扱っているのだ。男の気紛《きまぐ》れに二度も死にかけたティナーシャは、可笑しいような怖いような気持ちで広がる空を眺めると、声を上げて笑い出した。


式典は二十分ほど前に終了し、客は城に泊まる者を除いて皆が帰って行った。

後片付けに関わっていたラザルは、広間を出ようとして主人に呼び止められる。

「ティナーシャを知らないか？」

「いえ、存じません」

そういえば彼女はいつの間にかいなくなっている。ラザルは首を捻った。

「探してきましょうか」

「そうだな……頼む。着替えをした部屋か俺の部屋が怪しいかな」

「かしこまりました」

王の表情が晴れないのは、ガンドナからの客と揉めかけたせいだろう。オーレリアと彼女の連れは既に帰国したことが確認されている。だがそれでも心配そうな主人の命を受けて、ラザルはまず彼女に与えられた部屋を訪ねた。だがそこに誰もいないと分かると王の私室に向かう。

「まさか何も言わずにトゥルダールにお戻りになってはいないんだろうけど……」

廊下を行くラザルは、その時おかしな声を聞いて足を止めた。耳を澄ませると確かに猫の鳴き声のような細い声が聞こえてくる。

その声に導かれるように廊下を曲がった彼は、見張りの衛兵が立つ角の少し手前、柱の陰に隠すようにして大きな籠が置かれているのを見つけた。

――もしかして猫が捨てられているのだろうか。

そんな期待を持って彼は籠を覗きこむ。上には白い布が被せられているが、声は間違いなくこの下から聞こえるようだ。

意を決して布を取ったラザルは、思わず叫びそうになって何とかその声をのみこむ。

――籠の中には、生まれて三、四ヶ月と思しき赤ん坊が寝かされていた。

青い瞳が突然開けた視界をまじまじと眺めている。泣き止んでいるのは驚いたためだろうか。ラザルは大きな目と視線があって息を止めた。

「嘘……迷子……じゃないよね」

彼はおろおろと辺りを見回したが、辺りには誰もいない。とりあえず抱き上げようかと籠の中に手を伸ばした時、ラザルは中に手紙が入れられているのを見つけた。手に取ってみると封も何もされていない。ただ折りたたんだだけの手紙だ。

宛名はファルサス王宛になっていた。手紙を広げたラザルは、短い文に目を通す。

「……ッ」

絶叫が、口をついて出かけた。そこには信じられない内容が書かれていたのだ。

しかし彼の叫び声より早く、赤ん坊が再び泣き始める。火のついたような泣き声にラザルはあわてた。赤ん坊を抱き上げようとするが手紙が邪魔だ。

「私が持ってますよ」

「あ、ありがとうございます」

後ろから出された手に手紙を渡すと、ラザルは赤ん坊を腕に抱きあやし始めた。

しかしほっと息をつくと同時に硬直する。――一体誰に手紙を渡してしまったというのか。

彼は恐る恐る後ろを見て、そして今度こそ絶叫した。

そこには探していた王の婚約者が立っていたのだ。

「――ぁぁぁあああ！」

「うわっ!?」

突然叫ばれたティナーシャは手紙を持ったまま両耳を押さえた。彼女は手を下ろすと眉を顰めてラザルを見やる。

「赤ちゃんがびっくりしちゃうじゃないですか。どうしたんですか」

「て、手紙……手紙を……」

「手紙がどうかしたんですか？　読めばいいんですか？」

「ち、ちが……」

上手く止められないラザルの目の前でティナーシャは手紙を開いた。闇色の目が紙を見つめる。

「これって……」

「ま、待ってください、ティナーシャ様」

「何の騒ぎだ。ティナーシャもいるじゃないか」

ラザルの叫びを聞きつけたのか、オスカーが廊下の向こうから歩いてくる。主人の登場をラザルは助けと見るべきか事態が悪化したと見るべきか分からなかった。

王は、眉を寄せている婚約者とその隣で泣き出しそうな顔の従者、そして彼が抱いている赤ん坊を順に認めると、呆れた顔になった。

「何だその赤ん坊は。どこから連れてきたんだ」

王の問いに答える代わりに、ティナーシャは手に持っていた紙片を差し出した。

オスカーはそれを受け取って開く。そこには女の筆跡で、この赤ん坊が王の子供であることと、子供をよろしく頼む旨が書かれていた。

「……は?」

女自身の名前はない。オスカーは思わず唖然として紙を取り落としそうになった。しらっとしているティナーシャに向かって、かろうじて呟く。

「俺じゃないぞ」

「そ、そうですよ！　陛下はそんなへまはしませんって！」

ラザルの弁解は余計墓穴を掘っているだけだ。オスカーは彼の頭を軽く殴った。

予想外な事態に動転する男二人を、ティナーシャは冷ややかな目で見返す。

「……貴方たち、私を馬鹿だと思ってませんか？　どう考えても計算が合わないじゃないですか」

言われて二人は顔を見合わせた。

そういえばそうだ。ティナーシャが二ヶ月ほど前に解呪をするまで彼の子供は生まれようがなかったのだ。解呪後まもなく呪いの制限を受けない彼女と婚約したことで、すっかり失念していた。

ラザルは安堵の実感もないままに呟く。

「えーと、じゃあつまり……」

「捨て子か？」

三人は沈黙する。

ラザルの腕の中で泣き止んだ赤ん坊は、怪訝そうに周りの大人たちを見上げていた。


とりあえずラザルによって赤ん坊が女官たちのところに連れて行かれると、オスカーとティナーシャは王の私室に戻った。王は手紙を見ながら忌々しげに溜息をつく。

「誰の仕業だ、まったく」

「心当たりないんですか？」

「ない。筆跡にも見覚えないし、差出人の名前もないしな」

普段であれば見知らぬ人間が城内にいれば誰かが気づくだろうが、今日は他国の人間も出入りしている。一応調べさせてはいるが、めぼしい情報は出ないかもしれない。

ティナーシャは宙に浮かび上がると小さく唸った。

「今って確か、両者の同意がないと子供はできないんでしたっけ」

「実質そうだな。どちらかが魔法薬を飲んでいれば妊娠しない。四百年前は違ったのか？」

「そういう薬はなかったですね。三百年位前に作られたみたいですよ」

開発時の記録に拠《よ》ると、避妊の魔法薬は東国のメンサンで不妊治療の研究中に副産物としてできたものらしい。今では安価で広まっているが、このことが意味するのは「望まれない子供の誕生は、四百年前と比べてかなり減っている」ということだ。

——ならば何故あの子供は遺棄されたのか。

「あ……そういえば、オーレリアが『赤ちゃんの声がする』って中庭を探してました」

「声がした？　いつのことだ？」

「式典が始まる前です。けど、赤ん坊の入城記録はないんですよね？」

「そうだな……。誰かが来客に紛れて連れてきたってところか」

——誰が、何の目的で赤子を捨てたのか。

ティナーシャは悩みながら空中で一回転した。長いドレスの裾を引きながら男の前に降り立つ。

「あの子、私が預かりましょうか？」

「何でだ？　ここでも面倒見る人間はいるぞ」

「いえ。どうして今で、貴方宛なのかと思って……何かの企みなのかもしれません」

「怪しいところでもあったか？」

「特には感じられなかったんですけどね」

ティナーシャは肩を竦めた。心配性と言われても仕方ないが、とにかく何でも疑ってかからないといけない。そんな彼女の不安を感じ取ってか、オスカーは苦笑した。

「だとしてもヴァルトとかいう男の仕業じゃないだろう」

「何でですか？」

「あの男は俺の呪いのことを知っていただろう？」

「あ！　そうか……」

どこから情報を得ているのか、ヴァルトは異様なほど様々な事情を知っているのだ。彼はオスカーの呪いのことも知っていてデリラを送りこんできた。今回もヴァルトの仕業であれば、すぐに嘘と分かるような手紙を赤子に添えたりはしないはずだ。

「そっか……じゃあ別口ですね」

ティナーシャは眉を寄せながら再び浮かび上がろうとした。

だが服の裾を男に摑まれてあわてて高度を下げる。彼女は繊細な生地を庇って男の腕の中に抱き取られた。そろそろ着替えた方がいいのかもしれない。

オスカーは幼児を扱うように彼女を抱き上げながら、右手を白い頰に添えた。

「まぁファルサスでしばらくは様子を見る。母親の気が変わって迎えに来るかもしれないからな」

「……そうですね」

彼は優しい、とティナーシャは思う。

甘やかすだけではない、強さを伴った優しさを持ち合わせている。それは彼女にはないものだ。

ティナーシャは男の青い目を見つめる。

日が落ちたばかりの、澄んだ夜空の色だ。

彼の強さが、意志が、真っ直ぐな姿勢が彼女を捕らえてやまない。皮肉で意地悪なところも、彼女を子供のように御するところも、腹立たしいくらい惹きつけられている。

彼の存在が、戦うための力と休息の安堵をくれる。たとえ一人の時でも強く在れる。

——だから彼女はこの掴《つか》み所《どころ》のない感情を、愛しさと呼ぶのだ。

見つめていては気が遠くなる気がして、ティナーシャは目を閉じた。代わりにそっと男の唇に口付ける。涙が零れそうな熱を堪えた。

オスカーは顔を離した女を見上げると苦笑する。

「急にどうした？」

「え、何がですか」

「泣きそうな顔してるぞ。泣き虫」

図星を指されてティナーシャは唇を曲げる。だが彼女は少し首を傾けると微笑し直した。

月のように清冽な微笑。長い年月を含んで静かな表情は、すぐに照れを含んだはにかみに変わる。

「幸せですよ」

そう彼女は、男の耳元に囁いた。

空は赤く染まり始めている。ティナーシャは床に降りると時計を確認した。その様子に気づいて、着替えに向かいながらオスカーが問うてくる。

「何だ、用事があるのか？」

「いえ今日は特には」

「じゃあ泊まって行けばいい」

「そうですね……」

一度部屋に戻ってドレスを脱いでこよう——そう決めた彼女は、扉に向かいかけたところで、男に手を取られた。

「どこに行くんだ？」

「着替えてくるんですよ。せっかく頂いたので汚したくないんです」

「後で持ってこさせるからここにいればいい」

オスカーは彼女を後ろから抱きしめた。剝き出しになっているうなじに口付けを落とす。

眩暈を伴う感覚に力が抜けかけたティナーシャは、だが男の手に喉を撫でられ一瞬で我に返った。

忘れてはいけなかったことを思い出す。

彼女はあわてて身をよじると、男の腕の中から逃れた。怪訝そうな彼から後ずさって距離を取る。

「すみません、用事を思い出しました。今日は帰ります」

「何だ突然」

「いえ……持病の予定が……」

「お前……女王のくせにもうちょっとうまい言い訳は思いつかなかったのか？」

ティナーシャは引き攣った顔で胸元を押さえる。

そこには今、消えない痣があるのだ。目くらましの魔法も効かないほど強固に焼き付けられたそれは、別の男の所有を示す印だ。オスカーにばれたらどれほど怒られるか見当もつかない。

けれど彼は、ティナーシャの強張った顔を別の意味に取ったらしい。顔を顰めて溜息をつく。

「何だ、やっぱり怒ってるのか？」

「へ？　何をですか」

「さっきラザルがつまらんことを言ってただろう」

「あー……」

そういえば、彼ら二人で仲良く墓穴を掘っていた。あの時は話の本筋に全く関係がないのでティナーシャも流してしまっていたのだ。よくよく反芻すると愉快な話ではなかったが、かと言って怒るほどの話とも思えない。彼に過去恋人がいたとしてもさほど不思議ではないし、むしろ当然のことだろう。

しかしティナーシャは軽く手を打つと頷いた。にっこりと笑ってみせる。

「うん。怒ってる。だから帰りますね！」

「お前……ちょっと待て」

「嫌です。ではまた今度」

さっさと答えると、不審に思われないうちに彼女はその場から消え去った。

あっという間の退場に男は啞然と目を瞠る。残されたオスカーは、婚約者が真意を誤魔化していったことに気づかぬまま、結局その日は頭を抱えて眠ることになったのだ。

※

トゥルダールの自室にティナーシャが転移して戻った時、そこにはミラとカル、そしてリリアが揃ってお茶を飲んでいた。普段は呼ばなければ現れない精霊だが、ティナーシャが国を空ける時にはいつも誰かしらを呼び出して危急事用に待機してもらっているのだ。

「あれ、ティナーシャ様お帰り？　泊まってくるかと思ってたよ」

言いながら振り返ったミラと他の二人は、主人を見た瞬間驚愕に凍りついた。

リリアの持っていたカップが、床に落ちて二つに割れる。

「ティ、ティナーシャ様っ！　何それ！　何があったの!?　ってか純潔か、ちょっと安心した！」

「あ、やっぱり貴方たちにはこれが見えるんですね……」

ぎりぎり予想の範囲内の反応に、ティナーシャは苦笑いをする。

彼らには服の上からでもこの刻印が見えるのだろう。そしてその紋章が誰のものであるかも。

カルが心配そうに声をかけてくる。

「お嬢ちゃん大丈夫？　何があったの？」

「色々あったんですよ」

ティナーシャは寝台に歩み寄ると縁に腰かけた。三人の精霊に事の顚末《てんまつ》を説明する。

魔族の王との取引を聞いた三人は、それぞれがかなり嫌そうな顔になった。

「あの方が起きられたの……？　最悪ね」

割れたカップを組み立てながら吐き捨てたのはリリアだ。ティナーシャは薄い肩を竦めた。

「トラヴィスの言ってる人を知ってるんですか？　どんな人です？」

「うーん、一言で言うと……」

三人の精霊は顔を見合わせると同時に口を開いた。

「陰湿」

「驕慢《きょうまん》」

「嗜虐《しぎゃく》」

「うーわー」

中々趣味のいい取り合わせだ。だが最上位魔族ともなればそれが当然なのかもしれない。トラヴィスを形容したとしても、似たり寄ったりの単語が並ぶだろう。

カルは頰杖をつくと疲労感溢れる目になった。

「ここはお嬢ちゃんの結界があるから名前呼んじゃうけどさ。その方……ファイドラ様っていうんだけど、昔っからトラヴィス様に執着してってさ。わざわざ人間階に現出して周りの人間を殺したことも何度かあるらしいんだよね」

「あはは。ティナーシャ様みたいだよね。執着しすぎ」

「私は恋敵を殺したりしませんよ！」

比べられるにしてもひどすぎる。主人の反駁《はんばく》に、しかしミラは小さく笑った。

「違う違う。ファイドラ様にとって人間なんて恋敵じゃないよ。ティナーシャ様だって恋人が日がな一日ずっと蟻《あり》の巣眺めて弄《いじ》ってたら腹立つでしょ？」

「それは正気を疑いますね」

——頭が痛くなる。

つまり上位魔族にとっては、人間は本当に虫にも等しい存在なのだ。だから興味も持たない。関わらない。そんな中にあって最上位の男が人間に興味を持って共に暮らしているなど、例外の極みだろう。彼を思う同族からしたら耐えられなくても無理はない。

ティナーシャは見も知らぬ魔族の女性に同情しながら、しかし理解できなさに頭を振った。

「私はどんなに変な趣味でも、相手の大事にしてるものを壊そうなんて思いませんけどね……」

「そこは性格の違いでしょう。ファイドラ様も放っておけばいいのに」

「まぁトラヴィス様が殺しに行くって言ってるなら心配いらないんじゃないか？　あの方の方が強いし。手下だったらティナーシャ様一人でも捌けるくらいだろ」

「だねー。まぁいつでも呼んじゃってください」

軽く手を振る精霊を見ながら、ティナーシャは深く溜息をついた。彼ら一人一人を順に見つめる。

少しの逡巡を乗り越えて、女王は言葉を滑り出させた。

「……やっぱり貴方たちにとっても、人間って虫けらなんですか？」

主人の問いに三人は顔を見合わせる。

一瞬の沈黙。不安そうなティナーシャの視界で、だが三人は楽しそうに笑い出した。

「な、何ですか」

「いや、俺たちってこっち暮らしが長いからさ。段々慣れて来ちゃったよ。人間面白いし。お嬢ちゃんのことも好きだな」

「元々契約を受けたくらいだから変り種なのよ、私たちって」

「そういうこと。嫌だったらトゥルダールの契約が解かれた時に帰ってるって」

それぞれの言葉と思い。だがそこには共通する温かさがある。

ティナーシャは丸くなった目をほっと和らげると潤む視界を閉じた。

「ありがとうございます……」

四百年前も今も、共にいてくれる精霊たち。大事な友人である彼らのことを思いながら。

9. 未来から想われる今日

月が青白い光を地表に注いでいる。

トゥルダール城都北西近郊の町は、浸すような闇の中、深い眠りについていた。

時折、犬の遠吠《とおぼ》えが聞こえる他には何の音もない。静寂がそこかしこに満ちている。

だが月光が照らす街はずれの草むらでは、ゆっくりと蠢くものがあった。

あまりにもその動きは緩やかで、ぱっと見ただけでは誰も何にも気づかないだろう。

けれど確かにその芽は月光を吸って魔力を帯び、少しずつ成長し始めていたのだ。

※

仰臥《ぎょうが》した彼女の視界に映るのは、一人の見知らぬ男だ。

すぐ傍らに立つ彼は、優しげな微笑の中に歪みを孕ませながら彼女を見下ろしている。

男は何かを囁くと手に持っていたものを振り上げた。天窓からの月光を反射して光るそれは、鋭く研がれた短剣だ。何の躊躇もなく自分の腹めがけて振り下ろされる凶器に、彼女は悲鳴を上げた。

「いやあああああッ！」

叫び声と同時にオーレリアは飛び起きる。

そこは屋敷にある自分の部屋だ。周りには誰もいない。彼女一人だ。もちろん何の怪我もない。あまりにも現実味を帯びた夢だった。彼女は震える体を抱きしめた。汗が全身に滲んでいる。

「ゆ……め……醒《さ》めてよかった……」

その時、不意に扉が外から叩かれた。元々激しかった動悸《どうき》が一瞬止まりそうになる。

「オーレリア、どうした？」

入ってきたのはトラヴィスだ。少女は彼の顔を見てようやく現実の実感に安堵する。

「夢を……刺される夢を見たの……あの人の……」

「お前、あの女の過去を見たのか」

トラヴィスは舌打ちした。

異能の持ち主である少女の過去視は、普段は彼が封じているが、たまに対象の意識が強烈な場合封印をすりぬけて入ってきてしまうのだ。そういう人間は強力な魔法士に多いのだが、ティナーシャなどは特例の当てはまる最たる人間だ。彼がちょうど目を離した時に、二人が出会ってしまったのは不幸な事故だろう。

「抜いてやるよ。あの女の過去はよくない」

トラヴィスは言いながら寝台の傍に歩み寄った。少女の額に手を当てる。彼女は戸惑いながらも目を閉じた。彼は少女の貌を見下ろす。

——小さな白い顔。

まるでか弱い命だ。彼が望めば一瞬で塵《ちり》も残さず消え去るだろう。

トラヴィスは慎重に少女の記憶に干渉しながら、未完成な容姿を眺めた。

今彼女を殺したら——彼女は永遠に彼の記憶に残り、その喪失を以て苛むに違いない。

彼女にはそれだけの力が有る。脆い体に煌くような意志を乗せているのだ。

何故彼女に執着するのか、自分でも分からない。ただ彼女が、震えながらも自分で立とうと足掻《あが》く、その姿にいつの間にか捕らわれてしまった。

最後の最後まで彼女は自分自身を捨てない。弱い生き物だ。だが何よりも強い。

だから必要とされるなら、どれ程の犠牲を払っても守ってやるつもりでいた。彼女が自分の名を呼ぶ度、何かが変わっていくような気がしているのだ。

トラヴィスは庇護《ひご》する少女の名を囁く。彼女は顔を上げた。

「何？」

「俺はちょっと屋敷を空ける。護衛は置いとくからいい子にしてろよ」

「どこに行くの？」

「いいとこ。すぐ戻るさ」

「何それ。悪さしにいくんじゃないでしょうね」

「しねーよ。信用しろ」

「無理」

少女の即答に、トラヴィスはいつものように嫌な顔をした。だがすぐに、珍しくも真面目な表情を浮かべる。

「もし留守中に知らねー奴が俺のことを聞きにきたら、俺はあの女を気に入ってるって言っとけ」

「あの女って……トゥルダールの女王陛下？」

「そう。それでお前は絶対屋敷から出るなよ」

「う、うん」

オーレリアは気圧《けお》されて頷く。少女の目に不安を見て取ったトラヴィスは、安心させるためにふっと笑った。彼女の髪を撫でる。

「分かったらもう寝ろ。隈ができるぞ」

「それは嫌」

オーレリアは横になると男の姿を見上げた。月光が彼の姿を暗く見せている。

「戻ってくる？」

「当たり前だろ。すぐ戻る」

——彼は、肝心なところでは一度も嘘をついたことがない。

だからオーレリアは今回もその言葉を信じた。

少女は目を閉じると夢のない眠りの中に落ちていく。

そして彼女が翌朝目覚めた時、彼の姿は既に屋敷のどこにもいなかった。

※

朝起きて、半分寝たまま風呂に入ったティナーシャは、一時間後ようやく血の巡り始めた体を動かして姿見の前に立った。白い華奢な裸身。その胸元に咲く鮮やかな紋章を見て皮肉げに微笑む。

「隠せる場所だからいいですけど……派手ですよね」

「元々誇示するためのものだから仕方ないわ。名前を書いてあるのと同じですし」

主人の嘆息に、背後にいたリリアが返した。精霊は着替えをティナーシャに手渡す。

「あまり薄地の服を着ない方がいいわ。透けて見える」

「危ないから消えるまではファルサスに行けませんね」

「アカーシアの剣士が知ったら皮を剝がれるかもね」

「冗談と笑い飛ばせないんでやめてくださいよ……」

さすがに皮は剝がれないだろうが、剝ぎたくなるくらい怒られるかもしれない。何しろオスカーはトラヴィスをこれ以上ないくらい嫌っているのだ。知られないことが肝要だろう。

ティナーシャは首元まで詰まった黒い魔法着を着る。

「これ、解決するまでどれくらいかかるんでしょうね」

「さぁ……トラヴィス様次第でしょう」

「まったく予測不能です」

天井を仰いだティナーシャは、しかしさっそくその日の午後、第一の襲撃を受けた。

執務室で仕事をしていた女王は不意に顔を上げた。

何かが城の上空に張った結界に接触したのだ。部屋の隅に座っていたミラが視線を送ってくる。

「来たわ」

「みたいですね」

ティナーシャは立ち上がる。同時に部屋の中央に一人の男が転移してきた。転移座標未指定での強引な転移は、上位魔族ならではだろう。

細身の男は真っ直ぐにティナーシャを、正確には紋章がある胸元を見つめる。鮮やかな青紫色の髪をした男は、卑小なものでも見るように残酷な笑みを浮かべた。

「お前があの方の今の人形か？」

「……まぁ、よく遊ばれてる気もしますね。どういったご用件で？」

「その紋章が忌々しいと、我が主が仰るのでな。元より儚き命、いつ散らしても構わぬだろう？」

「半分は同感です。でも――」

ティナーシャは笑った。両手を広げる。

一瞬で組まれる構成と呼応して、部屋の中に隠されていた巨大な構成が浮かび上がった。床の上に銀糸の魔法陣が現れ、男を中心として力が現出する。

この時初めて男は、この部屋が周到に用意されていた待ち伏せの場であったことを知った。

女王は嫣然《えんぜん》と微笑みながら右手を差し伸べる。

「──それは今じゃない」

白い指が鳴らされる。力が弾ける。

男は叫び声を上げる間もなく驚愕の表情のまま破裂した。赤黒い血肉と黒い霧のような残滓が部屋中に飛び散る。それらの飛沫は精霊が張った結界に当たって床に落ちていった。

「呆気ないなぁ」

ミラが笑いながら手を振ると、残滓ごと結界は消え去る。女王は座りなおしながら苦笑した。

「これくらいの敵なら何人来てもいいんですけどね」

「時間の無駄って気もするよ」

元々魔法戦は、相手が人であろうが魔族であろうが、策が勝敗に大きく影響すると思っているティナーシャだ。いくら上位魔族でも来ることが分かっていれば迎え撃つのはそう難しくはない。

部屋に構成を張りなおしながら、しかし彼女は「あのトラヴィスから頼まれたことがこんな簡単に終わるものなのだろうか」と、不吉な考えを巡らせていた。

※

「ダナンが消された……」

淡々とした呟きには感情が見られなかったが、普段の彼女を知る者にそれは、呆然としているようにも聞こえた。周囲に控えていた者たちが身を固くする。

玉座に座る女は絵に描かれたような美しさで、しかしそれよりもっと非現実的だった。

白金の長い髪が緩やかに波打って床まで達している。薄青い瞳は、澄んだ海を閉じこめたような輝きを保っていた。

二十歳前後に見える女はしかし、その実年齢は優に千歳を越えている。魔族の頂点に立つ存在のうちの一人なのだ。

彼女は頬杖をつくと、一番近くに跪《ひざまず》いている男へ声をかけた。

「今度の人形はどんな女なのかしら」

「人間としては強い魔法士のようです。ただ……十二人の同族を使役しています」

恐る恐るもたらされた言葉に女は眉を寄せた。唇が嘲笑を形作る。

「十二人？　虫けらに使役されるなんて屑《くず》も同然じゃない。恥さらしめ。ついでにそいつらも葬ってやろうか」

「――まぁその前に、俺がお前を葬るけどな」

突然の声に全員が騒然となった。

視線が広間の入口に集まる。そこに立つ銀髪の男は、美しい貌に侮蔑の笑いを浮かべていた。

女が驚きと喜びの入り混じった顔で立ち上がる。

「トラヴィス……来てくれたの？」

「こんなところまで俺を来させるなんてお前くらいだな」

男の言葉に女は微笑しながら踏み出した。だがそれを彼は鼻で笑って押し留める。

「いい加減俺に纏わりつくのはやめてもらおう。ファイドラ、お前に付き合うのはこれっきりだ。――ばらばらになっちまえよ」

それは、残酷な宣告だった。

女の顔が凍りつく。

次の瞬間広間を強大な力が切り裂いた。

※

赤ん坊の泣き声が微かに聞こえる。オスカーはそれに気づいて唇の片端を上げた。

彼宛に遺棄された赤ん坊は男の子で、名前は便宜上イアンと呼ばれている。

式典から二日が経ったが、未だに有力な情報もなければ名乗り出てくる親もいない。そのため今でも城で、女官たちが交代で面倒を見ている状況だ。

書類を整理していたラザルが、王の表情を見て耳を澄ます。

「結局、親が見つからなかったらどうしましょうか」

「城下ででも育てるか。養い親を探すさ」

ラザルはほっとした顔で頷いた。幼馴染のその顔をオスカーは睨む。

「それよりティナーシャがへそを曲げた件について、お前にどう責任を取らせるか考えている」

「じ、事実じゃないですか」

「事実で、余計なことだな。何時間くらいなら逆さ吊りに耐えられそうだ？」

「一時間でも無理です！」

ラザルは全力で首を横に振った。あわてふためく幼馴染をオスカーは半眼で見やる。王が書類に視線を戻すと、ラザルは改めてうなだれた。

「それにしても……まさか本気でご機嫌を悪くなさるとは思いませんでした」

「嫉妬深い奴だって知ってるだろう。窓が割れないだけマシだった。いや、もしかして割ってくれた方が機嫌の直りが早かったか？　今度から割る用の窓を用意しとくか」

「それ余計怒られますよ。けど、私が失言した時は特に気になさっていなかったんですけどね……」

「失言って自覚はあるのか」

軽口で返しながらオスカーは思い返す。

確かに彼が言うまでティナーシャはそれをまったく気にしていないように見えたのだ。或いは、気にしてはいたがそれを表に出していなかったかのどちらかだ。

だが彼女が「用事を思い出した」と言い出したのは、彼がそのことに触れる前だ。

——なんだか引っかかる。何かが怪しい。

オスカーは眉を顰めた。

「まぁ、今度会ったら聞いてみるか」

彼はそう言うと次の書類を手に取った。ラザルはほっと胸を撫で下ろす。

赤ん坊の声がいつの間にか大分近く聞こえている。女官があやしながら歩いているのだろうか。

そのことをまた不思議に思いながら、オスカーは何も確かめることなく執務に戻った。

※

初めて彼と出会った時、オーレリアは泥に塗れていた。

雨の日のことだ。今でも時折夢に見る。

両親が亡くなった時、彼女は十歳だった。しかし愛されていた記憶はそれよりかなり前まで遡らなければならない。五歳の頃だったろうか、母親に向かってこう言ったことがある。

「お母様、昨日お祖父様にぶたれたの？」

その時の母親の顔は忘れられない。啞然とした表情から徐々に恐怖に染まっていく母の顔を、幼い彼女は不思議に思ったのだ。

そんなやりとりを何度か繰り返し、オーレリアが「見えたもの全てを口に出してはいけない」と悟る頃には、両親はすっかり彼女を見なくなっていた。

子供の彼女を家に残し、彼らはほとんど家に帰ってこない。たまに顔を合わせても、空気のようにいないものとして扱われた。

それでも彼らが死んだ時は涙が出た。確かに悲しかった。彼らの愛情が自分には向けられなくても、彼女は二人を愛していたのだ。

——葬儀の翌日は雨だった。

一人庭に出た彼女は、広い庭の隅で木の影に隠れるようにして泣いていた。家の中にいて使用人たちの憐《あわれ》みの目を受けるのが嫌だったのだ。

ひとしきり泣いて体が冷えきった後、オーレリアは屋敷に戻ろうと立ち上がり……ぬかるみに足を取られて転んでしまった。泥の中に両手をついて歯を食いしばる。

男の声は突然頭上から降ってきた。

「泣いてるのか？　泥だらけだぞ。一人で立てねーのか？」

面白がっているような声だった。聞き覚えのない声だ。

彼女は顔を上げた。

そこにいたのは見たこともないほど美しい男だった。

彼女より明るい銀髪はまったく雨に濡れていない。足も泥を踏みたくないのか地面よりわずか上に浮いていた。

彼女はゆっくりと立ち上がると手の泥を払う。胸を張って男を見つめた。

「泣いているけれど、一人で立てるわ。泥くらい何でもない」

男は少女の目の強さに驚く。

そしてそれが、男とオーレリアの物語の始まりだった。

目を覚ますとまずオーレリアは屋敷の中を歩いてトラヴィスを探す。そんなことをもう一週間も続けていた。

彼はまだ帰ってきていない。オーレリアは広間に入ると、そこに金髪の男を見つけた。彼はトラヴィスが護衛として残していった男だ。

「ねぇ、トラヴィスはどこに行ったか知ってる？　すぐに帰ってくるって言ってたんだけど……」

「ご心配せずともそのうちお帰りになりますよ。寄り道でもなさってるんじゃないですか」

「ならいいんだけど……」

彼女の保護者が人間でないことなど、出会った時から分かっていた。

彼もそれを隠すつもりはなかったらしい。姿を消したかと思ったら突然、公爵として後見人に名乗り出てきた時には開いた口が塞がらなかった。

「魔族として強いのか」と聞いた時は、嫌そうな顔で遠まわしな説明をしてくれた。

「あのな、魔族ってのは上位になるほど、人間と同じ作りで現出しねーと自我が保てねーんだよ」

彼は食事もするし血も流れる。それはつまり上位の魔族だということだろう。

ならば何故人間に干渉するのか、少女の問いに彼は「面白いから」と答えた。性格は悪いし女癖も悪い。一緒にいると彼女の方が面倒を見ている気さえする。

どうしようもない男だ。これが魔族の性なのだろうか。

だが、彼女は同時に彼に支えられてもいた。一人になった今、そのことを強く実感する。

ガンドナ王族の中で、異端児として存在する彼女の手を、彼はずっと取ってくれていたのだ。振り返らずに済むように、諦めなくて済むように。足掻きながらも進む彼女と共にいてくれた。

彼はどこに行ってしまったのだろう。何故帰ってこないのだろう。

何もかも分からないことが、ただ不安だ。オーレリアは花びらのような唇を噛む。

「トラヴィス……」

――彼は、ひょっとしてあの美しい女王のところに行っているのだろうか。

ファルサスで出会った女王は、トラヴィスを取り巻くいつもの女たちとは異なっているように思えた。その違和感の理由を考えて、オーレリアはあることに思い当たる。

広間でトラヴィスを見た時の、女王の驚愕の表情とその後の態度。ティナーシャはおそらくトラヴィスが何であるかを知っているのだ。

それが類稀な魔法士でもあるためか、彼と過去に何かあったためなのかは分からない。ただ彼女はトラヴィスが魔族だと知っていて、それでも彼と親しくしている。

――彼女ならば何か知っているかもしれない。

オーレリアは目を閉じた。不安が大きくなる。それは徐々に濁りを帯びていく。

いつまで彼は傍にいてくれるのだろう。いつかどこかに行ってしまうのだろうか。

もしその「いつか」が今なら……。

オーレリアは目を開くと、躊躇いながらも広間を出て行く。

その小さな胸に、ある決意を秘めて。

※

最初の襲撃から一週間、トゥルダールは平穏を極めていた。

いつも通りに執務をしながら、ティナーシャは大きく伸びをする。「ふにゃー」という間の抜けた主人の声に、部屋の片隅で手札遊びに興じているカルとミラが振り返った。

「平和だね」

「終わってないけどな」

あれから刺客は来ない。だがそれは事態の解決を意味しているわけではないだろう。胸の紋章は消えないし、トラヴィスも訪ねてこないのだ。

ティナーシャは服の胸元を引っ張ると、自分の白い肌を覗きこむ。

「一体いつまでかかってるんでしょうね」

「あっちの世界はここと時間の流れが違うから、向こうだとせいぜいまだ数時間じゃない？」

「え。そんなものなんですか？　知らなかった」

「あっちにはこういう血が通った肉体がないしね。肉体が生きてないと時間の感じ方なんて曖昧でしょ。概念存在だから、時間の長短自体をほとんど意識しないよ」

「なるほど……」

上位魔族は本来違う位階に在る存在なのだ。人間階に現出している上位魔族の方が例外と言っていい。ティナーシャは想像のつかない世界に嘆息した。

「トラヴィスは絶対勝てるんですか？」

「まず間違いなく。最上位って十二人いるけど、トラヴィス様はその中でも上位だからね。ファイドラ様は中の上ってところ」

「何か凄いですね。あんなのが他に十人以上いるとか」

「俺らからしたらお嬢ちゃんの存在の方が凄いけどね。そんな脆い体に最上位魔族と同じくらいの魔力が入ってる方が信じられないよ」

「うーん。お互い相手の種族のことは不思議に見えますね」

首を傾げながらティナーシャは窓の外を見た。空には雲が広がっている。あまり天気はよくない。雨でも降るだろうか、そう思って机を離れ窓際に歩み寄ったティナーシャはその時——本能的な予感を感じて一歩退いた。

※

トラヴィスは、敵である女を追って暗闇の空間を駆けていた。

人間階とは異なるが、この世界にも時間、空間ともに確かな限界として存在している。ただ人間とは違った概念体を纏う彼らにとっては、その知覚が異なるだけだ。

ファイドラは、トラヴィスの敵意を感じ取ってすぐその場から逃げ出してしまった。同じ最上位同士とはいえ正面から戦えば彼女は彼の敵ではないが、逃げに徹されては捕まえることも難しい。

だが長い追跡劇も、そろそろ終わりが見えてきていた。

「逃げ場は封鎖したぞ。出てこい、ファイドラ」

非情な呼びかけが闇に響く。

そこには一片の愛情も含有されていない。ただ煩わしさがあるだけだ。

元々、愛情などというものは魔族には無縁のものだ。興味と執着がそれに代わっているに過ぎない。――代わっているだけなのに、それを愛情と正当化することが彼には我慢ならなかった。

今追っている女も同じだ。

ファイドラは彼を愛してなどいない。所有して独占したいだけだ。そんなくだらない遊びに付き合う気には到底なれない。彼にはもっと大事なことができてしまったのだ。

一向に出てこない女をトラヴィスは忌々しく思う。彼は殺すための力を研いだ。

「ならそのまま死ねよ」

刃のような言葉。

しかしその宣告を言い終わると同時に、彼めがけて白光が炸裂《さくれつ》した。

※

一歩退いたティナーシャの眼前を、金の光が上から下に貫いていく。

光は床に張られた結界に当たって爆発した。

「うわっ！」

ティナーシャは床を蹴って更に背後に跳ぶ。

二人の精霊が彼女を庇い爆風を結界で遮った。防御構成を組む女王の前に、ミラとカルが立つ。

何重にも張ってある結界を越えていきなり攻撃が仕掛けられたのだ。緊張に唇を舐めるティナーシャの耳に、カルの固い声が響いた。

「……お嬢ちゃん、時間稼ぐから逃げな」

「え？」

彼のそんな言葉など一度しか聞いたことがない。十二人の精霊の中でも第二位に位置する彼なのだ。思わず目を丸くしたティナーシャに、ミラが続けた。

「ティナーシャ様、逃げてね。ご本人が来ちゃったみたい」

その言葉とほぼ同時に、部屋の中にすさまじい威圧感が生まれる。

眩い光を纏いながら現れた一人の女を見て、ティナーシャはようやく事態を悟った。

「あ……」

かつてカルが同じことを言って彼女を逃がそうとした時、そこに現れたのは最上位魔族である男だった。――ならば今、彼女の眼前に立つのは同じ最上位の女なのだろう。

緩やかに波打つ白金の長い髪と薄青い瞳から成る美貌。

儚げな造作はティナーシャと同じくらい異質で……だがそこに宿る意志は凶悪だった。

宝石のように青く澄んだ目が、ティナーシャを捉えると不穏な輝きを帯びる。

「あなたが噂の羽虫？　わたしに殺されるなんて誇りに思いなさい」

死の宣告を受けてティナーシャは苦笑した。隙を作らぬように、だが天井を軽く仰ぐ。

人としては最高の魔力を持つ女王は、絶対の窮地にあってまず溜息をつく。

「トラヴィスの馬鹿」

原因となった知己を罵る言葉は、諦めの色濃いものだった。

※

突如襲いかかってきた白光を両手で逸らせながら、トラヴィスは訝しげに眉根を寄せた。

強烈な一撃は、彼が追っていた女のものではない。力の性質が違うのだ。

その代わり、その性質にもまた覚えがあった。――同じ最上位に立つ一人の男だ。

トラヴィスは忌々しく思いながら酷薄な笑みを浮かべる。

「どういうつもりだ、ターヴィティ。ファイドラはどこに行った」

「彼女は人間階に現出した」

姿は見えない。だが意志を伝える言葉だけが空間に響く。トラヴィスは舌打ちした。

いつの間にか追っていた相手は入れ替わっていたらしい。まんまとたばかられたことに怒りが湧き起こる。揶揄《やゆ》するかのように声は続いた。

「穢らわしい肉体などに慣れきってるから気づかないのではないか？　落ちたものだ」

「うるせーよ。お前は何しに来た」

「いい加減虫けらに構うのはやめてもらおうと思ってな。最上位の品位が疑われて困る」

淡々と紡がれる男の言葉にトラヴィスは笑った。彼は左手を誘うように前へ差し伸べる。赤い電光が指先で弾けた。

「気が合うな。俺もお前と同じ位に括《くく》られているのが我慢ならなかったところだ」

感情を力に伝えながら、トラヴィスは二人の人間の女を思い出す。

一人は彼の守るべき少女。

そしてもう一人は自分とも並ぶ力を秘めた女だ。

ターヴィティは彼をやすやすとは逃がしてくれないだろうし、逃げるつもりもない。自分の前に立ちふさがった以上は相応の報いをくれてやるつもりだ。

だが、その間にもファイドラはその圧倒的力を以て彼の知己を殺しにかかるだろう。果たして間に合うだろうか、トラヴィスは頭の片隅で計算する。しかし彼は結局その計算を途中で放棄した。

「……まぁ自分で何とかするだろ」

そして彼は、赤い光を打ち出した。

※

苛烈な雷光が部屋の中に迸《ほとばし》る。

カルとミラはそれを分担して遠くに転移させた。彼らの手際の良さに、魔族の女王は辛辣な微笑を見せる。

「虫に使役されている屑の割にはやるじゃない」

「一応それなりに長く生きてるんで」

愛想良く笑うカルはしかし緊張を隠せない。四百年前、全ての精霊が一人の最上位に叩き伏せられた記憶が嫌でも蘇る。その時の相手よりは格が落ちるとはいえ、彼女も間違いなく最上位なのだ。

ミラは背後の主人に目配せする。

だが、それにティナーシャが応えるより先に、ファイドラの手に金の雷光が生まれた。眩い光を見て三人は顔色を変える。

――先程のものとは威力が違う。下手をしたら城の半分が吹き飛びかねないほどの力だ。

「ティナーシャ様……っ！」

ミラが主人を庇ってその前に飛び出す。

いくつもの構成が瞬時に組まれる。

視界が真っ白に焼けた。

「っ……！」

ティナーシャは手を伸ばした。逆る魔力を制御する。

そして次の刹那、暗転する視界の中に彼女は投げ出された。


――美しい主人が魔法の眠りを使うと言い出した時、ミラは呆れて目を丸くしたものだった。

過去に戻ることなどできない。未来から来たなどきっと虚言だ。なのに何故そんな不確かな望みに囚われて時を越えようとするのか、まったく理解できない。

だから嗜《たしな》める何人かの精霊と同様、自分もまた主人を止めるのだと思っていた。いざ口を開くその時までは。

少し寂しげな闇色の目。

初めて見る、我儘を通したいという願い。だがそこには強い決意があった。

女王というより子供のような力ある視線が彼女を捉えて――だからつい苦笑してしまったのだ。

「じゃあ、私が守人をやるよ。ティナーシャ様は安心して任せちゃってください」

主人と、その場にいた他の精霊たちが唖然とする。

だがそれも気にならない。ただ不思議な使命感が彼女に充足を与えていた。

思えばあの時から、自分はトゥルダールの精霊ではなくなっていたのだろう。

美しい主人がいる限り、彼女はその稀有たる存在を守るためだけに戦うのだ。

「ミラ！　ミラ！　起きてください！」

肩を揺られてミラは目を開けた。血の通った肉体を伴って現出してから、早九百年近くが経過している。すっかり馴染んだ手を数度握っては開いて、彼女は感覚を確かめた。

視線を上げると、ティナーシャとカルが心配そうな顔で覗きこんでいる。二人に手を振って応えるとミラは体を起こした。

彼らがいるのは城ではない。崩れかけた石造りの壁の陰だ。辺りを見回して、ミラはここが広大な廃墟《はいきょ》であり、その中の一角であることに気づく。

「ここ……前の城都？」

「です」

周囲には気配消しの結界が張られている。ミラはそこで、直前に何が起きたか思い出した。

「ティナーシャ様、ファイドラは……」

「私たちを探してるみたいですね」

女王は顎で上空を示す。暗い空には誰の姿も見えないが、確かに異様な気配が感じられた。

――執務室で襲撃を受けたティナーシャは、結界を張って精霊たちの防御を補強しながら、同時に転移門で室内の全員をここに転移させたのだ。トゥルダール城都から見て南の荒野に位置するこの場所なら、他に人間もいない。

広がる巨石でできた町並みは、かつて城都がここにあった時代の名残だ。この都は五百年ほど前、禁呪の暴走によって半壊した。生き残った者たちは今の都に遷都し、ここには風化していく町並みが残るばかりだ。

上空を探るようにファイドラの魔力波が蠢く。隠れていられるのも時間の問題だろう。

ミラはよろけながらも立ち上がった。

「ごめん。時間稼ぐよ」

「却下」

あっさり即答したティナーシャの顔をミラはぽかんとして見上げる。主人は美しい顔に柔らかな微笑みを浮かべていた。

「ティナーシャ様、だって……」

「私が出ます。貴女たちはここ一帯に結界を張ってください」

反論を許さない声だ。闇色の瞳には強い決意が満ちている。

今までに何度も見た目。彼女はほんの少女の時から王者として彼らを従えてきていたのだ。侵しがたい威を目の当たりにして、二人の精霊は頭を垂れた。

――その時、頭上から楽しむような笑い声が降ってくる。

「そこにいたの？　こそこそと鬱陶しい」

敵たる女の嘲笑を受けてティナーシャは苦笑した。両手を広げる。

「イツ、セン、サイハ、リリア、クナイ、エイル、シルファ」

魔力を載せた呼び声に、九百年前からトゥルダールに伝わる精霊たちは応えた。普段からトゥルダールの守護として残されている三人を除いて、全ての精霊がティナーシャの周りに現れる。

ファイドラはそれを鼻を鳴らして見やった。

「わざわざ刈られるために来たというの？」

最上位からの明らかな嘲笑を精霊たちは無視すると、ただ主人を見つめる。命令を待つ。

女王は穏やかに微笑みながら両腕の中に構成を生んだ。

「皆で場所を維持してください」

その言葉の意味することを彼らは悟った。

彼女は、一人で戦うことを決めたのだ。異論は許されない。

彼らは主人の命に一様に頷くと、その場から消え去った。

直後、ティナーシャを中心に小さな町を覆うほどの結界が張られる。外へと力を洩らさないように九人の上位魔族によって張られた結界は、戦いの場を区切るためのものだった。

ティナーシャは肺へと深く息を吸う。

そして息を止めると同時に、長い黒髪を風に預けながら自身も上空に転移した。

「さて、またこの機会が回ってくるとは思いませんでしたね……」

トラヴィスとの四百年前の戦いを連想したのは精霊だけではない。彼女もまた苦い敗北の記憶を想起していた。あの時、彼女や精霊たちから死者が出なかったのは、単なるトラヴィスの気紛れに過ぎない。

だが今は違う。ファイドラは明確な殺意を以て彼女たちに相対しているのだ。

――もし自分が死ねば、精霊たちの契約は終わる。

ティナーシャは四百年前を思い出し、ふっと微笑んだ。

そうなれば彼らは逃げおおせることができるかもしれない。彼らは単なる手足ではない。彼女の大事な友人でもあるのだ。

しかし、ティナーシャは一瞬だけ翳った思考を元に戻した。

負けるつもりで戦うのではない。トラヴィスが何故彼女にこの話を持ってきたのか。単なる上位魔族の刺客なら、彼の配下だけでも何とかできただろう。だがそれをティナーシャに持ちこんだのは、或いはこういう事態も予測してのことではないのか。

「……そうだとしたら、最初から言っておいて欲しいですけどね」

嘯いたティナーシャは、意識を研ぎ澄ませて目の前にいる最上位を見つめた。

――自分は彼らに対抗できる数少ない人間のうちの一人だ。

ファイドラがトラヴィスより弱いというなら、充分に戦えるはずだ。

ティナーシャは右手を上げる。そこに一振りの剣が現れた。薄紫に光る剣身越しに彼女の視線はファイドラを射抜く。自分だけに聞こえる声で呟いた。

「たとえ誰が相手でも、私はもう負けない」

剣を構える人間の女に対し、ファイドラは憐れむような、しかし残忍な微笑を浮かべた。歌に似た美しい声が空気を震わせる。

「覚悟はできたの？　できたなら早く死になさい、羽虫。この生温かい肉体が気持ち悪いの。早く帰りたいわ」

吐き捨てる声さえも魅了の力に満ちている。

ティナーシャは澄んだ声音でそれに答えた。

「ええ。殺す覚悟ができました。いつでもいらしてください」

「……戯言を」

白金と漆黒。対照的な二人の女は、その強大な力を空中に現出させる。

そして閃光のように火花を上げて激突した。

※

窓硝子に水滴がつく。

オスカーは雨音に顔を上げると窓を振り返った。時間はまだ昼だが、外は厚い雲で薄暗い。ぽつぽつと降り始めた雨が庭の木々を濡らしていく。

書類に署名するためのペンを上げてオスカーは溜息をついた。

「降り出したな。午前中にイヌレードに行けばよかったか」

「朝から天気悪かったですしね」

新築したイヌレード砦が八割方完成したので、オスカーはまもなく視察に出発する予定なのだ。

雨除《あまよ》けをするからさして支障はないが、視界が暗いのは若干煩わしい。

だがこんなことで予定を変える必要はないだろう。オスカーは立ち上がる。

「そろそろ支度するか」

「かしこまりました」

王の準備を手伝うために執務室の扉を開けたラザルは、扉の外を見て一瞬硬直した。

「うわぁっ！」

驚愕の叫び声にオスカーが眉を上げる。

「どうした」

「あ、赤ん坊が……」

ラザルの肩越しに覗きこむと、確かに扉のすぐ外の床に、布で包まれた赤ん坊が転がっていた。

硝子球のような青い瞳がまっすぐオスカーを見返す。

「何でこんなところにいるんだ。面倒を見てる女官は誰だ」

「さ、さぁ……。びっくりしましたよ。泣きもしていないし、いつから置かれてたんでしょうね」

「まったくふざけてるな。先に預けてこい。俺は自分で支度する」

ラザルは主人の命を受けて赤ん坊を抱き上げた。女官のいる控え室に向かって廊下を歩き出す。

彼と反対方向に歩き始めたオスカーはだが、その広い背中を遠ざかる赤ん坊の目がずっと追っているいることに気づかなかった。

イヌレードの防壁を霧雨《きりさめ》が濡らしている。

大体の視察は先日のセザル戦の後に済ませていたため、今日は備蓄倉庫と軍備の確認、全体的な防護の確認が残るだけだ。

グランフォート将軍ら重臣たちと会議室にいたオスカーは、困惑した顔で入ってきた武官に顔を上げる。

「陛下、お客様がお見えになっておりますが……」

「客？　ここにか？　誰だ」

「ガンドナのオーレリア様と仰る方です」

その名前には聞き覚えがあった。忘れられるはずもない。最上位魔族である男と共にいた少女だ。

一体何の用なのだろう。オスカーは眉を顰めて確認した。

「連れはいるか？」

「いえ、オーレリア様お一人です。何でも緊急のご用事がおありとのことで」

「……分かった。会おう」

本来なら他国の、しかも約束もない人間と会う義理はないが、あの少女が緊急というならば会わざるを得ない。オスカーは数人の重臣を残して人払いすると、彼女を会議室に案内するよう命じる。

部屋に入ってきたオーレリアは突然の無礼を詫《わ》びると、真剣な目で用件を切り出した。

「陛下、トラヴィスの所在をご存じありませんか？」

「は……？」

まったく予想外な質問にオスカーは意表を突かれる。

「知らない。というかあの日以来会っていないが」

「もう一週間以上も出て行ったきりなんです。すぐ帰ると言ったのにどこに行ったのかもわからなくて……今までこんなことはなかったのです」

オーレリアは真摯な瞳でオスカーを見つめる。彼はその視線に眉を顰めた。

一週間以上といえばファルサスの式典が終わってすぐくらいのことだろう。それは彼女にとっては心配だろうが、自分には何の関係もない。ましてやあの男は最上位の魔族なのだ。何に脅かされるということもないだろうし、気紛れに帰ってしまったのかもしれない。

そう言おうとしたオスカーはしかし、続く少女の言葉に啞然となった。

「それで、ティナーシャ様ならご存じかと思いまして、先程トゥルダールにお邪魔したのです。ですがティナーシャ様もどこにもいらっしゃらなくて……。どこに行かれたのかどなたもご存じではありませんでしたし、もしかしたら陛下のところにいらっしゃっているのかと思いまして」

「いや……来ていない。あいつにもあの日以来会っていないぞ。ティナーシャは行方不明になってるのか？」

「お昼までは執務室にいらっしゃったそうですが、いつの間にかいなくなられているようです。ただ室内に焦げ跡ができていたそうで、何か魔法を使われたのかもしれないと……」

オスカーは我知らず奥歯を嚙み締めた。

——何かがひっかかる。その感覚には覚えがあった。

式典の日のティナーシャは、どこか不審ではなかったか。あの日から姿を消したトラヴィス。そして様子が怪しいティナーシャ。今はそのティナーシャも消えてしまっている。

心配のしすぎかもしれない。だが何かが起きているという予感がオスカーにはあった。

——今、確かめねばならない。手遅れにならないうちに動かなければ。

彼は立ち上がりながら臣下たちを見やると、不機嫌そうに口を開いた。

「すまん、トゥルダールに行ってくる。視察はまた日を改める」

「は！　かしこまりました」

王の言葉に即答した重臣たちとは対照的に、少女は驚きに飛び上がる。オスカーは彼女に言った。

「気になるから少し見てくる。向こうについてからドラゴンにあいつを追わせるから、何か分かったら連絡しよう」

「わ、私も参ります！」

今度はオスカーが呆気に取られる番だった。彼は眉を上げて少女を見下ろす。

「何があるか分からん。責任取れんぞ」

「私も一応魔法士です。連れて行ってください。お願いします」

「敵同士になるかもしれんぞ」

「敵？」

オーレリアは怪訝な顔をする。言われたことがよく分からない。

――敵同士とは、オスカーと自分がだろうか。それともティナーシャと自分か。

想像がつかない事態に少女は返答を迷った。困惑するオーレリアに王は冷徹な声をかける。

「俺が一番疑っているのは、貴女が探している男だ。あの男は前に二度、ティナーシャを気まぐれで殺しかけている」

「え……？」

「また同じことをしようとしているなら、俺はあの男を殺すぞ？　その時貴女はついてきてどうするんだ」

「……トラヴィスが」

――言われたことがすぐには理解できない。

トラヴィスがティナーシャを殺しかけたことがあるというのは本当なのだろうか。

オーレリアは視線を彷徨《さまよ》わせた。過去視ではなく、自分の記憶を辿る。

確かにトラヴィスは意地の悪い男で、人の嫌がることを好む。だが六年以上共に過ごしてきて彼女の体を傷つけたことなど一度もなかったのだ。だから彼の「苛めてやったことがある」という言葉を聞いても、まさかそういう意味だとは疑いもしなかった。

――だが、それでも。

オーレリアはトラヴィスが何であるか知っている。そして彼が、非情に冷淡で人間を軽く見ている節があることも。

けれど、きっとそれだけではないはずだ。

顔を上げるとオスカーの強い目が彼女を射抜いている。オーレリアは沈痛な表情で頭を垂れた。

「彼が、申し訳ございませんでした。謝って済むことではないと承知しておりますが、お詫びさせてください……」

「俺が貴女に詫びてもらうようなことは何一つない」

オスカーは溜息を堪えた。どうにもやりにくい。一応ガンドナの王族であるから無碍《むげ》にもできないが、異例でいったら突然訪ねてきた少女こそ異例なのだ。

対処に困る男に、しかしオーレリアはなおも食い下がった。

「また彼が同じ罪を犯そうというのなら私が止めます。お邪魔は致しません。どうか連れて行ってください」

必死な貌。折れそうな体に強い意志が滲んでいる。

少女の姿に既視感を覚えたオスカーは、ふとそれがかつての婚約者に似ているのだということに思い当たった。己は負けないのだと、歯を食いしばり踏み出す姿。まるで不器用なそれは、だが放ってはおけないものだ。

オスカーはふっと微苦笑すると、少女の隣を通り過ぎて扉に向かった。

「魔法士というなら自分の身は自分で守れよ」

「は、はいっ！」

駆け寄ってくるオーレリアの気配を背中で感じながらオスカーは扉を開けた。

そして、硬直する。

「どうかなさいました？」

少女が横から廊下を覗きこむ。

扉を開けたすぐ外の廊下には、布に包まれた赤ん坊が転がっていた。

※

——本質的に戦いは嫌いだ。

だがティナーシャは即位と前後して、常に戦いの渦中に身を置く生活を送ってきた。

望めば一国でさえも一晩で滅ぼせる力を持った女は、ただ戦いの中にあってもその全力を揮《ふる》ったことはほとんどない。タァイーリとの戦争時も、彼女は自身の力を以て敵国の軍を薙ぎ払う決心がついにつかなかったのだ。

だからむしろ、『呼ばれぬ魔女』が彼女を殺しにきた時にはありがたいとさえ思った。

魔女相手ならば力を揮うことを躊躇う必要はない。彼女は初めて敵を殺すために自身の魔力を全開にした。

戦いは丸一日にも及んだ。

精霊や魔女の使役する魔族たちも加わり、かつてないほど苛烈な戦闘が展開された。

そうして魔女を殺した時、ティナーシャは戦いの爪痕が色濃く残る大地に立ち尽くし——これほどの力を揮った自分もやはり魔女なのではないかと、そんな疑念を抱いてしまったのだ。

ティナーシャは右手に構成を組みながら、左手で空を薙いだ。

四方から彼女に迫っていた金の棘が、魔力波によって相殺される。

最小限の魔力で全ての攻撃が打ち落とされたことにファイドラは舌打ちした。彼女は忌々しく標的の人間を睨みながら新たな構成を組みかけて、しかし突如足首を下に引かれる。

「な……っ！」

いつの間に伸ばされたのか、何本もの銀糸がファイドラの足を絡め取っていた。

体の均衡が崩れる。空中を下方へ引き摺られながら束縛を解こうとしたファイドラは、しかし瞬時の判断で組みかけた構成を全身に纏わせた。

直後ティナーシャの放った黒炎がファイドラを飲みこむ。

対象物の骨さえ溶かす黒い炎はけれど、その威力を発揮しないまま一瞬でかき消えた。炎と共に銀糸の拘束も消し去った最上位の女は、怒りに瞳を燃やしてティナーシャを見上げる。

「小癪《こしゃく》な……」

格下と侮っていた存在に意表を突かれたのだ。誇りを傷つけられたと言ってもいい。

ますます殺意を募らせる敵に対して、ティナーシャは小さく舌を出した。

「やはりそう簡単にはいきませんか。なら——こうしましょう」

ティナーシャは組み終わった構成を放つ。それは九つの槍となって時間差をつけながらファイドラに向かった。ファイドラは怒りに顔を染めながら直進してきた槍の一本を砕く。

だが他の八本は、彼女の攻撃を避けて空中で散開した。

「羽虫が！」

「好きに言ってればいいですよ、口が利けるうちは」

ティナーシャは残る槍の軌道を丁寧に操作しながら、ふとファイドラの右足に目を留める。

先程まで銀糸が絡み付いていた白い足には、幾筋もの血が滴っている。傷は意外と深いのか深紅の血の筋が広がり、滴となって空中に舞っていた。

「うん……？」

最後の槍が砕かれると同時にティナーシャはその場から転移した。一瞬前まで彼女がいた場所を雷光が貫いていく。

相手の先を読んで動く、ゆっくりとした時の流れの中で、ティナーシャは自分の意識が次第に澄んで行くのを実感した。彼女は無詠唱で一つ、二重詠唱で二つの構成を組む。

「では、行きましょう」

ティナーシャは三つの構成を同時に解き放った。牽制の矢がファイドラに降り注ぐ。彼女がそれを結界で相殺した時、すさまじい速度で結界を貫いて銀の光球がファイドラに肉迫した。

「ッく……っ！」

手をかざすがとても防ぎきれない。横に跳んで受け流そうとしたファイドラはだが、動かぬ体に目を瞠った。背後から数本の蔓が彼女の体を束縛している。もう間に合わない。

光球はファイドラに接すると白い体を飲みこんだ。視界を焼く白光に手をかざしながらティナーシャは小さく笑う。

「まだまだでしょう？　もっと見せてくださいよ」

高揚が全身を駆け巡る。空間を走る構成がこの上なく美しい。

相手の先を読む。思考が綺麗になっていく。

研ぎ澄まされていく意識にティナーシャは自然と笑みを浮かべた。嫣然とした微笑は、見る者全てを魅了する力に満ちている。

ファイドラを閉じこめていた光球が破裂する。

中から現れた白金の女は、背筋も凍るような微笑みを以て相対する女を見つめた。

「もちろんよ……全ての意味を解体してあげる」

最上位たる女は顔を伏せる。

無詠唱で数百もの刃が生まれた。その壮絶たる光景にティナーシャは鮮やかに笑う。

空隙は一瞬だけのことだった。

三日月型の金の刃は、弧を描いて一斉にティナーシャへと襲いかかる。

女王は右手の剣に魔力を通わせながら左手に光の粒を生んだ。後ろに跳んで下がりながら追ってくる刃を剣で消滅させる。同時に光の粒は銀の軌跡を帯びて、到達しようとする刃を次々打ち落としにかかった。

——意識せずとも、全ての刃がどこを通ってくるか分かる。

ティナーシャの知覚はこの場全ての魔力を把握していた。このまま行けば、ファイドラを圧倒することもできたかもしれない。

だがその時、ティナーシャの魔力に微かな衝撃が伝う。

「え？」

一瞬の動揺。それは肉体への衝撃と同義だった。

「痛……ッ！」

右腕を激痛が走る。取り落とした剣が地上に落ちていくのをティナーシャは視界の隅に見た。胸元を、左足を、集中の隙間を縫った刃が掠っていく。

ティナーシャは素早く構成を組むと、胸の前に数百の光の粒を現出させた。

「行ッ……け！」

粒子は散り散りに跳び、刃とぶつかり合って激しい爆発が起こる。

それに乗じて離れた場所に転移したティナーシャは、短く詠唱すると全身の出血を止めた。一番深い傷を負った右腕を見ると、肘の少し上がざっくりと切り裂かれている。腱《けん》が切れているのかもしれない。指がうまく動かなかった。

「あら？　どうしたの？」

「別に何も。少し眠くなっただけです」

楽しそうなファイドラの声に、ティナーシャは意識して笑って見せる。

だが内心は穏やかではなかった。オスカーに張った防御結界に何かが接触したのだ。それに気を取られて隙を作ってしまった。

彼の結界の振動とは、彼への魔法攻撃を意味する。一体何があったというのだろう。

「……オスカー」

――今すぐ彼のところに行きたい。無事を確認したい。

しかしティナーシャはその考えを打ち消した。

今転移すればファイドラが彼女を追ってくる。そして、精霊たちによって結界が張られたこの場所から出て戦うということは、尋常ではない被害を意味するのだ。そんなことはできない。

ティナーシャは深呼吸する。そして艶やかに微笑んだ。彼女は動かない右手を魔力で動かしながらファイドラに向かって差し伸べる。


――彼を信じる。

人は皆、生まれてから死ぬまで一人なのだ。それを思いによって蜘蛛《くも》の糸のようにか細くも繋げているに過ぎない。

だから今は、自分のすべきことをする。

ただ一人の男を信じること。そして目の前の敵を打破することを。

「今は貴女だけが大事。だから……私のために笑ってくださいさい？」

ティナーシャは右手に力を集めていく。二人の間に、闇を孕んだ亀裂が生まれた。

ファイドラは唇の両端を上げて微笑む。その目は先程の攻勢によって顕になったティナーシャの胸の紋章をじっと見つめていた。

「忌々しきはその印。お前の何がいいというの？」

「さぁ……？」

亀裂が広がる。その先端がファイドラに達した。魔力の火花を上げて亀裂は強引に圧縮される。

魔族の女王は血のように赤い舌で唇を舐めた。

「なら、お前はあの人の何に惹かれるの？」

「それはまったくさっぱり分かりません」

ティナーシャはあっさりと答えた。何しろ彼女はオーレリアの身代わりなのだ。トラヴィスの魅力について尋ねられても困る。――彼女を惹くのは、もっと別の強い光だ。

「でも、それを教えても貴女は満足しないでしょう？」

ティナーシャは右手を振る。腕についていた血が飛び散った。

同時に閉じられかけた亀裂から黒い雷光が生まれる。雷光は無数の枝に分かれながらファイドラに向かった。

全方向から迫る雷光の檻。人として最上位の魔法士が放つ攻撃に、ファイドラは不快げに顔を歪める。両手を広げ、金に光る球体をその中に生んだ。

黒雷の枝はファイドラの皮膚を掠め、浅い傷を作りながらもその体を避けて球体に引き寄せられる。球体は雷光をその内に食らっていった。

「精霊の子供め……不愉快だわ。生温《なまぬる》いその肉体があの人の支配下に置かれる前に、血の一滴も残さず屠《ほふ》ってやろう」

雷光を吸いこんだ球はどす黒く染まっていく。

その様子を見ながらティナーシャは右手で空《くう》を掴《つか》んだ。闇色の刃が手の中に現れる。魔力で作った剣を携えて、彼女は精神を整えた。

——知覚によって映し出された世界は、とても澄んでいる。

歪みはない。染みの一つも。

ここが彼女の生きる時だ。今はただ、気分がよかった。鋭敏になる感覚が、研がれていく魔力が、美しく展開する構成が、彼女に悦《よろこ》びをくれる。

ティナーシャは悪戯っぽい目をファイドラに向けた。

「私の肉体は私のものです。自由にできるのは私ともう一人だけですよ」

「ほざくな　羽虫！」

ファイドラが球を打ち出す。

ティナーシャは喉を鳴らして笑いながら、空を蹴ってその正面に飛びこんだ。

※

一瞬の虚から、オスカーはようやく我に返ると廊下を見渡した。

赤ん坊の他には誰もいない。ラザルは城にいるはずだ。

「誰が連れてきたんだ……」

赤ん坊は泣きもせず、じっと青い瞳でオスカーを見上げている。その奥に底知れない闇を見て、オスカーは自身が緊張するのを感じた。

「え？　赤ちゃん？」

オーレリアはオスカーの脇をすり抜けて、床に置かれた赤ん坊に手を伸ばそうとする。だがそれをオスカーは腕で留めた。

「陛下？」

「こいつはおかしい。触るな」

そう言ったのはただの勘だ。ティナーシャは特に怪しいところはないと言っていたが、それは魔法的な意味でしかない。何故この時期に彼宛に遺棄されたのか彼女も訝しがっていたのだ。

――おそらくただの捨て子ではない。そして彼を追ってきている。

どう扱うべきかオスカーが顎に指をかけた時、異変は現れた。

赤子から黒い靄《もや》が立ち上る。ゆっくりと湧き立つそれは、オスカーに向かってその手を伸ばした。

思わずアカーシアに手をかけた彼に、横からオーレリアが叫ぶ。

「陛下、触れてはいけません！」

オスカーは鋭い声に眉を上げると、オーレリアを下げながら扉を閉めた。扉の様子を横目で窺いながら少女に問う。

「何だ今のは」

「非常に強い瘴気です。触れると毒されかねません。あの赤ちゃんは一体……」

オーレリアはそこで言葉を切った。灰青の目が大きく見開かれる。

その視線を追って扉を振り返ったオスカーは、自身も唖然とした。

重厚な扉が酸でも吹きつけられたかのように、徐々に向こう側から溶かされている。そうして開いた小さな穴から、黒い靄が染み出すのを見て、オスカーは半歩後退しながら唸った。左右と、後ろを確認する。

重臣たちが恐れと動揺の入り混じった目で王を見返している。オスカーは予想もしなかった非常事態に、一瞬で判断を済ませた。

「皆、壁際に避けてろ」

オスカーは言いながら窓に寄った。硝子窓を開けて下を覗きこむ。二階の部屋だ。地上まではそう高くはない。

「陛下!?」

「おそらく俺を追ってきてる。ここから引き離すからやり過ごせ」

王は窓とは反対側にあるもう一つの扉を示す。隣の会議室に繋がっているその扉から部屋を出れば、赤ん坊を避けて廊下に逃げることも可能なはずだ。

窓枠に足をかけたオスカーに、だが背後から少女の手が触れた。短い詠唱がそれに続く。

次の瞬間、開いた門によってオスカーとオーレリアの二人は砦南の草原に転移していた。

遥か向こうに砦を見やってオスカーは顔を顰める。

「俺は助かるが……あの部屋にいた者はどうなるんだ」

「出すぎた真似《まね》をして申し訳ございません。ですが、その心配は必要なさそうです」

オーレリアは強張った微笑みを見せながら、砦と逆の方角を指差した。

そこには彼らを追って転移してきた赤ん坊が、黒い靄を纏いながら浮いている。

「……ラザルがいたら卒倒しそうだな」

オスカーは顔を斜めにして赤ん坊を眺めた。幸い周囲は草原だけだ。ここで受けて立つしかないだろう。王は決断と共にアカーシアを抜いた。

「転移できるか？　砦か、国にでも帰ってろ」

赤ん坊から目を離さぬままかけられた声に、しかしオーレリアは首を振った。

「私もお手伝いいたします。ティナーシャ様ほどの魔法士ではございませんが、どうぞお使いください」

少女の決意に反駁しようとしたオスカーは、彼女の目を見てそれを諦めた。王剣を構える。

「なら手を借りよう。よろしく頼む」

「どうぞご随意にご命令ください」

赤ん坊は、泣くわけでもなく二人を見つめている。その小さな体を中心に染み出る黒い瘴気が、周りの草を枯らしていくのに気づいて、オスカーは皮肉げに唇を上げた。

「人間の子供に見えるんだがな」

「私にもそう見えます……ですが瘴気は確かにあの子供が発生源になっているようです」

黒い瘴気には構成は見えない。ただゆっくりと二人に向かってその範囲を広げてくる。

オスカーは赤子と、手元の王剣の刃を見比べた。

「子供を殺すのは初めてだ」

姿を偽っている魔族ではない。どうなっているのかは分からぬが少なくとも人間だ。

苦さの滲むオスカーの声に、オーレリアは唇を噛んだ。

「陛下、少しお時間を頂けますか？」

「何か手があるのか？」

「あの子供の過去を探ります。瘴気を払う方法が分かるかもしれません」

オスカーは軽く目を瞠る。だが彼はすぐにオーレリアを庇うようにして一歩前に出た。

「分かった。時間を稼ごう」

詳しいことを聞くつもりはない。彼女が言うからにはできるのだろう。

オスカーは軽く踏みこむと迫る瘴気の先端をアカーシアで払った。刃が触れたところから黒い靄は掻《か》き消える。微かに漂う残滓が彼の腕に触れたが、それはティナーシャの守護結界に当たって弾け飛んだ。


「――来し方よ、我が眼に」

オーレリアは目を閉じる。

――彼女の人生を狂わせた異能には、トラヴィスの施した鍵がかかっている。

それを、自分の意志で解く。

どんな力でも彼女自身の力なのだ。そこに意味を見出したい。これはささやかな一歩だろうが、確かに前進しているのだと信じたかった。オスカーは何も問わずに背中を預けてくれている。その心遣いがありがたい。だから全力を振るわねば。

彼女は灰青の瞳を赤子に注ぐ。小さな存在に内包された時間に向けて、オーレリアは自我を統御しながらゆっくりと意識を混入させ始めた。


瘴気ははじめ明確な形をもたずゆっくりと動くだけだったが、一向にオスカーを捕まえられないと悟ると、その形を変え始めた。

円錐《えんすい》状の槍が靄の中から突き出される。それを王剣で斬り落としながらオスカーは横に跳んだ。つかず離れずの距離を保ち、注意を自分に引きつけ続ける。少し離れた場所に立つオーレリアにその手を伸ばさせるわけにはいかない。

少女は灰青の瞳で靄の中の赤子を凝視している。不思議な引力を帯びたその目を、オスカーはあえて見ないように背を向けた。少女が何を見ているのか分からない。だが自身にも分からないことを見透かされるような気がして、視線を合わせたくなかったのだ。

不安定な速度で繰り出される攻撃を捌いていたオスカーは、背後から彼を呼ぶ声に気づいて後ろに下がった。

オーレリアが彼の隣に立つ。彼女は結界を張りながら問いかけた。

「陛下、『シミラ』とは何かご存じですか?」

「もちろん知ってるが……。こないだセザルが持ち出した禁呪だ。確か人の負の感情を核として別位階から力を汲み出していたとティナーシャが言ってた」

「禁呪なんですか!」

オーレリアは驚きの声を上げる。どうやら彼女自身はシミラが何だか知らなかったらしい。だがその単語が持ち出されたことから、今の事態が禁呪と関係しているとオスカーは理解した。

少女はおずおずと分かったことを述べる。

「あの赤ちゃんには、陛下への刺客としてシミラの整形されていない残滓を封じてあるようです。構成を持たない邪気……負の感情? ですから、魔法的な警戒にかからなかったのでしょう。背中に残滓を固着するための痣が描かれているようですから、それを崩せば……」

「切り離せるということか。分かった。ありがとう」

難なく答えて結界の外に踏み出す王に、オーレリアはぽかんとした。

方法が分かったといっても、あれだけ大量の瘴気に囲まれた赤ん坊の、しかも背中なのだ。致命的な怪我を負わず、また赤ん坊にも負わせずことを為すのは容易ではない。

その困難さを全く意に介せず赤子に向かうオスカーに対し、少女はどうすべきか逡巡した。だがすぐに彼女は結界を広げ、彼に向かう左右の瘴気を防ぎ始める。オーレリアの手助けに気づいてオスカーは苦笑した。

「確かに魔法士だな。助かる」

オスカーは結界が留められぬ瘴気を払いながら歩を進めた。

先程から瘴気は何度か彼に張られた守護結界に接触している。だがそれでもその術者が駆けつけてこないということは、おそらく彼女も動けない状況にいるのだ。

「どうせまた怪我でもしてるんだろう。急がないとな」

彼は呼吸を整える。左手で自分の胸元に触れ、そこにあるものを使うべきか一瞬考えた。

「――いや、なくてもいけるか」

決意するまでには数秒も必要なかった。

オスカーはアカーシアを振るうと、瘴気の只中に踏みこむ。黒い瘴気は槍となり楔《くさび》となって次々彼に襲いかかった。間断ない攻撃を斬り払いながらオスカーは距離を詰める。

しかし膨大な瘴気は、オーレリアの結界がない場所から少しずつ入りこんできた。黒い雫《しずく》が体に纏わりつく。それはらティナーシャの守護にぶつかって薄まるが、魔法ではなく人の負であるためか、徐々に守護の上から染みこむと、酸のようにオスカーの体を焼いた。

痛みが左肩から腕にかけて走る。

だがそれでも彼は止まらなかった。むしろ進む速度を上げていく。

オスカーは赤ん坊まであと数歩というところまで迫る。彼の、明るい夜空色の瞳が、もっと明るい青の双眼とぶつかった。

何の思いも持たない空隙。

そこに、闇が生まれる。

――オスカーの意識は次の瞬間、暗い世界に飲みこまれていた。

※

力の流れが帯となって感じ取れる。トラヴィスは意識を分裂させながらそれを操った。構成がないと満足に魔力が動かない人間階と違って、彼らの世界は空間全てが力に満ちている。ここでは意志こそが力を揮うための唯一の手段なのだ。

ちらちらと姿を見せるターヴィティを不可視の蛇が追う。

「雑魚が。うろちょろするなよ」

トラヴィスは左手を振る。蛇は途中で分かれ五匹になった。肉を纏わぬ本来の体に戻っているというのに、血が湧いてくるような感覚がトラヴィスを支配する。

その時、足元から無数の赤黒い手がトラヴィスめがけて伸ばされた。飛びかる獣のような速度でそれらは彼の足に絡みつく。たちまち赤黒い手は彼の体の内部に侵蝕《しんしょく》し始め、自身が変質する不快さがトラヴィスを襲った。ターヴィティの淡々とした声がどこからともなく響く。

「昔からお前は口ばかり達者だ。虚勢を張るのは愚かだぞ」

揶揄された男は不敵な笑いを浮かべた。

「吠えるな。虚勢かどうかは死んでから確かめろ」

トラヴィスは意志で体を作り変える。侵蝕された部分を一瞬で切り捨てると再生させた。

絡みついていた手が全て吹き飛ぶ。ターヴィティの驚愕する気配が空間に生まれた。

トラヴィスは追い打ちをかけるように力を操る。

「ほら、悦に入ってると喉を食いちぎるぞ？」

明確な嘲りにターヴィティが振り返った時、彼の眼前には二匹の蛇が口を開けて迫っていた。

※

「どうしてこうなってるんだ……？」

あちこちに張り巡らせてあった結界に干渉しながらヴァルトは嘆息した。彼は頭を抱える代わりに肘掛けに頬杖をつく。

「何だか困ったことになってるな。最上位が現れるとは思わなかった」

「交戦してるの？　魔女と？」

「みたい。場所はトゥルダールの旧都遺跡かな」

「嘘！　構成大丈夫？」

少女の問いに、ヴァルトは指で肘掛けを叩いた。

「ぎりぎりかからない……かな。周囲に結界張られてるみたいだし」

結界から魔力を引くと青年は苦笑した。現在、もっともオスカーとティナーシャから警戒されている彼は、新しい屋敷で再びミラリスと共に暮らし始めているのだ。

少女は甘くしたお茶を吹いて冷ます。彼女が座る椅子はセザルから持ちこんだお気に入りの木の椅子だ。

「で、ファルサス王は？」

「それがこっちも別口と交戦してるみたいなんだよね。邪教徒の復讐を受けてる。つくづく敵が絶えない人たちだな」

「半分以上はあなたが差し向けてたじゃない」

「ま、そうなんだけど」

ヴァルトは腕組みをした。準備を整え少し休息を取っていた間に事態は妙な方向に転んでしまったようだ。予定になかった最上位の登場に彼は思考をめぐらせた。

――ティナーシャとトラヴィスが知り合いであることは当然知っていたが、比較的予想しやすい彼女と違って、気紛れなトラヴィスは不測の事態を持ちこむことが多い。今までも何度かそれに悩まされてきたのだ。彼自身に殺されたことも何度かある。

だが、彼に対して謀略を仕掛けるのは危険が大きすぎるため、ある程度は諦めざるを得なかった。むしろ今などはオーレリアという重石《おもし》があるだけマシだ。

ミラリスが指を鳴らす。その音にヴァルトは顔を上げた。

「どうする？　手伝う？　魔女に死なれちゃ困るでしょ」

「そうだな……いや、いいよ。いい機会だから見守ろう」

「いいの？」

「うん。ここで負けて死ぬなら、彼女には力が足りないんだ。それじゃ意味ないからね」

冷徹な結論を下すと、ヴァルトは情を殺して目を閉じた。

世界は常に柔らかく動いている。

その打ち寄せる波の揺らぎの中に、彼らは苦々しくも立っているのだ。

※

ファイドラの放つ魔法を剣で薙ぎ払いながら、ティナーシャは女の眼前に肉迫する。

空中には当然ながら地面はない。体勢を維持するのも全て魔法だ。ティナーシャは意識して自分の足場を、地上にいる時と同様になるよう調整していた。

ティナーシャは、ともすれば溢れそうになる感情を抑制して剣を振るう。

自分に向けて振り下ろされる刃に、ファイドラは憎しみを滾らせながら白い手をかざした。闇色の剣とファイドラの魔力が接触し空気を震わせる。ばちばちと嫌な破裂音が響き渡った。

ティナーシャは右足で更に一歩を踏みこむ。ファイドラの左側面を狙って剣を打ちこんだ。刃は防御結界に食いこんで止まる。

「……蝕め」

ティナーシャは呟きながら、剣に更なる魔力を注いだ。

黒い刃が防壁を侵蝕し始める。食いこんでくる剣にファイドラは顔色を変えた。彼女は剣を払うように、左手で空を切り構成を組んだ。

「消えなさい！」

光が溢れる。

全身を襲う力にティナーシャは剣から手を離した。両腕で頭と心臓を庇いながら後ろに転移する。

軽い高揚が全身を支配する。その熱が己を突き動かす。

焦りも、期待も同じだ。早く先に行きたいと望んでいる。結果が欲しくて止まれない。

距離を取る女の顔を見返したファイドラは、自分を見つめる闇色の瞳に気づいて硬直した。

「お前……」

戦いを好む獣の目。概念を食らって恍惚《こうこつ》とする澄んだ殺意がそこにはある。

最上位である自分に対して何故そんな目ができるのか、理解できない。

――怖い。

闇色の眼が、ふっと彼女の精神に翳を落とす。

その呪縛に囚われた瞬間、ファイドラの肌を無数の黒い刃が切り裂いた。ティナーシャが手放した剣を細かな破片と変えていたのだ。

あっという間にティナーシャと同様血塗れになったファイドラは、屈辱に肢体を震わせた。彼女は服を濡らす赤い雫とその温かさを呪う。

「よくも……。お前の体も千の塵とし血の泥濘《でいねい》に沈めてやる！」

「あんまり怒ると命取りですよ」

ティナーシャは嫣然と微笑む。

痛手からいったら軽い裂傷だけのファイドラより、よほどティナーシャの方が重傷なのだ。感覚のない右手は魔力で動かしているに過ぎない。他にも体のあちこちが痛む。

だがそれでも彼女に不安はなかった。

力の隅々までを統御する。そこには一欠片の罪悪感もない。

トラヴィスと戦った時の静かな焦燥とも違う。何の禍根もなく格上へと挑む戦いの中にいるのだ。

その実感が彼女を熱くさせてくれる。

ティナーシャは焦がれる視線でファイドラを見つめた。怒りに燃える薄青い目がそれに応える。

ファイドラは右手を前に差し伸べた。

「出ずるを命ず……呪詛に彩られし幻想よ。定義を無意味化し、物質を還元せよ」

詠唱によって、三つの白い円環が現出する。

中心を同じくして絡み合うそれらは、文字のようなものが連なってできていた。

空は昏い。今にも雨が降り出しそうだ。

単色に沈む世界の中で、円環は鮮やかに輝いている。

「あれは……？」

効果は分からないがかなり強力な魔法だ。ティナーシャは自身も詠唱しながら防壁を張り始めた。

だがその完成より早く、円環は発動する。

三つの円環は回転しながら大きさを増すと、突如ティナーシャを中に閉じこめるようにして転移してきた。

「な……っ」

円環内部の空気が歪む。

気圧が変わるような違和感。

それが何故なのか瞬時に悟ってティナーシャは戦慄した。

――これは、魔法構成を歪めるための術だ。

円環内であるこの領域では、組んだ構成の全てが変質、或いは効果を喪失してしまう。

魔法法則と、構成の繋がりを捩《ねじ》れさせる魔法。こんな術があるなど聞いたこともない。信じられないほどの力と技術に感嘆しそうだ。

しかし実際はそんな余裕はなかった。ティナーシャの展開しかけた防壁が消える。

それだけではない。

止血をしていた術や空中に留まるための術が変質し、強烈な眩暈と吐き気が彼女を襲った。

「……あ」

――体がよろめく。浮いていられない。

傾ぐようにして落下し始める女を、ファイドラは会心の笑みで眺めた。彼女は追い討ちとして落ちていくティナーシャの真上に空気の塊を出現させる。

「少しだけ面白かったわ？」

ティナーシャは転移しようと構成を組んだが、円環の中では意味を持たない。

空気の圧力が円環の上からかかる。落ちる速度が加速される。

――次の瞬間、激しい衝撃音と共にティナーシャの体は遺跡の只中に叩きつけられた。

重い音を上げて砂煙が高く巻き上がる。崩れ落ちる瓦礫《がれき》の真上に転移したファイドラは、嘲笑を以て眼下を見つめた。

「ずいぶん手間をかけさせてくれたわね」

砂が舞い落ち、視界が徐々に晴れていく。崩壊し、積み重なった石材の山から、長い黒髪がはみ出しているのが見えた。

ファイドラは鼻を鳴らすと乱れた髪をかき上げる。全身を濡らす血の温かさが煩わしかった。

「まったく脆い体だこと。鬱陶しい」

現出した自分の体を両腕で抱きしめた彼女は――だがその時、異様な衝撃に体を震わせた。

ゆっくりと自分の体を見下ろす。

背中から胸にかけて、紫の刀身が彼女を貫いていた。

深紅の血が刃を伝って落ちるのを、ファイドラは信じられない思いで見つめる。

背後から穏やかな声が聞こえた。

「ありがとう。戦いが楽しいと思わせてくれて……」

「……お前……どうして……」

眼下にはまだ彼女の黒髪が見える。

だが背後には確かに鮮烈な気配があるのだ。その姿を確認するために、首だけでファイドラは振り返った。

ティナーシャは剣を抜きながら後ろに下がる。

艶やかな黒髪は肩の少し上でばっさりと切られている。闇色の瞳には捕食者の光があった。

「滅多に見れない術を見せてくれてありがとうございました。でも、私を殺せる権利を持つのは私のただ一人だけなんです。申し訳ありませんが」

そう言うとトゥルダールの女王は左手で短くなった髪を払う。


地表に叩きつけられる瞬間、ティナーシャは構成を持たぬ魔力を放出して自身の体を庇ったのだ。だがそれでも左足の骨は折れたようだし、あばらも数本おかしい。ぼろぼろの体を魔力で支えながらティナーシャは左手を上げた。

ファイドラはゆっくりと体ごと向き直る。最上位の女は攻撃構成を組もうとして、暗くなる視界に顔を歪めた。そのまま彼女の顔色が蒼白になっていくのをティナーシャは微笑んで見つめる。

「もう体が上手く動かないでしょう？　貴女は肉体に慣れていないようですが、人間の体って出血し過ぎると動かせないんです」

――最初に気づいたのは、ファイドラの足に蔓で傷をつけた時だ。彼女は痛覚を遮断していて気づかないのか一向に止血をしなかった。

魔法士は戦闘中に深い傷を負うと、まず止血と痛み止めを施す。どちらを放置しても集中が乱れ意識が混濁しかねないからだが、ファイドラはそれをしなかった。だから、ティナーシャは出血を狙って彼女の全身に浅い傷を作り続けたのだ。特に彼女自身から見えない背中には無数の裂傷がつけられており、既に真っ赤に染まっていた。

その上を更に、貫かれた傷から溢れる血が染め上げていく。

ファイドラは忌々しげにティナーシャを睨みつけた。

「こんな血など……穢らわしい……」

「そうですか？　温かい肉体も悪くないでしょう。この温度が私は好きなんですよ。まぁ……貴女はもう冷たくなるしかありませんけど」

「死ぬのはお前よ！」

白金の光が空中を走る。だがティナーシャはそれを短い詠唱と共に打ち消した。代わりに右手の剣を一閃する。打ち出された不可視の刃が、ファイドラの体を切り裂いた。

美しい白金の髪に血が飛び散る。ファイドラの目の中にも滴が入り、視界が赤く彩られた。

彼女は唇をわななかせる。

――体が重く、とても寒い。

本当にこんなところで終わってしまうのだろうか……。

答えは出ない。

暗くなる視界の中で、ファイドラは子供のように不安に震えながら目を閉じた。


瓦礫の上に落ちていった魔族の女を見下ろし、ティナーシャは息をつく。

遠目に確認すると、叩きつけられた女の体は壊れた人形のように捻じ曲がっていた。死体から黒い霧が染み出し、空に溶け始める。それは上位魔族の死だ。

「私はここから先に行く……貴女はこの街で眠りなさい」

ティナーシャは空を見上げる。

淀んだ暗雲から、いつの間にか雨が降り始めていた。

※

闇に閉ざされた空間をターヴィティは逃走していた。

後ろから、横から、トラヴィスの放った蛇が追いかけてきている。

――まさかこれほどまでに実力差があろうとは思ってもみなかった。人間の肉体に馴染みすぎた男など敵ではないと、互角以上に戦えると思っていたのだ。

だがその予想は脆くも打ち砕かれた。こうなっては彼を振り切り、身を潜めるしかない。

幾度目かの転移を試みたターヴィティは、しかし転移先が既に蛇によって囲まれているのを知って絶望した。

「くそ……ッ！」

力を操る。蛇を打ち砕こうと不可視の蔓をしならせる。

だがその蔓は空を切った。

「――成れ」

姿は見えない。だが残酷な男の声に十二の蛇は姿を変える。白く輝く檻がターヴィティを中に閉じこめながら現出した。その圧倒的な力に捕らえられた男は愕然とする。

「何だこれは……」

「面白いだろう？　原案は人間の女だ。複数の呪に分けて一つの檻を作る」

檻の外に姿を見せたトラヴィスは皮肉な笑いで旧知の男を眺めた。

そこには慈悲や容赦の欠片もない。ただ宣告が続くだけだ。

「これで仕舞いだ。叫びながら死ねよ」

男は指を鳴らす。檻がその光を増した。中央に向かって圧縮する。

トラヴィスの期待に反して、ターヴィティは声を上げなかった。白光の中、塵も残さず消えた男にトラヴィスはつまらなそうな顔を浮かべると、自身もその場から消え去った。

※

暗い、見渡す限り暗い空間に立っている。

いつから、どうしてこんな場所にいるのか、オスカーは辺りを見回す。

手には王剣がある。他には何もない。

ただ果てのない暗闇の中には、多くのものが蠢いている気配がしていた。

「……なんだ？」

言葉を発する。それが己の輪郭を補強した。

蠢いている他と自分を分けるもの。暗い海に落とされた一滴。


同じだ、と囁くものがいる。

怨嗟も、諦観も、悲嘆も、全て繋がっているのだと。

だがら全て同じだ。この負が漂う海も、そこに落ちてきたものも。


そう囁くものたちに、オスカーは理解する。

「なるほど……人の負の感情か」

思い当たった途端、記憶が急激に戻ってくる。己が何かを思い出す。

彼は王剣を握りなおした。ゆっくりと自分に向かって迫ってくる果てなき負に相対する。

眠ってしまえばいい、と。悲しみは明けない、と、それらは言う。

同じなのだから一つになりたいと、無形の手を伸ばす。

オスカーはそれらに対し、きっぱりと言った。

「戯言を囁くな。お前たちと俺は違う」

たとえここに立ちこめる負が人のものであり、自分もまた人として負を抱えているのだとしても。

ここに留まることはしない。歩き続ける。

怨嗟も、諦観も、悲嘆も、己を委ねる相手ではない。誰にも自身を譲り渡さない。

オスカーは自分を包みこもうとするそれらに宣言した。

「お前たちは俺に近づくこともできない。――元の住処《すみか》に還《かえ》れ、目障りだ！」

アカーシアを一閃する。

果てのない暗闇に切れ目が生まれた。途端、そこから空気が流れこむ。

いくつもの見えない膜が彼の中を通り過ぎていく。世界が次々色を変える。まるで奔流だ。

――否、全てはそのように感じるだけだ。

だからオスカーは構わず踏み出した。更にアカーシアを振るうと視界が晴れる。

そこは元の草原だ。視界を覆いつくすほど一面に漂う靄の中、彼は正面に浮いている赤子を見つけて左手を伸ばす。

「陛下！」

「大丈夫だ」

オーレリアの結界の隙間を縫って、あちこちから瘴気が染みこんでくる。それらは彼の腕や胸に触れると服を溶かし肌を焼け爛《ただ》れさせた。だが、オスカーは顔色一つ変えない。

彼は赤子を胸に抱き取ると小さな背を覗きこんだ。産着《うぶぎ》の釦を外すと、背中の真ん中に黒い痣が浮かび上がっている。

「いい子だな……。少しの我慢だ」

ささやかな溜息と共に、オスカーは禁呪の紋様の上にアカーシアの刃をそっと滑らせる。痣がその輪郭を歪めた。耳鳴りに似た音が辺りに響く。赤子が大きく目を見開いた。

変化は一瞬で、劇的だった。

立ちこめていた黒い靄は中心から破裂する。オーレリアが感嘆の声を上げた。

四散した残滓も徐々に薄らぎ消えていく。

その只中でオスカーは少女を振り返ると、泣き出した赤子を抱いて苦笑した。

「こんな感じか？」

オーレリアは驚愕を漂わせたまま頭を下げる。

「お見事でした……。お怪我を見せてください」

「先にこっちを治してやってくれ」

少女のところに戻ったオスカーは泣き叫ぶ赤子を示した。その背にはうっすらと血が滲んでいる。

オーレリアは急いで赤子を抱き取ると、治癒の詠唱をかけ始めた。その様子を見てオスカーはほっと一息つく。

「とりあえずは何とかなったが……いや、何も終わってないな」

不気味な禁呪に絡まれてしまったが、今の目的はティナーシャの捜索だ。

オスカーは遠くに見える砦を一瞥する。臣下たちも心配しているだろうし、一度帰った方がいいだろう。赤ん坊の傷を治し終わったらしいオーレリアにそう声をかけようとした時、不意に背後に新たな気配が現れた。

「オスカー！」

あわてた女の声に彼は安堵した。今まさに探しに行こうと思っていた人物が、ようやく現れたのだ。何と言ってやろうかと考えながら振り返ったオスカーは、しかし彼女の姿を見て固まった。

「お前……何だその姿！」

「あ、大丈夫です。治してありますから」

ティナーシャは顔の前で手を振る。

だがどうみてもその格好は異常だ。着ているドレスはあちこちが鋭利に切り裂かれ、血が服にたっぷりと染みこんでいる。胸元にはよく分からぬ紋章が痣として浮かび上がっており、何よりオスカーが気に入っていた長い黒髪は、肩ほどでばっさりと切られていた。

切り揃《きそろ》えたのではなく断ち切ったという方がふさわしい断面を、彼はまじまじと眺める。

「何があった」

「え、な、何も？　それより貴方は何があったんですか」

「ばればれの嘘をつくな」

オスカーは近くに寄った婚約者の頬をつねりあげる。ティナーシャは「ぎゃー、痛い痛い」と悲鳴を上げながらも手を伸ばして彼の全身の火傷《やけど》に治癒をかけた。その二人の様子をオーレリアは呆然と眺めている。

解放されたティナーシャは、ようやく少女と腕の中の赤子に気づいて首を傾げた。

「あれ、どうしたんですか？」

「その赤ん坊、シミラの残滓が封じられてたぞ」

「え!?　あ、な、るほど……すみませんでした」

「仕方ない。お前のせいじゃないし、大事にもならなかった」

しょぼんとする婚約者の頭をぽんと叩いて、オスカーは振り返る。彼はオーレリアに礼を言った。

「助かった。ありがとう」

「勿体《もったい》ないお言葉、恐縮です」

少女は一礼して顔を上げると、不安げな目でティナーシャを見つめた。オスカーがそれに気づく。

「彼女はあの男を捜してるらしいぞ。お前は誰と戦ってたんだ？」

「あ、トラヴィスやっぱ帰ってないんですか。まさか負けたのかな」

「――負けるわけねーだろ。適当なこと言うな」

不機嫌な声と共に、少女の背後に話題の男が現れる。オーレリアはあわてて振り返った。

「トラヴィス！　どこ行ってたのよ！」

「いい子に待ってろっつったのに、お前は何でこんなところにいるんだよ」

言葉とは裏腹に少女を見る彼の目は穏やかだ。オーレリアは久しぶりに見る男の表情に、目元を指で押さえた。

「し、心配だからに決まってるじゃない、馬鹿！」

「心配しなくても俺は余裕なの。あいつと違って」

「余裕ならこっち手伝って欲しかったですよ……」

ティナーシャは腕組みをして知己の男を見やった。その声には疲労が滲んでいる。

オスカーはその会話から、どうやらティナーシャの相手はトラヴィスではなく、むしろ二人が共闘関係にあったことを察した。抑えていた殺気を収める。

だがそれはそれとして、彼は追及を緩める気はなかった。隣からの無言の圧力にティナーシャは顔を強張らせる。彼女はおそるおそるオスカーを見上げて言い訳した。

「えーと、つまり、色々借りがあって、その返済として彼の手伝いをしてたんですよ」

「殺されかけたのを寸止めされたことを借りとは言わんぞ」

「いやまぁ他にも色々ありまして……」

「……後でゆっくり聞こう」

冷ややかな言葉にティナーシャはうなだれた。だがすぐに彼女は気を取り直すと、トラヴィスに確認する。

「というわけで、今回の件はこれで終わりでいいですか？」

「ああ、約束は守ろう。にしてもお前ぼろぼろだな。ずいぶん手ひどくやられたもんだ」

「強かったんですよ！　髪返してくださいよ、もう」

ティナーシャはぶんぶんと両手を振って抗議する。全身の傷は既に治したが、短くなった髪だけは戻せなかったのだ。頬をくすぐる髪を束ねようと四苦八苦するティナーシャに、オーレリアは改めて頭を下げた。

「あの、トラヴィスがご無理を言ったようで申し訳ありません」

「ちげーよ。お前が言うのは詫びじゃなくて礼。あいつはお前の代わりに戦ったの」

「え……？」

「そういうことは黙っててください」

トゥルダールの女王は気まずそうに苦笑した。その頭をオスカーは軽く叩く。

「世話焼き」

「うー」

オーレリアは目を瞠る。まさか自分に危険が迫っていようとは思ってもみなかったのだ。ましてや美しい女王がその身代わりになっていたなどということも。

ティナーシャは困惑する少女に笑って手を振った。

「貴女は何も気にしないでください。悪いのはトラヴィスですから」

「俺も悪くない」

「生活態度を改めてくださいよ」

「もう改めてるさ」

トラヴィスは言いながら軽く手を振った。ティナーシャの胸の紋章が消える。同時に黒髪が元の腰までの長さに瞬時にして伸びた。あまりのことに三人は息をのむ。

「凄いですね……」

「俺はこういうの得意だからな。まぁファイドラの相手をさせた釣りだ。さ、帰るぞ、オーレリア」

傲岸な口ぶりだ。だが銀髪の少女は男を見上げると素直に頷いた。

――また彼と同じところに帰れるのだ。安堵に口元がほころぶ。

その額に男は優しく口付けた。そうして触れる温かさが彼女に安らぎをくれる。ほんの子供の頃からもうずっとそうだ。そしてできればこれからもそうあって欲しい。

オーレリアはほろ苦くも微笑んだ。言葉にならない思いがこみ上げる。或いはこれを幸福と言っていいのかもしれない。


――だがその時、誰のものでもない女の囁きが場に零れた。

「わたしを……たばかったの……？　この女じゃなくて、その小娘が……」

「ティナーシャ!?」

ティナーシャは両手で喉を押さえた。隣から婚約者が覗きこんでくる。

自分のものではない声が口から紡がれたのだ。呪詛にも似たそれを振り払おうと、彼女は体をよじった。

頭が割れそうに痛い。熱泥のような違和感がこみ上げてくる。

「お前……揺り返しか！」

トラヴィスの焦ったような叫びが聞こえる。

眩暈がする。何かが体の中で蠢く。

ティナーシャは吐き気を耐えながら地面を蹴ると、その場から転移した。三人から離れた上空に出る。彼女は喉を押さえたまま声を絞り出した。

「出ていきなさい……貴女の居場所はどこにもない！」

言うなりティナーシャは魔力を体内で炸裂させる。

ばらばらになりそうな衝撃の後、彼女を襲ったのは純粋なる力の奔流だった。

※

トラヴィスは上空に小さく見えるティナーシャの姿を見上げて舌打ちした。

「まずいな……」

「何が起きたんだ。とりつかれたのか？」

顔を険しくするオスカーに、魔族の王は放り投げるように答える。

「とりつかれたというか、ファイドラはあいつには何もできねぇよ。しょせん残滓だ。乗っ取れるはずがない。——ただ最上位が急に二席も空いて位階の均衡が崩れたんだ。元に戻ろうと揺り返しが働いてる。そのせいでファイドラの意識が残ってたんだろ」

「それは結局どうなるんだ？」

「どうにもならない。死んだやつは戻らねえからな。ファイドラの意識も今ので吹き飛ばされただろうし、位階の方もほっときゃ残された席だけで新しく均衡を保つようになるだろうよ。これ以上人数が減ったら違うだろうが、二人の欠員くらいじゃ一時的に力の流れが狂うだけだ」

苦々しい説明にオスカーは眉を寄せる。

「じゃあ何がまずいんだ」

「その一時的な狂いを止めることはできない。新しい均衡が取り戻されるまでは、空席を埋めようと揺り返しが起きる。つまり、最上位を殺したあいつを代わりにしようと力が注がれるってわけだ。けどそれをされると、あいつの魔力耐性がいくら高くても——」

上空で爆発が起こる。

すさまじい魔力の塊がそこに現出した。その中央には美しい女が佇《たたず》んでいる。元に戻った黒髪が舞い上がる。彼女は鈴のような笑い声を上げた。

「あぁぁあああっ……ははは、はっ、ぁぁあははっ！」

悲鳴混じりの笑声が地上にいる三人のところまで伝わる。普段の彼女とはまったく違う箍の外れた声音にオスカーは目を丸くした。トラヴィスがその後ろで肩を竦める。

「ほら、暴走しちまうんだよ」

呆れた軽い声に、オスカーとオーレリアの二人はすぐには何も返せなかった。

霧雨が細い体を湿らせる。ティナーシャは肩にかかるそれを煩わしげに見やった。

体の中が燃えるようだ。感情がぐちゃぐちゃと混濁して、可笑しいのか憤っているのか分からない。魂がばらばらになってしまいそうだ。彼女は自分の喉元を押さえる。

「はは……っ、は……はは……」

力が溢れてくる。とめどなく流れこんでくるそれは、自分の体を作り替えていくようだ。

ティナーシャは自分の頬に触れる。そこは涙で濡れていた。

「あれ……？」

悲しいことなどない。そのはずだ。

今の自分にあるものは、全てを焼くほどの熱で——だから、余計なものはいらない。

ティナーシャはどんよりと厚い雲と降り注ぐ雨を睨む。せっかく見晴らしのいい場所にいるのに、これでは台無しだ。彼女は軽く指を鳴らした。

上空で突風が巻き起こる。それはあっという間に辺りの雲を散らし澄んだ青空を覗かせた。柔らかな日の光が地上を照らし始める。

「上等……」

これで少しはマシだ。体が冷えるのは嫌だ。知らない場所に一人で置いていかれる気がする。

ティナーシャは頬を濡らす涙を乱暴に拭うと、体の中に凝る熱を確かめた。何かが欲しい。欲しくてたまらない。だがそれが何か分からないのだ。分からないから——全てを壊してしまいたい。

ティナーシャは痛む頭を振って視線をさまよわせる。視界の先にイヌレードの砦を見つけて、彼女は形の良い眉を顰めた。

「目障り……」

だが彼女が構成を組もうとする前に、突然の怒鳴り声が地上から響く。

「ティナーシャ！」

よく通る男の声。彼女は仔猫《こねこ》のように首を傾げて、自分を睨み上げる男を見下ろした。

何の詠唱もなく天気を変えたティナーシャに、オスカーとオーレリアは啞然とし、トラヴィスは顔を歪めた。

——想像以上の力だ。禁呪も軽く凌駕するだろう。

オスカーは彼女を見上げたまま問いかけた。

「暴走って、どうすればいいんだ」

「あー……あいつ魔力慣れしてるからな。三十分もすれば精神が魔力の統御に成功するだろ。ただその前にこの辺りの地形が多少変わるかもしれねーけど」

「……砦を再建したばっかりなんだが」

「知るか。そんなの自分の女に言え」

途方もない話にオスカーはこめかみを押さえた。すぐ後ろではオーレリアが赤子を抱きしめたまま青ざめている。トラヴィスは少女の肩を叩いた。

「っつーわけで避難した方がいいぞ。帰るか」

「待ちなさいよ！　何とか止められないの⁉」

「無理。あいつの力って本来は俺と張るんだよ。今までは経験が違うからあしらえてたけど、あんなになってちゃどうにも無理だな。もともと精霊の子供……純潔の精霊術士はこの世界では優遇されるし、放置が一番だ」

「何よ、ずいぶん弱気じゃない」

「俺は自分の力を過信しねーんだよ。できるものはできる。できないものはできない。どうしても止めろっつーなら、あいつを殺すしかないけど？」

「論外よ！」

「だろうな」

トラヴィスはわざとらしく両手を上げる。

どこか楽しんでいるような美しい男の顔を、オスカーは感情のない目で一瞥した。彼は一度は鞘に収めたアカーシアを抜く。

「なら俺がやる」

「正気か？　アカーシアが相性で勝ってるといっても、過信は死を招くぞ」

「方法はある。それに自分の代に砦を二度も建て直したくないからな。お前にも手伝ってもらうぞ。あいつに近づきたい」

反論を許さぬオスカーの言葉にトラヴィスは皮肉げな表情になった。その背中をオーレリアが小突く。愛しい少女に押されて魔族の王は頷いた。

「いいだろう。空間的にでいいか？」

「精神的に近づくなら人の手は借りない」

トラヴィスは声を上げて笑い出す。決して仲がよいとは言えない二人の男は、簡単に手順を確認すると、上空に佇む女の制圧に乗り出した。


ティナーシャは首を傾げて地上の男を見下ろした。闇色の瞳が苛立ちをこめて彼を検分する。

「誰？　鬱陶しい」

その言葉に彼はげっそりした。オスカーは前を見たままトラヴィスに問う。

「記憶がなくなってるのか？」

「一時的に混濁してるんだろ。ファイドラの意識が消えても感情だけは残ってるんじゃねえか？あいつ、めちゃくちゃ人間嫌いだったからな。下手に構うと殺されるぞ」

「あれを野放しにできるか。俺の女だ」

オスカーは、剣を持っていない方の手を上げて彼女を手招きする。

「話がある、ティナーシャ。下りてこい」

「嫌。消えなさい」

「…………」

短い拒絶にオスカーは唇を片端だけ上げた。彼への嫌悪さえ窺える表情は、確かに死んだ最上位魔族の感情が残っているのかもしれない。オスカーは少し思案すると再び彼女を見上げた。

「俺が嫌いなら下りてくればいい。相手をしてやる」

単純な挑発。それを聞いた彼女は大きく目を見開いた。

驚いたような傷ついたような顔。だがすぐにそれは怒りへと変わった。彼女は右手で男を指差す。

「なら、死になさい」

指先から五つの光球が打ち出される。それらは空を蛇行しながらオスカーに迫った。

彼は駆け出しながらアカーシアを振るうと、真っ直ぐに向かってきた二つを斬り裂いた。構成を失った光球は掻き消える。

その間に彼の背後を取ろうとしていた三つ目と四つ目は、アカーシアに触れるまでもなく破裂した。オスカーの後ろで腕組みしたままのトラヴィスがにやにやと笑う。

「俺も疲れてんだよ。とっとと下りてこい」

最後の光球がアカーシアに両断された時、ティナーシャの全身に上からの圧力がかかった。

「な……」

不意の攻撃に彼女は体勢を崩し、そのまま遥か下の地上に向かって叩きつけられる――寸前で爆発が起こった。凄まじい爆風が三人に押し寄せる。吹きつける砂塵《さじん》を結界を張って遮りながら、トラヴィスが息をついた。

「おいおい。帰りてーよ」

地面の少し上に浮いている女は、苛立ちのこもった目で二人を睨んでいる。

今の不意打ちが逆鱗《げきりん》に触れたのだろう。闇色の両眼が初めて見る憎悪で満ちていた。

「二人がかり……そう。そうなの」

ふつふつと滲む憤激。触れれば焼けそうな感情を見せる彼女の前に、オスカーは歩み出た。左手の指を確かめるように一度軽く握る。

「厳密には俺一人だ。来い。毒を抜いてやる」

「……嫌い」

ティナーシャは右手を上げた。圧縮された巨大な魔力の壁が、彼女の前に現出する。

まるで現実の石壁を思わせる厚さの白い壁は、城壁のように高く、そして左右にも広がっている。うっすら向こうが透けて見えるそこには高密度の魔力が絡み合っていた。

「行け」

壁は、地面を抉《えぐ》り土を撒き散らしながらオスカーに向かう。彼は王剣を手にそのまま走り出した。緻密で膨大な力の塊そのもの。目前に迫る壁へとオスカーは王剣を振り下ろす。触れるもの全てを弾き飛ばす壁に大きな亀裂が生まれた。

オスカーがその隙間をすり抜けて更に距離を詰めると、ティナーシャは苛立ちを見せた。彼女は白い指を弾く。熱を伴った閃光が男の背後に出現した。それは火花を散らし彼の肉体に達する。だがオスカーはその攻撃を、後ろを見ぬまま斬り裂いた。飛び散った火花が腕に触れるが、ティナーシャ自身の結界と相殺される。

魔力の揺れが伝わったのか、彼女の細い体がびくりと跳ねた。

「あ――」

「正気に戻れ、ティナーシャ」

「う、るさい！」

ティナーシャは苦しげに吐き捨てた。

上空に逃れようとしてか、転移構成が組まれる。だがその気配を感じたオスカーは、左手の指輪に触れた。転移封じの構成が一帯に広がる。残る壁を消していたトラヴィスが後方で口笛を吹いた。

ティナーシャは驚愕に目を見開き、そして憎々しげに顔を歪める。

彼女は両手に巨大な魔力の塊を生む。

金色に発光する巨大な球。それを手にティナーシャは自ら地面を蹴った。宙に浮きあがると、作り上げた塊をオスカーめがけて振り下ろす。地面に巨大な穴を空けそうなそれを見て、オスカーは歩みを止めると王剣を構えなおした。

「消えてしまえ！」

空気がバチバチと激しい音を立てる。ぶつけられる金光の球体に対し、オスカーは王剣の平を以て受け止めた。球が押しとどめられたのは一瞬、次の瞬間アカーシアが、球を二つに斬り裂く。

だがティナーシャはそれを見る前に黒い魔力の剣を作っていた。まばゆい魔力の球を囮として、男の真上から斬りかかる。

けれどその剣は、あっさりとアカーシアに弾かれ霧散した。右手首を捕まえられたティナーシャは浮いていた体を引き寄せられぎょっと顔色を変える。

明らかな隙にオスカーが迷ったのはほんの一瞬。

その間に彼女ははっと顔色を変えると男の肩を蹴った。

魔力の小さな爆発が起こり、それに乗ってティナーシャは大きく距離を取る。

引きはがされた左手を見て嘆息するオスカーに、トラヴィスが呆れ声をかけた。

「今、やれただろうがよ。腹を蹴破れただろ」

「俺があれを蹴ったら内臓が破裂する」

「いいからやれよ、破裂しても直してやるから」

「治した後もめちゃくちゃ痛いだろうが」

以前トラヴィスがティナーシャの腹に穴を空けた時、復元されても彼女は激痛によろめいていたのだ。できればそんな目にはあわせたくないし、そんなに何度も腹を作り直していたら、将来子供を産ませる時に困る気がする。

だがそんなやりとりをしていた二人の耳に、絶叫が響いた。

「あああぁぁぁあああああ！」

頭を掻きむしり、激情する女王。彼女はぼろぼろの小さな体で傾いた声を上げる。

「き、嫌い嫌い嫌い嫌い嫌い嫌い！」

癇癪《かんしゃく》を起こした子供のように、それよりもっと悲痛に彼女は叫ぶ。

「嫌い！　見たくもない！　死ね死んで嘘つき嫌い嫌い嫌い！」

憎悪を燃え上がらせてティナーシャは自身の小さな頭を抱えこむ。

溢れ出る魔力をそのままに乱心している女王を見て、トラヴィスが冷めた目で言った。

「ありゃ大分ファイドラの感情にやられてんな。半死にさせて抜けるのを待つしかないだろ」

「……いや」

そういう手段を選ぶこともできる。災厄そのものの魔力を抱えているとは言え、正気ではない彼女を叩きのめすことは、自分とトラヴィスがいれば不可能ではない。

だが――それはきっと違う。

オスカーは、涙でぐしゃぐしゃになっている女の顔を見た。

闇色の双眸と目が合って、心が決まる。

「大丈夫だ」

アカーシアを手に歩き出す。

それを見てティナーシャはびくりと震えた。彼女は男の歩みを押しとどめるように両手を前に出す。その中に力を編み始めた。

「嫌い嫌い嫌い嫌い」

「どうして嫌いなんだ？　俺が人間だからか？」

「嫌い。嘘つきめ。大嫌い」

「まあ、嘘はついたことはあるな」

混濁した感情は、どこからが魔族のもので、どこからが彼女のものか分からない。

ティナーシャは苦しげに頭を振った。

白光が彼女の手の中に生まれ、徐々にその輝きを増していく。

純粋な魔法。幾千もの命さえ、一瞬に刈り取れる力だ。トラヴィスがオスカーの背にのん気な声をかけた。

「おい、あれ食らったら一帯ごと吹き飛ぶぞ」

その声にオスカーは答えない。ただ目の前にいる女を見つめる。距離を詰める。

ティナーシャは手の中に光を溢れさせながら、近づいてくる男に不安げな目を向けて詰《なじ》った。

「だって、手に入らないのに。おいていくのに」

「置いていかない。お前のものだ」

「……嫌い」

ティナーシャの手の中に単純な構成が現れる。

人間など簡単に消し去れる力だ。一瞬でそれを為せる。

彼女は苦しげに顔を歪めて構成を完成させた。

熱に魘《うな》されたような表情で、ティナーシャは懇願する。

「愛して」


——七つの円環が完成する。

その圧力はかつて相対したドルーザの禁呪にどこか似て、だがもっと苛烈だ。

女の手を離れ、彼へと向かう巨大な魔法。

オスカーはだが、わずかな緊張と共に迷いなくその構成へ飛びこんだ。息を鋭く吐きながら絡み合う構成に刃を食いこませる。

眩い光。

あまりの白さに何も見えない。

だが全身にかかる焼けつくような圧力ごと、彼は外周の構成を切り払った。

アカーシアを持つ手が痺れる。天地の感覚が失われる。それでもオスカーは更に一歩を踏みこんだ。本能を以て力を薙ぐ。

肺の中の空気を全て吐ききった時、彼は女の眼前に立っていた。

涙に濡れたティナーシャを見下ろし、オスカーは微笑む。

「そんなことが不安だったのか」

それが死んだ魔族の女の感情だったのか、ティナーシャ自身が隠していた望みか。

どちらでもいい。今ここにいるのは彼女だ。

オスカーは両手で彼女の顔を包みこむ。

「ちゃんと愛してる。安心しろ」

彼女は濡れた目を軽く見開く。オスカーはその白い頬にアカーシアの腹をそっと当てた。魔力が触れた場所から拡散していく。少しずつ呼吸が落ち着いていく女に、彼は囁いた。

「飲ましてやろうか？　自分で飲めるか？」

高い鼻梁に口付けてオスカーが問うと、ティナーシャは長い睫毛を揺らした。血の気の感じられなかった頬に、うっすらと赤味が差す。

「……自分で飲めます」

差し出された手に、オスカーは苦笑して胸元から出した小瓶を握らせた。

中に入っているものは、ファルサス城地下にある「無言の湖」の湖水だ。魔力を封じる水、王剣を生みだせし湖から汲みだしたもの。

彼女はそれを一息で飲み干す。

崩れ落ちた女の体を抱き上げてオスカーが振り返ると、遠くでトラヴィスがひらひらと手を振っていた。

10．永遠の半分

椅子に座るオーレリアは目を閉じる。男はその額に手を当てた。

「まったく勝手に封印を解くなよ。屋敷を抜け出したり、しょうがない奴だな」

「そっちこそ全然帰ってこなかった癖に……」

「俺は強いっての」

触れられた手から力が注がれる。再び自分の力に鍵がかけられたことに気づいたのか、オーレリアは苦笑した。だがすぐにその表情は曇る。オーレリアは灰青の瞳を開いてトラヴィスを見上げた。

「ねぇ、ティナーシャ様を殺しかけたことがあるって本当なの？」

「あの男に聞いたのか？」

トラヴィスはうんざりとした気分で軽く手を振る。

「気にするな。俺のことだほっとけ」

「気にするわよ。本当のことを言って……」

真っ直ぐな目は初めて出会った時から何も損なわれていない。誇り高き魂を象徴するように、いつでも少女はしなやかに背筋を伸ばして彼を見つめるのだ。

こうなったら決して譲らないことは長い付き合いでよく分かっている。トラヴィスは頭をかいた。

「あー、まー本当」

「……そう」

烈火のごとく怒られるかと思ったが、オーレリアの言葉はそれだけだ。

トラヴィスは眉を顰める。

「何だよ、言いたいことがあったら言えよ」

「言いたいことはいっぱいあるわよ。何で私を助けてくれるのかとか、いつまで一緒にいてくれるのかとか、ずっと気になってた。――でもそんなことはどうでもいいわ」

オーレリアは言葉を切った。立ち上がると男の顔を睨みつける。

「あなたがどういう存在なのかも、その冷たいところもよく知ってる。でももし、これからも私と共に生きてくれるというなら、悪いことはやめなさいよ！　人間のやり方に従いなさい！　そうすればその途方もない罪の半分は背負ってあげる！」

灰青の目が意志を込めて輝く。それは過去を視《み》る目であり、彼を見つめる目だ。

トラヴィスはぽかんとして聞き返した。

「お前……本気で言ってんの？」

「本気でなきゃこんなことは言わないわよ！　どれだけ一緒にいたと思ってるの？」

男は想像だにしなかった少女の言葉に息をのんだ。

どれだけ生きてきた年月が違うと思っているのだろう。彼のことを分かってなどいるはずがない。

半分であろうとも背負えるはずなどないのだ。

——まるで子供の戯言だ。馬鹿げている。

だが、彼はその言葉に縋《すが》りたがっている自分に気づいていた。

彼女の強さが欲しい。殺してでも心が欲しい。そう思ったこともある。

本当に愚かなのは、きっと彼女ではなく自分だ。まるで人間のことなど分かっていない。触れようとした手で傷つける。興味だけで堕落させる。そのことを知りながら、彼は自分の楽しみのために人間に触れてきたのだ。

そんな彼の手を取るということがどういうことなのか、彼女はきっと知らない。

トラヴィスは表情を消し、呟いた。

「馬鹿か……不幸になるぞ」

そこにはいつものからかいや余裕はない。ただどこまでも続く夜のように果てしない孤独がある。

オーレリアはその空虚に気づいてか、少しだけ目を細める。

だが少女は、己の視線をわずかも揺るがすことはなかった。真っ直ぐにトラヴィスを射抜いたまま口を開く。

「幸福だろうが不幸だろうが知ったことじゃないわ。お望みなら奈落までつきあってやるわよ」

迷いのない声。とんだ啖呵《たんか》だ。

今までこんな人間はいなかった。そう、ただの一人も。

魔族の王である男は、穴があくほど少女を見つめる。オーレリアは形の良い眉を跳ね上げた。

「何よ。言いたいことあるなら言いなさいよ」

「いや……そうだな。お前がもっと大人になったら言うよ」

「何それ」

トラヴィスは笑っただけで答えない。

これからあとどれだけ一緒にいられるのか、彼にも分からない。何があるか分からないし、どちらかが共にいることを拒むようになるかもしれない。

だがそれでも、そうして別れて行くことになろうとも——彼は、確かに彼女の今の言葉に救われたのだ。

そのことだけは告げて行こうと、トラヴィスはこの時決めた。

やがて遠い未来から恋しく想うであろう、今日のために。

※

雨は夜になり、いつの間にか上がっていた。

まだ残る雲は上空を足早に通り過ぎていく。その切れ目から月星が白い光を瞬かせていた。

さんざんな目にあった後、トゥルダールに帰ったティナーシャは、あわてて執務を済まし自室に戻る。入浴を済ませ髪を乾かした頃には、空はすっかり夜だ。

ティナーシャはテーブルに突っ伏すと深く息をついた。

「あー……疲れた……」

昼の事件を発端とした気分の悪さは大分引いていたが、魔法はまだ使えない。無言の湖に落ちた時と違って湖水を飲んで吐いていないのだ。最低でも日付が変わるまでのあと二時間前後、構成を組むことはできないだろう。ティナーシャはあわただしかった今日一日を思い返し……真っ赤になって頭を抱える。

「は、恥ずかしい……！　もう！」

揺り返しで大量の力を注がれた上、ファイドラの感情に同調して暴走してしまったのだ。そうして無茶苦茶なことをたくさん口にしてしまった。どこまでが自分の本心か違うのか、自分でもよく分からない。

『おいていかないで。愛して』

まるで子供のような感情の塊。それを彼にぶつけてしまったことがひたすら恥ずかしい。ただオスカーは、そんな彼女を苦笑して受け止めてくれたのだ。

「あとでちゃんと謝りにいかないとな……」

彼女は溜息を噛み殺す。その時、扉が外から軽く叩かれた。

「はい？」

「ティナーシャ様、お客様だよっ」

明るい精霊の声にティナーシャは扉の前に立った。何の警戒もなしに鍵を開け、そして硬直する。

悪戯っぽい顔で笑うミラの前に立っていたのは、彼女の婚約者である男だった。

「ぎゃあああッ！　何で!?　ここトゥルダールなのに！」

「ずいぶんな反応じゃないか。まったく、人が仕事で席をはずしてる間に起きたと思ったら逃げ帰って……。さて説教をさせてもらうぞ」

「痛い痛い痛い！」

オスカーは彼女の頰をつねりながら部屋に入ってくる。ミラがひらひらと手を振りながら扉を閉めた。無情な仕打ちに女王は涙目になる。

「ひ、ひどい不意打ちです……」

「誤魔化せると思ったか。洗いざらい吐いてもらうぞ」

「ううううう」

誤魔化せるとは思っていなかったが、怒られるのは先延ばしにしていたかった。

しかし彼の顔を見るだにそれも限界であるらしい。

ティナーシャは痛む頰を押さえながらまず謝ると、今日の戦闘に至るまでの事情を話し始める。幾つか伏せておこうと思ったことはしかし、それを避ける度に勘のいいオスカーに気づかれて突っこまれ、結局はほぼ全てを話す羽目になった。

何度もつねられ息も絶え絶えになったティナーシャは、テーブルに突っ伏している。それを向かいの席から眺めるオスカーは、心底呆れた表情で口を開いた。

「阿呆か、お前。その頼みのどこに命を賭ける義理があったんだ」

「いやせっかく殺されかけたところを生かしてもらったわけですし……今後の不可侵を約束してくれるなんて彼からしたらいい条件なんですよ」

「今後不可侵にしたいなら俺があいつを殺してきてやる」

「待……ってください……」

最後には二人で協力していたのだから少しは関係が和らいだのかと思ったら、全然そうではないらしい。ティナーシャは頭を抱えながら立ち上がる。

「えーと。何か飲みますか？　お酒もありますよ」

「お前が飲むために置いてあるのか？」

「いえ、観賞用です。色が綺麗だから」

指差された後ろの戸棚には、琥珀《こはく》や金、紅の澄んだ色ばかりの酒瓶が並んでいる。全て未開封らしい酒瓶を女の肩越しに見やってオスカーは頷いた。

「じゃあ左から二番目の琥珀色のやつ」

「分かりました。何が要りますか？　そのまま飲みますか？」

「氷だけくれ」

普段なら自身の魔法で取り寄せるのだが、今は何もできない。ティナーシャは部屋から顔を出すと、控えの部屋にいるミラに氷を持ってきてもらった。四苦八苦しながら瓶を開封していると、オスカーが横から取り上げて栓を抜く。

「な、何か本当に魔法ないと何もできませんね、私……」

「それが普通だろ。別に俺は構わんし、むしろずっと湖水を飲んでろ」

「そ、それはちょっと……」

ティナーシャがぐったりうなだれると、オスカーは自分で酒をグラスに注ぎながら苦言を呈した。

「大体、お前は何でそう進んで面倒ごとを抱えこむかな。ちょっとは避けろ」

「トラヴィスに関しては恩もあるんですよ。私に魔法の眠りを使うように言ってくれたのはあの人だけですから」

オスカーは目を丸くする。男の表情にティナーシャは苦笑した。

「本当はそんなこと思ってもみなかったんですよ、貴方に会いに行くなんて……。生きる時代が違いましたし、確証もなかった。でもトラヴィスが『腐ってないで追え』って言ってくれたんですよね。妙に自信たっぷりに。今思うと彼はエルテリアのことを知ってたんじゃないかな……」

闇色の目が一瞬遠くを見るように伏せられた。

出会ったばかりの頃よく見せた目。孤独と郷愁を感じさせる表情だ。

だが彼女が顔を上げてオスカーを見た時、そこには既に感傷の色はなかった。

「でもこれで貸し借りなしです。心配かけてごめんなさい」

「……そうか」

オスカーは目を細めた。

人の出会いの多くは偶然の上に成り立っている。

だがその中でも取り分け、彼らの出会いは危うい運命の先に生まれた奇跡に思えた。

もし彼女が子供の頃、自分に出会わなかったらどうなっていたのだろう。そこまで考えて、オスカーはふと怪訝そうに首を傾げた。

「何で俺は子供のお前を助けたんだ？」

「え？」

「いや、そもそも俺は何しに四百年も前に行ったんだ。偶然か？」

今更とも言える問いに、ティナーシャは気まずげな顔になった。渋々といった様子で口を開く。

「私がこの時代で貴方の妻だったからですよ」

「……は？」

「うう……そういう反応されると思ったから言いたくなかったんです」

オスカーは啞然とする。言われたことをのみこめぬままテーブル越しに手を伸ばし、渋面になった婚約者の髪を引いた。

「何だそれ。何で結婚してるんだ」

「知りませんよ！　女の趣味が悪いんじゃないですか！」

「いやそういうことじゃなくて……時代差があるだろう」

生まれた時代が違うのだ。今の彼女はオスカーを追ってやってきた。ならば改竄される前の歴史では、何故二人が結婚しているのだろう。

ティナーシャは腕組みをして眉を寄せる。

「それ私も昔、貴方に聞いたんですけど、教えてくれなかったんですよね。でも妙に私のことに詳しかったし、嘘ではないと思いますよ」

「胡散臭《うさんくさ》い話だな……。四百年後に来いとか言われたのか？」

「いえ、改竄したからもう会えないって言われましたよ。私には即位が控えてましたし……いい女王になるよう言われました」

彼女は、悲しげな顔で微笑んだ。

深い親愛と喪失をないまぜにした目は、遥か過去のもう一人の男へと向けられている。子供だった頃、彼女を強く支えていたその思い出が、時を越えて今ここに彼女を存在させているのだ。

ティナーシャとは対照的に、しかしオスカーは顔を顰めた。

「何だそれは。そんなことをしてお前が退位しなかったら会えないじゃないか。もっと後先考えろ」

「自分に言ってくださいよ！」

ティナーシャはそう叫ぶと、ぐったりとテーブルに伏した。頭を抱える女を彼は見つめる。

――本当に、偶然が積み重なって生まれた出逢《であ》いなのだ。

一つでも掛け違えることがなくてよかった。そんな思いを噛みしめる彼の真摯な視線に気づいて、ティナーシャは微笑する。彼女は椅子を立つとすぐ傍にまでやってきた。

オスカーは酒盃《しゅはい》を置いて彼女を膝の間に座らせる。

「まぁ実際妻になるんだから結果的には問題なしか。にしてもそういうことは最初に言え」

「嫌ですよ。いきなり会って『貴方の妻になる人間です』とか言ったら単なる変な人じゃないですか……。実際私も子供の頃、貴方の正気を疑いましたよ」

「言ったのか……」

それは確かに怪しい。

自分の妻である彼女のことに詳しかったであろう過去の彼と違い、助けられただけのティナーシャに同じことを言えというのはさすがに酷だ。今よりもっと婚約が遠ざかったかもしれない。


オスカーは長い黒髪を梳きながら顔をうずめる。花の香料の香りが微かにした。

この香りが、柔らかな肢体が、そして深淵の瞳が彼を惹きつけてやまない。

陶然と華奢な躰を抱きしめて、しかし彼はあることを思い出し顔を上げた。

「ティナーシャ、内部者って何だか知ってるか？」

「内部者？　中にいる人ってことですか？」

「だよな……。どういう意味なんだ」

オスカーは首を傾げる。

ティナーシャが気を失った後、どうやって封じたのか尋ねるトラヴィスに、「魔法を封じる湖水を飲ませた」と教えたところ、魔族の王は「ああ、内部者の湖か」と返してきたのだ。

その時はさほど気にしなかったが、彼らが去った後ふとオスカーは「内部者」という単語を前にもどこかで聞いた気がして引っかかった。だがそれがどこで聞いたのか、どうしても思い出せなかったのだ。

ティナーシャもさっぱり分からないらしく、黒い目を丸くして彼を見上げている。その頭を撫でて、オスカーは結論づけた。

「別にいいか。大したことでもないだろう」

「機会があったらトラヴィスに聞いときますよ」

「駄目。あいつとは会うな」

「な、仲悪い……」

ティナーシャはがっくりと頭を垂れたが、これは仕方がない。仲が良かったら気持ち悪い。

軽く溜息をついて彼女は男を振り返った。その時、黒い瞳がわずかに見開かれる。

「あ、湖水の効果が切れたかな？」

彼女は手を開き、その上に構成を組む。綺麗に現れたそれを確認して、ティナーシャは頷いた。

「大丈夫みたいです」

「魔法使えるのか？」

「です。戻りました」

「じゃあこれ、手の空いた時にでも構成詰めなおしといてくれると助かる」

オスカーは左手の指輪を抜き取るとそれを彼女に渡す。ティナーシャは乾いた笑いを上げながら指輪を握った。

彼女も、まさか最初に使われる相手が自分になるとは思ってもみなかったのだろう。しかし、暴走状態にある彼女にも効果があると実証されたことだし、前向きに考えれば、指輪があったからこそ早く沈静化できたのだ。

「今詰めちゃいますよ。何があるか分かりませんから」

そう断ってティナーシャは詠唱を始める。五分程の長い詠唱を経て、彼女は再び指輪に構成を封じた。オスカーの手に返す。

「悪いな」

「いえ、使わせたの私ですしね……」

苦くも微笑む女の額にオスカーは口付ける。甘えるように目を細めた彼女の頭を撫でると、オスカーは彼女を立たせながら立ち上がった。

「じゃあ、俺はそろそろ帰る。疲れてるだろうからちゃんと寝ろよ」

「え、帰るんですか？」

少女のように無垢な目。その問いの意味も分かっていないだろう女に、オスカーは半眼になった。だが彼はすぐに微笑んで女に口付ける。

「まめに顔を出さないと、すぐお前は不安がるからな。顔を見に来ただけだ」

魔法が使えない彼女が心配で見にきたとは言わない。それは彼女を想っているということと同じだからだ。ティナーシャもきっとそれが分かったのだろう。軽く瞠目して、嬉しそうにはにかむ。

「私、貴方のこと好きですよ。嫌いなんて嘘です」

「知ってる」

だからこれから先の未来を、共に歩いていくために。

二人はお互いの道を行きながら、その手を取るのだ。

※

少しずつ国を蝕んでいく魔法を、その意志を、彼らはまだ知らない。

種は密やかに蒔《ま》かれる。

それはとてもささやかな存在でしかない。人知れず安穏とまどろみながらゆっくりと根を伸ばす。

根はやがて地中に張り巡らされ、芽が地表に顔を出すだろう。

全ては夢の中のようにおぼろげに、そして緩やかに進んでいく。

そうして咲く花の鮮やかさを目の当たりにした時、初めて人は手遅れに気づく。

それが、最後の変革の始まりだ。

あとがき

こんにちは古宮九時《ふるみやくじ》です。この度は『Unnamed Memory V』をお手に取ってくださりありがとうございます！　三巻かけて一年間を描いた第一幕から続き、第二幕も真ん中の巻までできました。二人の運命を描くこのお話は、次の巻にて終幕となります。今巻は束の間の平穏とも言える時間ですので、穏やかにお楽しみ頂ければと思います。


さて、歴史が書き換わっての二度目の一年間。

当初の懸案だった呪いの真実も分かり、ようやくこの話が何を中心に回っているか、ヴァルトが表舞台に出てきたおかげで分かってきたかと思います。

時代を、世界を変革する物語。どうぞ最後までお付き合いください。


また今回は、同シリーズの『Babel I』と同時発売にもなっております。

日本の女子大生である雫が、魔法のある異世界に迷いこみ、帰還を目指して旅をする話。

最強の魔女でも剣士でもない普通の子と、魔力はあまりない研究者肌の魔法士のお話です。

こちらは『Unnamed Memory』より三百年後、同大陸が舞台になります。と言っても、同時進行で読んでくださって大丈夫です。覚えのある国が出てくるでしょうし、「あれ、どうしてこうなるんだろう」という不思議な点も出てくるかと思います。それは書籍で同時進行でお読みになる方の醍醐味ということで、お楽しみいただければと思っております。

では最後に謝辞を。

いつもお世話になっている担当様方、本当にありがとうございます！「二巻同時発売にしましょう」と聞いた時には「ハハハ、ご冗談を」と思いましたが何とかなりました。これもお二方の采配のおかげです。引き続きがんばります。

そしてchibi先生、前四巻に続いて非常に美しいイラストありがとうございます！表紙の繊細さに感動し、シミラの単独絵にはしゃぎました。蛇！大きい蛇！『Unnamed Memory』はchibi先生の描かれる世界観あってこそと思っております。

また長月達平《ながつきたっぺい》先生、いつもいつも応援ありがとうございます！本当にありがとうございます。非常にご多忙な中、お声がけしてくださる度に支えられております。完結まであと一巻がんばります！

最後に書店員の皆様、読者様方、感謝の念につきません。皆様の応援で『ラノベ好き書店員大賞２０２０』でも単行本一位を頂くことができました。これをきっかけに更に多くの方にこの話を知って頂けるよう、そして元からご存知の方には更に深く楽しんで頂けるよう、粉骨砕身してまいります。

ではまた、魔法大陸のどこかの時代にて。ありがとうございました！

古宮　九時

章外：夢に落ちるために

戦乱と裏切りが蔓延していた暗黒時代において、王とは多義的なものだった。

守る者であり奪う者。君臨する者であり奪われる者。記録では、もっとも短い在位であった王は、即位直後に暗殺されたという。

だからこの時代、玉座に在るものは相応の覚悟を以て振舞わなければならない。――もし、為したいことがあるのならば。


「ティナーシャ様、今日も血塗れね」

自室に戻るなり精霊のリリアにそう言われて、ティナーシャは気だるく頷く。白い魔法着は前面が返り血でひどく汚れている。ティナーシャは浴室に向かいながらあっさり言った。

「処刑が何件かありましたからね。血の染み抜きをしないと……」

「処刑なんて人にやらせればいいのよ。暗殺者を差し向けてくる輩なんてきりがないのだから」

「きりがないから、恐怖を叩きこまないといけないんですよ」

あっさりと言う彼女は、若干十七歳の若き女王だ。

そしてこの暗黒時代において——飛びぬけた力によって魔法大国の玉座に座している。

「大体こういう処刑って、実行する人間も逆恨みされますから、誰かにやらせると余計こじれます」

「貴女に逆恨みがいくのはいいの？」

「王っていうのは、もともとそういうものです」

浴室に入ると、ティナーシャは血に汚れた魔法着を脱いだ。細い裸身にお湯を浴び、血を落としてしまうと、桶に溜めたお湯で今度は魔法着を洗っていく。

そんな習慣は彼女が即位して以来、珍しくもない。ラナクの乱心という禁呪事件を経て即位した少女には、常に血と敵意が向けられているのだ。

だが、力のない者は王ではない。これはこの時代の、そしてトゥルダールの大前提だ。

ティナーシャはゆっくりと入浴を済ませると寝台に戻る。広いそこは、ずっと一人きりだ。

誰かが隣にいてくれたのは、彼と共に暮らしたひと月だけ。

あの時は、当然のように温かさがあった。守られて眠る夜は幸福だった。

だからこうして寝台に横になる度に、ティナーシャはふとどうしようもない淋しさに駆られる。

浮かびそうになる涙を、目を閉じてのみこむ。

眠りに落ちる寸前、手を伸ばしても誰にも触れない。彼はいない。

だからせめて夢の中では彼に会えるように、そんな一欠片の願いを持って少女は眠るのだ。

※

「――っ、オスカー!?」

浅い眠りの中を漂っていたティナーシャは、そう叫んで飛び起きた。広い寝台を見回す。

だがまだ真夜中のそこには誰もいない。彼女は一人きりだ。彼が自分の手を取ってくれた気がしたのだが、やはり夢だったのだ。そんな夢は、今まで何度も見た。

ティナーシャは滲みかけた涙を拭おうとして……ふと違和感に気づく。

「あれ？」

部屋が違う。同じトゥルダールの女王のものでありながら、そこは四百年の間に作られた新しい部屋だ。記憶と年月の混濁に、ティナーシャはこめかみを押さえる。

胸にはまだ不安が消えない。

だから彼女は、よく知る座標に向かって転移構成を組んだ。


真夜中の寝台が広いのは、オスカーにとって当たり前のことだ。

誰かが近くにいると眠れない。それは半ば身に沁みついた癖だろう。

だから彼はその日も一人の寝台で眠りかけていた。落ちかけた夢の中で、半ば無意識のうちに腕を上げる。そうして彼が伸ばされた手を摑むと、女の声が「ひゃあ」と言った。

無意識のまま摑んだ手を捩じり上げようとしていたオスカーは、その声で覚醒する。

「なんだ、お前か。どうしたんだ」

「ね、寝てなかったんですか？」

驚いたように言うのは彼の婚約者だ。本来なら隣国にいるはずの彼女にオスカーは微笑する。

「寝かけてた。面倒事なら起きるぞ」

「起きなくていいです」

言いながらティナーシャは猫のようにするりと彼の隣にもぐりこんでくる。彼女も白い寝着姿であるところを見ると、危急時などではないのだろう。

ティナーシャはオスカーに抱き着くと目を閉じた。

「泊めてください。朝には帰りますから」

「恐い夢でも見たのか？」

四百年前から来た彼女は、冷徹な女王の側面を持ちながら彼の前では時折少女のようになるのだ。

オスカーはすりついてくる柔らかな体に苦笑いしながら、彼女の小さな頭を撫でる。ティナーシャはうっとりと細めた闇色の瞳で彼を見上げた。

「貴方と一緒に寝たいので」

「……ここに来て言うことがそれか」

色々含んで言いたいことはあるが、こういったことに関して、ティナーシャの言葉に含みはない。

現に彼女の瞼は既にうとうとと落ちかけている。細い腕がぎゅっと彼にしがみついているのを見て、オスカーは色々諦めた。自分が寝かけていたこともあり、ぽんと薄い背を叩く。

「分かった、おやすみ」

「あと、明日朝早いので五時には絶対起こしてください……」

「待て」

反射的にオスカーは女の柔らかい耳朶を摘まむ。彼女はとろんとした目で彼を見た。

「なんですか……」

「がんばって起きろ。俺に振るな」

基本的に彼女はこうして眠ってしまうと朝、起きない。声をかけても揺すっても駄目だ。寝台に根が生えているようにどうにもならない。こうなると自然に起きるのを待つしかない。

だがそれを任されては彼自身の予定も大幅に狂う。オスカーは摘まんだ耳を軽く引いた。

「いいか、ちゃんと起きろよ。俺に起こされなくても起きろ」

「おまかせしました……」

「こら、寝るな。そんな起きる時間が早いなら寝かさないでやろうか」

軽い脅しの言葉も、だが彼女には意味がない。ティナーシャはたちまちすうすうと寝入ってしまった。あっという間の出来事にオスカーは愕然とする。

「こいつは……本当に……」

まるでどうしようもない子供だ。だが、そんな彼女に愛されてしまっている以上仕方がない。オスカーは色々湧きおこる感情をひとまとめにのみこむと、彼女の小さな頭を撫でて自分も目を閉じる。

遠い四百年前からやってきた少女が、孤独に苛まれずに眠れるように。

愛しい女の平穏を願って、彼は夢の中へと降りていく。

オスカーとティナーシャ、
二人の運命が辿り着く先とは。
ついに物語は
クライマックスへ――!
[著]古宮九時
[イラスト]chibi

6巻、発売決定!!!

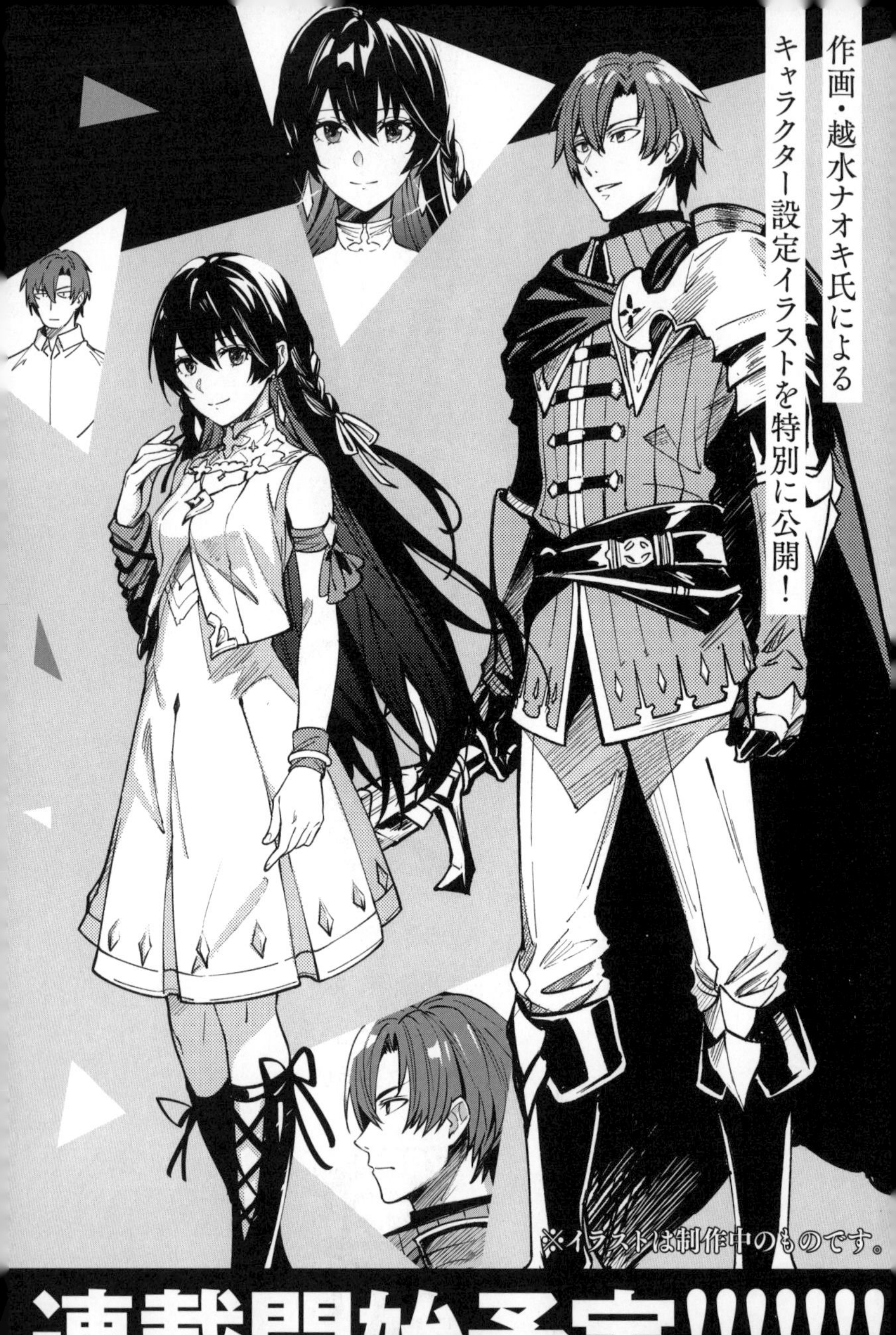
作画・越水ナオキ氏による
キャラクター設定イラストを特別に公開！
※イラストは制作中のものです。

連載開始予定!!!!!!

I
少女は言葉の旅に出る
電撃の新文芸
Babel
バベル
［著］古宮九時
［イラスト］森沢晴行
大好評発売中!!!!!!
※2016年に書籍化・刊行された電撃文庫版『Babel』から大幅な変更を加えた内容になっています。

物語は『Unnamed Memory』の三百年後へ――。

《異世界》へ迷い込んだ少女は
大陸を変革し、世界の真実を暴く。

現代日本から突如異世界に迷い込んでしまった女子大生の水瀬雫。
剣と魔法が常識の世界に降り立ってしまい途方に暮れる彼女だったが、
魔法文字を研究する風変わりな魔法士の青年・エリクと偶然出会う。

「――お願いします、私を助けてください」

「いいよ。でも代わりに
一つお願いがある。
僕に、君の国の
文字を教えてくれ」

エリク
魔法文字を研究する
魔法士の青年。
雫
現代日本から
やってきた女子大生。

日本へと帰還する術を探すため、
魔法大国ファルサスを目指す旅に出る二人。
その旅路は、不条理で不可思議な謎に満ちていて。
――そうして、運命は回りだした。
これは、言葉にまつわる物語。
二人の旅立ちによって胎動をはじめたばかりの、世界の希望と変革の物語。

電撃の新文芸

Unnamed《アンネームド》 Memory《メモリー》 V
祈《いの》りへと至《いた》る沈《ちん》黙《もく》

著者／古《ふる》宮《みや》九《く》時《じ》
イラスト／chibi《チビ》

2020年６月17日　初版発行
2024年３月10日　３版発行

発行者／山下直久
発行／株式会社ＫＡＤＯＫＡＷＡ
〒102-8177　東京都千代田区富士見2-13-3
0570-002-301（ナビダイヤル）
印刷／図書印刷株式会社
製本／図書印刷株式会社

【初出】……………………………………………………………………………………
本書は著者の公式ウェブサイト『no-seen flower』にて掲載されたものに加筆、訂正しています。

ISBN978-4-04-912804-8　C0093　Printed in Japan

ファンレターあて先
〒102-8177
東京都千代田区富士見2-13-3
電撃文庫編集部
「古宮九時先生」係
「chibi先生」係

「」カクヨム
2,000万人が利用!
無料で読める小説サイト
イラスト:スオウ
カクヨムでできる
3つのこと
What can you do
with kakuyomu?
2
読む
Read
有名作家の人気作品から
あなたが投稿した小説まで、
様々な小説・エッセイが
全て無料で楽しめます
1
書く
Write
便利な機能・ツールを使って
執筆したあなたの作品を、
全世界に公開できます
3
伝える
つながる
Review & Community
気に入った小説の感想や
コメントを作者に伝えたり、
他の人にオススメすることで
仲間が見つかります
会員登録なしでも楽しめます!
カクヨムを試してみる
「」カクヨム https://kakuyomu.jp/
カクヨム
検索